KB180128

남은 인생

인생

10 년

남은 인생 10년

고사카 루카 지음

김지연 옮김

일러두기

- 원서에 방점으로 강조한 부분은 고딕으로 표기했습니다.
- 이 책에 등장하는 애니메이션 프로그램 '크로스 보드(줄여서 크로보)'와 캐릭터의 이름들은 저자가 가상으로 만들어낸 것입니다.
- 일본에서는 친한 사이일 경우 애칭을 부르며 그 뒤에 '~쨩'을 붙이는 호칭 문화가 있는데, 이 소설에서는 여자 친구들의 이름을 함부로 부르지 않는 남자 주인공의 캐릭터를 고려해 일부 표현을 살려두었습니다.
- 이 책의 각주는 옮긴이 주입니다.

1.

　거리에 아지랑이가 아물아물 피어올랐다.

　빽빽이 들어선 빌딩 창문은 등대처럼 깜빡였다. 지나가는 전철의 잔상이 빛을 앗아갔다. 소란스러운 대로에서 뒷골목으로 뛰어가는 아이들은 콘크리트 위에서 점멸하는 빛을 밟아 나가며 사라졌다. 시끌벅적한 목소리와 엇갈리듯 등장한 버스에서 내린 승객들은 쨍쨍 내리쬐는 햇볕을 피해 종종걸음을 치며 건물 아래에 늘어선 먹빛 그림자 속으로 간신히 도망쳐 들어갔다. 자동문이 열리고 차가운 바람이 사람들의 그은 살갗을 달래주었다. 건물 안에 사람들이 똑같이 내뱉은 안도의 공기가 점점이 흩뿌려졌다.

하얀 천장과 하얀 벽에 빙 둘러싸인 공간은 한여름과 동떨어져 있었다. 올해 여름 내내 다카바야시 마쓰리는 창문으로만 여름을 볼 수 있었다. 흰색으로 칠한 천장과 벽은 살풍경하고 리놀륨 바닥을 파고드는 빛줄기의 움직임은 가냘프기만 했다. 창가에 놓인 해바라기와 빨간색 수학 문제집마저 이 공간에 선명한 색채와 생기를 빼앗겨버린 듯 어쩐지 시들시들해 보였다.

레이코의 심장 박동을 새기는 기계음이 실내에 울렸다. 한 방울씩 규칙적으로 떨어지는 링거액이 또다시 번쩍거렸다.

"마쓰리는 인생에 후회 없어?"

시트보다도 창백한 얼굴을 한 레이코가 미소 지으며 물었다.

마쓰리는 가만히 레이코의 목소리에 귀를 기울였다.

"고마워, 미안해, 사랑해. 난 이 말을 못 해서 후회돼. 말하지 못했던 사람들에게 전하고 싶어. '고마워.'는 지금 미국에 있는 고등학교 선배에게. 친구가 없어서 외떨어져 도시락을 먹던 나를, 그 선배만이 알아보고 말을 걸어줬거든. '미안해.'는 초등학교 때 키우던 개가 낳은 새끼 강아지에게. 엄마가 우리 집에서는 못 키운다며 집 근처 동물병원에 보내버렸거든. 어미와 헤어지게 만들었던 걸 사과하고 싶어. '사랑해.'는 학창 시절에 아르바이트했던 가게 점장에게. 가정이 있던 사람이라 차마 말은 못 했지만, 지금이라면 고백할 수 있을 것 같아. 그냥 고백만 한다고. 사귀겠다는 말은 아니니까 안심해. 알다시피 나는 이미 단한 사람을 향한 사랑의 싹을 틔웠으니까."

레이코와 마지막으로 나눈 대화였다. 그다음 주에 레이코는 여행을 떠났다. 천국이라는, 그 누구도 본 적 없는 곳으로.

레이코의 병실 앞 복도에서 대성통곡하는 사람은 레이코의 남편이다. 책가방을 멘 채로 아빠 팔에 안긴 남자아이는 입술을 꾹 깨물고 허공을 쏘아보고 있다. 아이가 움켜쥔 수학 문제집의 빨간색이, 멀리서 두 사람을 바라보던 마쓰리의 눈에 들어왔다. 남편은 비통한 소리를 내며 목 놓아 울었고, 아이는 가느다란 팔로 아빠를 힘껏 끌어안고 있었다.

가끔 로비에서 얼굴을 마주치며 말을 섞었던 레이코가 죽었다. 레이코의 죽음은 마치 10년 후 자신의 미래를 보는 듯했다.

마쓰리는 레이코와 같은 병을 앓고 있었다.

스무 살 여름, 마쓰리는 처음으로 사람의 죽음을 목도했다.

마쓰리는 청천벽력이 뭔지 알고 있다. 지금껏 자기 인생이 맑은 하늘이었다고 할 수는 없지만, 그렇다고 큰비도 없었던 평범하고 단조로운 삶에 불치병은 아무런 예고도 없이 들이닥쳤다.

"남은 시간은 사람마다 다릅니다. 일단 지금 상태만 보면, 다카바야시 마쓰리 씨가 당장 어떻게 되는 일은 없겠군요. 그렇지만 이 병은 언제, 어떻게 될지 아무도 예상 못 합니다."

갑작스레 입원하고 한 달이 지났을 무렵, 병동의 좁은 병실에서 담당 의사는 그렇게 말했다.

부모님은 얼굴이 창백해졌고 여린 언니는 손수건으로 얼굴을 가렸다. 의사는 난색을 보이며 진료 기록 차트로 시선을 떨어뜨렸다. 당사자인 마쓰리만 웃었다.

"저도 알아요. 제게 남은 시간은 10년. 더 오래 산 사람은 없잖아요."

마쓰리는 그렇게 말하며 병원 컴퓨터로 조사한 자료를 의사에게 내밀었다. 병실 분위기가 한층 더 나빠졌다. 그래서 마쓰리는 더 환하게 웃어 보였다.

입원할 때 마련한 잠옷은 아직 새 옷이나 다름없었고, 그 옷을 입은 마쓰리의 피부도 옷만큼이나 반들반들해서 도저히 환자로는 보이지 않았다.

"상관없어. 아줌마 되기 싫었는데. 잘됐지, 뭐. 난 괜찮아. 앞으로 10년이면 충분해. 인생 뭐 별거 있어?"

스무 살이 된 마쓰리는 무서울 게 없었다. 그때 자신이 내뱉은 말에 거짓은 없을뿐더러 젊은 나이에 죽음에 이르는 자신에게 가슴이 설레기도 했다.

어느 순간 사람들에게 병명을 이야기한들 무의미하다는 사실을 깨달았다. 평범하게 살아가는 사람은 불치병의 구체적인 병명 같은 걸 알 리가 없었다.

의사가 되거나 환자가 되지 않는 한 평생 들을 일이 없겠지. 장기 이름과 증상으로 조합되어 여덟 글자 정도 나열된 낯선 이름. 국가 의료기관이 지정한 난치병.

8

보통 사람은 들어볼 일이 없고 친구들도 아무도 모르는 희귀한 병인데, 가족 중 마쓰리의 아버지만 유일하게 그 병을 알고 있었다. 마쓰리의 할머니가 같은 병으로 젊을 때 세상을 떠났기 때문이다.

누구보다 이성적인 아버지가 딸의 불치병을 들었을 때만은 흥분한 듯이 의사에게 따져 물었다. 의사는 괴로운 표정으로 유전이 의심되는 사례도 있다고 했다. 할머니가 죽어가는 과정을 지켜봤던 아버지의 낯빛이 조금씩 파래지더니 급기야 새하얗게 변했다. 마쓰리의 눈에 아버지의 모습은 절망과 허무와 허탈감에 뒤덮여 혼이 나간 사람처럼 보였다.

겁에 질린 마쓰리는 병원에 설치된 컴퓨터로 자신이 앓는 병에 대해 더 자세히 알아보았다.

발병률을 알게 된 순간 마쓰리는 절망과 공포를 동시에 느꼈다. 왜냐하면, 복권에 당첨될 확률보다 이 병에 걸릴 확률이 더 낮아서다. 동네 행사에서 제비뽑기 한 번 당첨된 적 없는 자신이 어째서 이 병에 당첨되었을까. 유전되는 경우도 있다고 했는데, 마쓰리에게는 비슷한 또래의 사촌과 친척이 몇 명이나 있었다. 그런데 어째서 자기만 유전됐을까. 마쓰리는 눈앞에 놓인 데이터를 바라보며 한동안 멍하니 있었다.

머지않아 첫 발작이 마쓰리를 덮쳤다.

의식 불명. 큰 수술. 퇴원할 조짐이 보이지 않는 나날들. 가슴에 남은 커다란 흉터. 점점 나빠져만 가는 안색. 거칠어진 피부. 마쓰리는 느릿느릿하면서도 차근차근 '환자'로 변해갔다.

분명 두려울 것 하나 없었다. 하지만 병동이라는, 소독내가 코를 찌르는 새하얀 상자 속에서 하루하루를 보내는 동안 마쓰리는 딱히 관심도 없던 것부터 보물처럼 귀하게 여기던 것까지 하나하나 차례대로 잃어갔다.

병마에 몸을 갉아 먹히는 고통을 겪고 나서야 비로소 자기 몸에 심각한 문제가 벌어졌음을 자각했다. 그 문제로 인한 손실이 어느 정도인지, 그 또한 하나씩 천천히 깨달았다.

당연하던 일이 더는 당연하지 않게 된 순간, 마쓰리는 공포와 전율에 휩싸였다. 젊음이 만들어낸 무서울 게 없던 순진한 오만은 진작 파괴되고 없었다.

한번 발작이 일어나면 기침이 멈추지 않았다. 기침이 며칠씩 계속되는 탓에 침대 위에서 고통에 몸부림쳐야 했다. 산소마스크를 썼다 뺐다 하며 집중 치료실과 병동을 오가는 날들이 이어졌다.

현대 의료 기술로는 치료가 불가능하고 특효약도 없다. 잔혹한 병마와 싸우며 쏟아낼 곳 없는 분노와 슬픔을 가슴에 껴안고 오직 죽을 날만 기다리는 사람처럼 투병 생활을 이어가는 사이, 순식간에 1년이 지났다.

몸에 튜브를 연결해 겨우 버티던 마쓰리는 하얗고 음울한 천장을 올려다보며 생각했다.

세상에 무서울 게 하나 없었던 자신은 이제 없다. 친구들과 같은 궤도에서 벗어나 버렸다. 더는 예전에 누리던 생활로 돌아갈 수 없다….

몽롱한 의식 속에서 스물한 살 생일을 맞이했다. 마쓰리는 다니던 대학을 중퇴했고 친구들은 모두 사회로 나갔다. 마쓰리만 여전히 같은 자리에 묶여 있었다.

남은 수명만이 빠르게 친구들을 앞질러 갔다.

앞으로 10년밖에 살 수 없다면 사람들은 어떻게 할까?

아직 시간이 많이 남았다며 느긋하게 지낼까?

아니면 남은 시간이 얼마 없다며 내달릴까?

살날이 10년밖에 안 남았다는 시한부 선고를 받는다면,

이 순간 무엇을 할까.

2.

발병하고 2년이 지나 스물두 살이 된 어느 봄날, 마쓰리는 퇴원했다.

치료라는 치료는 다 해봤다. 인허된 지 얼마 안 된 약도 써보고, 인허가 안 돼 보험이 적용되지 않는 약도 써봤다. 그런데도 권위 있는 연구자가 발표한 논문처럼 병은 완치되지 않았다. 안정을 취하면 자택 치료가 가능한 수준이긴 해도 언제 또다시 발작이 일어날지 몰라 일이나 무리한 운동은 하면 안 된다고 했다. 의사는 연쇄적으로 나빠지는 심장과 장기에 부담을 최대한 덜 주려면 식사를 제한하고 입원 기간 동안 늘어난 약도 정해진 대로 복용하라며 엄격하게 지시했다.

거대한 폭탄을 안고 있긴 하지만 퇴원할 만한 단계에 이르렀다는 사실에 마쓰리는 가슴을 쓸어내렸다.

간신히 새하얀 병실과 다른 환자들과 함께한 공동생활에서 해방되었으니 의사가 지시한 사항을 착실히 지켜야겠다고 다짐했다. 2년이라는 시간은 마쓰리를 제법 그럴싸한 '환자'로 성장시켰다.

병원 밖으로 나오자마자 마쓰리는 맨 먼저 하늘을 올려다보았다.

"하늘이… 파랗구나…."

손을 뻗었다. 닿을 것만 같았다. 하늘이 잡힐 듯해 뻗은 손을 꼭 쥐었다.

펼친 손바닥을 보며 싱긋 웃었다. 손안에 벚꽃 잎이 들어와 있었다.

"마쓰리, 어디 들렀다 갈까?"

트렁크에 짐을 실어 넣던 아버지가 뒤로 돌아보았다. 마쓰리는 고개를 끄덕였다.

"벚꽃, 보고 싶어."

"그럼 공원에 들렀다 가자. 공원에서 젤라토 먹을까?"

"좋아! 뭐 먹지? 밀크, 초코, 요구르트. 딸기랑 망고도 먹고 싶고. 참, 계절 한정 맛도 놓칠 수 없지. 아, 못 고르겠어."

들뜬 마쓰리의 목소리를 들으며 부모님은 얼굴을 마주 보고 웃었다. 마쓰리는 달리는 차 안에서도 창문을 연 채 하늘을 올려다보았다. 하늘이 끝없이 펼쳐졌다. 병실 창틀에 둘러싸여 있던 답답한 하늘과는 딴판이었다.

마쓰리는 자기 방에 들어와 바닥에 서류를 늘어놓았다.

"특정 질환… 장애인 보험, 장애인 복지 카드."

그리고 통장과 인감. 통장을 펼치자 1년 전부터 '장애인 연금'이라는 이름으로 입금된 돈이 100만 엔 가까이 쌓여 있었다.

"…이게 연금이구나."

"맞아, 마쓰리."

언니 기쿄가 방에 들어왔다. 마쓰리가 좋아하는 음식을 식탁 한가득 차려 놨던 퇴원 파티가 끝나고 뒷정리까지 마친 모양이다. 방 밖 통로 맞은편에서는 아버지가 좋아하는 재즈 멜로디가 들려왔다.

"내 방 청소해 줘서 고마워."

"아니야. 있잖아, 마쓰리, 이번 휴일에 옷 사러 갈래? 아니면, 어디 놀러 가고 싶은 곳 있어?"

"갑자기 그렇게는 못 움직여."

한껏 들뜬 언니의 제안에 마쓰리가 쓴웃음을 짓자 기쿄는 풀이 죽어 고개를 숙이더니 "그렇겠다, 이제 막 퇴원했는데. 금방 이것저것 할 수는 없지."라고 말했다.

무안해하는 언니를 보며 마쓰리는 재빨리 다음 말을 이었다.

14

"그 대신 산책하러 가자. 근처 공원까지 걸어가서 벤치에 앉아 도시락 먹고 싶어. 나, 맛있는 거 만들어줘."

그 말에 기쿄의 얼굴이 다시 환해졌다.

"그게 좋겠다. 도시락 만들어줄게. 완전 맛있는 걸로!"

"부탁드립니다, 자매님."

"맡겨만 주세요, 사랑하는 동생님."

"체력이 생기면 같이 쇼핑도 하러 가자. 갖고 싶은 거 엄청 많아."

"그러자. 지금까지 잘 참았으니까 전부 다 사버려. 어제 엄마가 보여줘서 봤는데, 연금 엄청나더라. 네가 나보다 부자일걸?"

"온몸을 바쳐서 벌었잖아."

마쓰리가 익살을 떨자 기쿄가 후훗, 웃음을 터뜨렸다.

"세금 내는 거 힘들지만 그게 돌고 돌아 네 치료와 생활을 지원하는 돈이 된다면, 이 언니가 더 열심히 일할게."

"잘 부탁드립니다, 자매님!"

기쿄가 나가고 나서 마쓰리는 다시 서류로 시선을 돌렸다. 자신이 누군가에게 보호받는다는 사실을 새삼 확인했다.

마쓰리는 살며시 한숨을 내쉬다가 수납장 위의 거울에 비친 자신과 눈이 마주치자 억지로 미소를 지었다.

더 이상 여기는 병원이 아니다. 무미건조한 백색 공간이 아니라, 엄마와 언니가 구석구석 정성껏 청소해 준 덕분에 깨끗하고 자신이 좋아하는 것들로 넘쳐나는 방이다. 뭐니 뭐니 해도 병원 사람들의 기척이 없다. 성가시고 수다스러운 환자도, 잔소리꾼 간호사도, 깐깐한 의사도 없다. 완전히 자기만의 공간이다.

입에 맞지 않았던 식사도 여기에는 없다. 엄마와 언니에게 말하면 맛있는 음식을 얼마든지 만들어준다. 병원에서 그랬듯 스트레스 받을 일이 하나도 없으니 한숨 쉴 이유도 없다.

기쿄가 깔아준 세련된 원형 러그 위에 누워 통장을 쳐다보며 혼잣말을 했다.

"마쓰리, 너 부자야! 옷이나 잔뜩 사자…. 반지도 사고. 예쁜 신발도 사고. …그런데 근사하게 차려입고 어딜 가야 할까."

불현듯 불안감이 밀려오더니 마음에 드는 가구와 잡화에 둘러싸여 있던 마쓰리의 가슴을 때렸다. 자유를 얻어도 갈 곳이 없다는 사실을, 마쓰리는 막 알아차렸다.

조용한 방 안으로 재즈 음악과 엄마와 언니의 말소리가 흘러들어왔다. 마쓰리는 가슴이 찌르르 저렸다.

병에 걸리고 나서 가족들을 얼마나 많이 울렸던가. 다시는 그 누구도 울리고 싶지 않다. 그러니 이제 자신도 눈물을 보이면 안 된다.

앞으로 펼쳐질 새로운 생활에서 어떤 일이 일어나건 더는 가족을 울려서는 안 된다. 마쓰리는 막막해하면서도 자신을 향한 질타를 이어갔다.

아빠, 미안해.

성인식 날 후리소데* 못 입게 돼서.

엄마, 미안해.

뭐 하나 기대에 부응하지 못하는 딸이라서.

언니, 미안해.

가끔은 다정하게 굴지 말라고 생각하는 쌀쌀맞은 동생이라서.

미안해.

제일 늦게 태어났으면서 제일 먼저 죽어서.

이제 8년 남았네.

---

* 일본의 전통 의상인 기모노 중 하나로, 젊은 미혼 여성이 성인식이나 결혼식 등 특별한 날에 입는 화려한 예복.

3.

퇴원하고 석 달이 지났다.

조금씩 외출도 하면서 일상에 적응해 나가던 즈음이었다.

밤마다 중학교 동창인 사나에와 꽤 오랜 시간 통화하는 일이 마쓰리는 즐거웠다.

"뭐랄까, 시간이 많다는 건 굉장해. 아침에 눈을 뜨면 오늘은 뭘 할지 생각하고. 또 밤에 자려고 누우면 오늘은 뭘 했더라 생각한다니까. 무섭지 않아? 내 머리가 어떻게 됐나 봐."

"뭐래. 마쓰리, 몇 살인데 벌써 그래?"

"아직은 스물둘. 여름이 되면 스물셋. 하루는 천천히 흘러가는데, 한 달은 순식간에 지나가는 기분이야."

"아, 그건 그래. 학교라는 틀이 사라진 순간, 뭐랄까, 시간의 흐름이 달라진 것 같잖아. 엄마가 자주 1년이 눈 깜짝할 사이에 지난다고 그랬는데, 그 말이 무슨 소리인지 이제 알 거 같아. 어떡해, 진짜 나이 먹었나 봐. 마쓰리, 시간이 그렇게 남아돌면 좀 나가볼래? 요즘 조금씩 산책하면서 체력을 키우고 있지?"

"응. 천천히 걷고 있어."

"천천히 걷는다니, 네가 무슨 노인이니… 됐고, 요즘 우리 또래들이 놀러 가는 데 같이 안 갈래?"

사나에가 의미심장하게 말하며 깔깔댔다. 마쓰리는 감이 왔다. 사나에는 외모만 보면 하늘하늘한 원피스가 잘 어울리는 갈색 머리 미소녀지만, 사실은 머리부터 발끝까지 완벽한 덕후였다.

"마쓰리, 집에서도 애니메이션 봐?"

"보고말고. 요즘은 예능이 정말 재미없거든. 좀 유명해지면 무조건 돈만 쏟아붓고, 정작 개그 소재는 진짜 최악이야. 뉴스는 아예 안 보고, 드라마도 별로고. 그래도 시간을 때우기에는 텔레비전만 한 게 없더라."

"그런 걸 '텔레비전 중독자'라고 하는 거야."

"야, 말이 너무 심하잖아. 그래도, 뭐, 보긴 봐. 애니메이션이 유일한 힐링이니까."

"그럼 더 강한 힐링이나 하러 가자!"

"어딜?"

"비밀."

사나에가 킥킥 웃었다.

소부선과 야마노테선 전철의 교차점. 외국인이 보인다. 샐러리맨이 보인다. 핫피* 차림의 젊은 남자가 보인다. 케미컬 워싱** 패션이 실제로 존재한다. 롤리타 패션이 살아 숨 쉬고 있다. 메이드가 활보한다. 무녀 차림으로 티슈를 나눠주는 여자. 배낭을 메고 티셔츠를 바지 안에 집어넣은 남자들. 카메라를 거머쥔 외국인들. 전자 제품 대리점 옆에 바짝 붙어 서는 관광버스. 관광과 비즈니스와 욕망과 본능의 거리.

"와아… 아키하바라…."

"맞아, 줄여서 보통은 아키바라고 부르지! 덕후들의 성지!"

"난 아직 덕후는 아닌데…. 애니메이션은 좋아하지만…."

"그럼, 이 휴대폰 배경 화면은 뭔데?"

사나에가 마쓰리의 데님 재킷 주머니에서 휴대폰을 빼내 열더니 강력한 증거를 내밀 듯 들이밀었다. 마쓰리의 휴대폰 배경 화면에는 파란색 머리칼을 한 소년이 있었다. 마쓰리가 좋아하는 애니메이션 주인공 릴리아였다.

"덕후의 길은 배경 화면부터. 그런 말 몰라?"

* 깃이나 등에 상호나 이름이 적힌 일본의 전통복.
** 청바지에 화학 약품을 사용해 부분적으로 얼룩을 내는 방법.

"어머, 그런 거야? 인터넷에서 우연히 찾은 건데."

"찾아서 기뻤지? 릴리야 귀엽다, 멋지다고 생각하지 않았어? 네 취향은 내가 빠삭하지. 너 히어로 좋아하잖아. 주인공, 미소년, 히어로. 어때, 취향 저격이지? 덕후 세계에 오신 걸 환영합니다!"

"아냐. 난 덕후는 싫다고."

"아무튼. 오늘은 나랑 놀아준다는 기분으로 따라와."

"사나에, 너 여기 자주 와?"

"당연하지. 화방에도 들르고 싶고."

"아직 만화 그리는구나."

중학생 시절이 그립다는 듯 마쓰리가 말했다.

사나에는 중학생 시절부터 외모만큼은 진정한 미소녀였다. 어른이 된 지금도 화려한 외모는 변함이 없다. 아키하바라가 아니라 시부야였다면 접근하는 남자가 엄청 많았을 텐데. 마쓰리는 괜히 아쉬워했다. 전신에 영국 명품인 비비안 웨스트우드를 휘감아도 이렇듯 잘 소화할 사람은 거의 없으니까.

거침없이 걸음을 옮기는 사나에를 따라가며 마쓰리는 주위를 둘러보았다. 역 앞 광장에서 메이드 복장을 한 여자들이 노래를 부르고 있었다. 그 주변을 빙 둘러싸고 사진을 찍던 무리가 느닷없이 큰 소리를 질러서 돌아봤더니 응원하는 목소리를 보내고 있었다.

마쓰리는 사나에 뒤에 바짝 달라붙어서 몸을 흠칫흠칫하면서도 솟아오르는 호기심을 감출 수 없었다. 모든 풍경이 자극적이었다.

"넌 안 그려?"

"어? 뭘?"

"그림 말이야, 그림. 중학교 때랑 고등학교 때도 그렸잖아. 나는 네가 무조건 미술 쪽으로 갈 줄 알았어."

"내 실력으로는 절대 불가능해. 그렇지만 지금 생각하면, 일반 단기 대학에 갈 바에야 너처럼 전문학교에 갈 걸 그랬어. 어쨌든 난 미술 쪽은 아니야. 사나에 너야말로 신이 내린 재능을 갖고 있잖아."

"신이 재능을 내려준 건 마쓰리 너거든?"

마쓰리는 무의식적으로 사나에의 얼굴을 살폈다. 약간 화가 났는지 사나에의 미간에 주름이 잡혔다.

"나는 마쓰리 그림이 좋아. 그런데 고등학교 때 미술부에서 그린 건 별로였어. 네가 전학 오고 우리가 같이 그리던 시절, 그때 네 그림이 정말 마음에 들었어. 나중에 만화가가 되면 꼭 같이 작업해야지, 마음먹었을 정도라고. 네가 도쿄로 전학 온 건 나와 만나기 위해서라고, 이건 운명이다 싶었는데."

"아… 그럼 좀 더 일찍 말해주지…."

마쓰리가 입꼬리를 끌어올렸다. 사나에는 다 안다는 듯이 한쪽 뺨을 실룩거렸다.

"마쓰리는 만화 동아리 싫어했지?"

"아니… 그건…."

"뭐 어때. 이미 다 지난 얘긴데. 중3 때 반이 바뀌자마자 네가 미술부에 들어가는 거 보고 그때 알았어. 마쓰리는 만화 그리는 게 부끄러웠구나. 그런데 뭐, 나도 이해해. 너만 그런 게 아니니까. 나는 무작정 달려 나간달까, 한번 이거다 싶으면 앞만 보고 달려가는 돌격형이잖아. 그래도 네 그림은 좋아하니까 계속 봤었어. 고등학교 들어가고서도 계속. 그런데 고등학교 때 네 그림은 심심했어."

"말이 심하잖아…."

"옛날 일이니까 괜찮잖아. 추억이야, 추억."

"아주 대놓고 뼈를 때리네…."

"넌 좀 맞아야 해. 나 완전히 충격받았거든. 운명이라고 믿었던 사람이 도망쳤으니까."

"도망친 게 아니라…."

"도망쳤거든."

사나에가 똑바로 쳐다보자 마쓰리는 아무 말도 할 수 없었다.

아직 교복을 입고 있던 시절이 머릿속에 떠올랐다. 중학교 1학년 때 군마의 시골 동네에서 도쿄로 전학 온 마쓰리가 낯선 도시에서 기분 좋게 새로운 생활을 시작할 수 있었던 건 사나에를 만난 덕분이었다. 그림을 좋아한다는 공통점 때문에 두 사람은 금방 친해졌다.

중학교 때에도 사나에는 만화 동아리의 스타였고, 어떤 무리는 사나에를 마치 신처럼 떠받들었다. 마쓰리에게는 사나에야 말로 진정한 문화 충격이었다.

마쓰리는 체념한 듯 고개를 숙였다.

"미안. 도망쳤었어."

"마쓰리는 덕후를 싫어하니까."

"싫어한다기보다… 만화를 향한 네 열정이 어마어마했잖아. 너한테 고백하고 싶어 했던 수많은 남자애들이, 만화 동아리만 데려가면 죄다 한발 물러났던 거 기억 안 나?"

"하하! 나 그때부터 만화 그리면서 코스프레 비슷한 거 했었거든. 혹시 봤어?"

"봤지…. 머리에 고양이 귀 같은 거 꼽고 그리고 있었잖아. 귀엽긴 하더라."

"그랬구나. 남자의 로망인 줄 알았는데."

"고양이 귀가?"

"고양이 귀가."

마쓰리가 뒤로 물러나자 사나에는 방울이 굴러가듯 경쾌하게 웃었다.

"지금은 어때? 휴대폰 배경 화면이 덕후 같은 네 입장은?"

"글쎄. 애니메이션을 좋아하는 건 맞는데. 아니, 그렇다기보다 다른 방송을 보면 짜증이 난달까? 내가 어쩌다 애니메이션을 좋아하게 됐지?"

"애니메이션은 꿈의 세계니까냥~. 어쨌든 자기 안테나에 신호가 잡혔다면 소중히 여겨봐도 괜찮지 않을까? 그때부터 인생이 넓어지는 경우도 엄청 많잖아. 아, 여기야, 마쓰리!"

큰길 바로 뒷골목에 있는 복합 빌딩을 발견하자 사나에가 마쓰리의 팔을 끌어당겼다. 배관이 그대로 드러난 낡은 건물의 좁은 복도가 불안해 보여서 마쓰리는 사나에의 스커트 자락을 꼭 잡았다.

윙윙거리는 엘리베이터를 타고 올라가면서 사나에가 의미심장한 미소를 지었다. 사나에의 텐션도 같이 올라가는 듯했다.

"여기야! 오늘 여기서 코스프레 이벤트가 열리거든."

"코스프레라니? 나 그런 거는 좀….'

"자자, 뭐든지 경험이 중요한 거야."

"잠깐만! 사나에!"

소리를 지르거나 말거나 사나에는 마쓰리를 빌딩의 어느 회장 안으로 억지로 밀어 넣었다.

"사나에, 싫어, 무섭다고!"

"왜 그래. 아무도 안 잡아먹어."

"그래도….'

"자! 네 머리가 어떻게 되는 걸 막기 위해서야."

"그거랑 코스프레가 무슨 상관인데?"

"자극이지, 자극!"

사나에는 헤실헤실 웃으며 마쓰리의 손을 잡아당겼다. 메이드복과 전투복을 입은 안내원들이 웃으며 반겨주었다. 메이드복을 입은 사람이 사나에를 알아보고 반가움에 불쑥 다가왔다.

"저기! 사쿠라 히메카 씨 맞죠?"

"네? 아, 네."

"오늘은 참가 안 하세요?"

마쓰리는 이상할 정도로 눈에 광채가 도는 메이드복 안내원과 사나에를 번갈아 보았다. 사나에는 성가셔하는 인상을 숨기고자 한쪽 뺨을 살짝 풀고 그렇다며 상대를 향해 고개를 끄덕였다. 메이드복 안내원은 이야기를 더 나누고 싶어 하는 눈치였지만, 사나에는 막무가내로 마쓰리를 회장 안으로 들이밀면서 재빨리 그 자리를 떴다. 마쓰리는 뒤편에서 작은 흥분이 떠도는 느낌을 받았다.

"사나에."

"응?"

"사쿠라 히메카 씨가 누구야?"

"네! 바로 저랍니다!"

영국 국기가 그려진 가방을 머리 위로 올리며 사나에가 생긋 웃었다. 몸을 뒤로 젖힌 그 몸짓이 귀여워서 뭐라고 놀려야 할지 생각나지 않았다. 사쿠라 히메카, 심하게 귀여운 그 이름도 사나에라면 어울리겠다 싶어서 그냥 봐주고 말았다.

"사나에 네가 덕후만 아니었으면 남자 수백 명은 울리고도 남았을 텐데…."

"난 남자보다 2차원이 더 좋단다. 냐옹!"

고양이처럼 고개를 갸웃거리며 웃던 사나에가 마쓰리의 손을 당겼다.

"자자, 내 필명 이야기는 이쯤 하고, 오늘은 코스프레를 즐기자, 마쓰리!"

"너도 코스프레를 해? 아까 메이드복 입은 애가 아이돌 바라보듯 보던데?"

"오늘은 놀러 왔으니까 말 걸면 안 되는데. 이래서 애들이 싫다니까."

조금 전까지 "냐옹!" 하던 사람과 동일 인물이라고 믿기지 않는 목소리로 말하는 사나에에게 질질 끌려가며 마쓰리는 덕후의 성지에 발을 들여놓았다.

매주 챙겨 보는 애니메이션 캐릭터들이 마쓰리의 눈앞에 모여 있었다. 마쓰리는 눈을 크게 뜨고 사나에를 쳐다보았다. 사나에는 또다시 새끼 고양이처럼 자연스럽게 웃어 보였다. 중학교 때 고양이 귀를 달고 방대한 모험 만화를 그리던 사나에가 1차 문화 충격이었다면, 지금은 새로운 금맥을 발견한 듯한 충격이었다.

"어떻게… 여기 있는 거야? 어떻게 릴리야가 여기 있냐고."

"정신 차려, 마쓰리. 이건 코스프레야. 저 사람은 릴리야가 아니야. 네 휴대폰 배경 화면 속 소년이 아니라고."

"봐봐, 진짜 같잖아! 파란색 머리카락에 새하얀 피부, 전투

복도 입고 있어! 저쪽에 리저스 함장도 있네! 어머, 티샤다! 와, 진짜 드레스 같아…! 우와, 귀여워."

"마쓰리, 정신 차려! 지금 네 눈에서 하트가 막 쏟아져 나오고 있어."

"어떡해, 어떡해! 뭐야, 이거! 나를 애니메이션의 세계로 초대하는 건가?"

"그보다는 덕후의 세계로 초대하는 것 같은데?"

"아, 그렇지만 진짜 예쁘다. 티샤 옷 입은 사람, 정말 예뻐, 진짜 여주인공처럼 생겼네. 아, 저 릴리야는 우리 집에 데려가고 싶다…."

"너 여기 소개팅하러 온 거 아니야."

"소개팅이라도 하고 싶어, 진짜."

마쓰리가 진지하게 대답해서 사나에는 웃음을 터뜨렸다.

마쓰리가 사나에에게 텔레비전 애니메이션을 챙겨 본다는 사실을 들킨 건, 사나에가 마쓰리의 병문안을 왔다가 병실에 있던 텔레비전 프로그램 소개 잡지를 봐버렸기 때문이다. 마쓰리가 표시해 놓은 건 전부 애니메이션이었다. "어째 내가 표시해 둔 거랑 겹치는데."라는 사나에의 말을 듣고서야 비로소 마쓰리는 자신이 애니메이션에 흠뻑 빠졌음을 깨달았다.

"사나에, 너도 저런 거 해?"

"그렇지, 뭐. 나도 요즘 애니메이션 '우주 전사 크로스 보드'에 빠졌거든. 다음 달에 있을 코스프레 이벤트에서 티샤 드레스를 입을 예정이야."

"이벤트?"

"코스프레도 하고 동인지도 팔고. 너도 같이 가자. 여기와는 비교도 안 되는 코스프레를 볼 수 있어."

"우아, 나도 갈래! 굉장하다. 정말 굉장해. 저건 어디서 팔아? 혹시 직접 만든 건가? 소재가 궁금하다. 전문가 뺨치는 수준인데. 다들 무슨 기술자야?"

"아니, 평범한 일반인이야."

"정말? 진짜 옷 같은데. 어쩜 저렇게 잘 만들었을까."

"그건 캐릭터를 향한 사랑과 작품에 대한 열정 때문이지."

"…와아."

사나에가 한 말에 이성을 되찾았는지 마쓰리가 자세를 바로 잡았다. 지나치게 흥분한 모습을 보인 탓에 스스로 괜히 민망해졌다.

"어머? 히메카 씨?"

"와, 히메카다!"

전투복을 입은 빨간색, 파란색, 핑크색 가발 무리가 사나에 주위로 모여들었다. 친근하게 대화하는 사나에와 다양한 애니메이션 캐릭터들 사이에 끼지 못한 마쓰리는 한 번 더 회장을 둘러보았다.

마쓰리는 입원했을 때, 주체할 수 없을 정도로 '넘쳐나는 시간'을 텔레비전과 함께 보냈다. 드라마, 예능, 뉴스, 애니메이션…. 처음에는 모든 방송을 챙겨 봤지만, 입원 기간이 길어지면서 시청하는 리스트에서 살인 사건만 보도하는 뉴스를 지우고, 웃기지도 않는 예능 프로그램을 지웠다. 같은 세대의 주인공이 나와 '이게 바로 요즘 세상의 20대'라고 외치는 듯한 드라마도 지웠다.

그러다 보니 어느새 애니메이션만 남았다. 애니메이션을 보는 동안은 가상의 세계에 머물 수 있었고, 스트레스를 받을 일도 없었다.

마쓰리는 회장을 휘휘 둘러보았다. 애니메이션 속 캐릭터를 연기하는 코스튬 플레이어가 카메라 플래시를 향해 웃고 있었다. 애니메이션 '우주 전사 크로스 보드'의 주인공들이 그 자리에 있었다. 유일하게 마쓰리를 편안하게 해주는 존재가 거기 있었다.

옆으로 고개를 돌리자 히메카라 불리는 사나에가 사람들과 즐겁게 대화를 나누고 있었다. 그랬다. 사나에는 언제나 즐거워 보였다. 만화를 그릴 때도, 고양이 귀를 달고 있을 때도. 마쓰리의 기억 속에 우울해 보이는 사나에는 없다.

"마쓰리, 미안. 다들 코스프레 친구들이야."

"그렇구나…."

"왜 그래? 아, 피곤해? 그만 돌아갈까? 오늘은 이런 세계도 있다는 걸 너한테 보여주고 싶었어. 봐, 애니메이션도 다양한 각도로 즐길 수 있잖아. 머리가 이상해질 만큼 시간이 남아도는 생활은 너무 아까우니까. 아, 그래도 자극이 너무 셌나."

"셌어…. 맥박이랑 혈압이 상승했어."

"으악, 위험하잖아! 얼른 가자! 안 되지, 안 돼, 건강이 제일
인데."

사나에가 손을 잡아끌자 마쓰리는 몸이 붕 뜨는 듯했다.

"첫 코스프레…."

"마쓰리, 정신 차려! 넌 덕후 싫어하잖아!"

"왠지 다들 즐거워 보여…."

"야, 너 진짜 제정신 맞는 거지?"

"살짝 꿈을 꾸는 거 같아."

사랑에 빠진 듯한 기분이었다.

회장을 빠져나와 아키하바라 거리로 돌아오고도 마쓰리는 마
음이 딴 곳에 가 있는 듯했다. 사나에가 자극이 적은 패스트푸
드점으로 마쓰리를 데리고 들어가 우롱차를 사주었다.

"자극이 너무 셌어?"

반성하듯 뺨을 긁으며 사나에가 물었다. 창가에 앉은 마쓰리
는 여전히 얼떨떨한 얼굴로 "셌어." 하며 웃었다.

"마쓰리, 일단 수분 섭취부터 해."

"아, 그래. 이참에 약도 먹어야겠다."

"어? 잠깐만! 그럼 뭐 좀 먹어야지. 감자튀김 사 올게."

"그래. 부탁할게. 아니다, 감자튀김은 안 돼. 염분이 강한 건

먹으면 안 되거든….”

“그럼 샐러드 같은 거 있는지 보고 올게.”

사나에는 발걸음을 돌려 계산대를 향해 달려갔다. 그 뒷모습을 바라보며 처음 만났을 때를 떠올렸다.

귀엽게 생겼지만, 애니메이션 덕후라는 이유로 같은 반 여자애들이 멀리했던 사나에는 전학 와서 혼자였던 마쓰리가 처음 제대로 대화를 나눈 사람이었다. 먼저 말을 걸어오는 사람은 많았지만, 하나같이 마쓰리에게 질문만 퍼부을 뿐 자기 이야기는 좀처럼 꺼내지 않았다. 형식적인 자기소개가 끝나면 마쓰리를 에워싸던 무리도 썰물처럼 떠나갔다. 기필코 학급에 녹아들어야겠다 초조해하던 시기에, 사나에가 노트에 무심히 그린 낙서를 보고 밝은 목소리로 말을 걸어주었다.

“다카바야시 마쓰리, 그 그림 진짜 잘 그렸다! 그림 좋아해? 내 이름은 후지사키 사나에야. 잘 부탁해.”

그때와 달라진 건 없다. 사나에는 안 보는 듯하면서도 다 보는 사람이다.

사람들은 사나에를 두고 애니메이션을 향한 열정이 넘치는 괴짜로 보지만, 사나에는 안쓰러운 사람을 내버려두지 못하고 주변을 보살피며 살뜰히 챙길 줄 아는 사람이다.

사나에가 사 온 샐러드를 조금 먹고 나서 약통을 꺼냈다. 빨간색, 흰색, 노란색 알약이 하나둘 손바닥 위로 올라오더니 거의 열 개가 쌓였다. 처음에는 폐의 혈관을 넓혀주는 약뿐이었는데 위가 헐어 위장약을 처방받았다. 그러자 이번에는 빈혈이 자주 일어나서 철분제와 비타민이 추가되었고, 심장의 부담이 늘어나 증세를 완화하는 약이 추가되었다. 마치 도미노가 쓰러지듯 몸의 모든 부위가 나빠져만 갔다.

"약이… 또 늘었네."

사나에의 입에서 뜻밖의 말이 흘러나오자 마쓰리가 놀라 고개를 들었다.

쏘아보는 듯한 시선으로 마쓰리의 손바닥을 가만히 보던 사나에는 그제야 정신이 들었는지 마쓰리가 남긴 샐러드에 포크를 푹 찔렀다.

"피곤하면 꼭 얘기해. 이러다가 몸이 안 좋아지면 본전도 못찾는 꼴이니까. 난 어디 정신이 팔리면 나도 모르게 상대방을 끌고 돌아다니니까 꼭 말해줘. 넌 네 얘기도 잘 안 하고, 혹시나 분위기 깰까 봐 조심하는 성격이지만, 나한테는 솔직해져도 돼. 강요하는 것처럼 들릴지도 모르지만…."

사나에는 아무 잘못이 없는데 마치 혼이 난 아이 같은 얼굴을 하고 샐러드를 씹고 있었다.

그 말을 듣는 마쓰리의 가슴이 뭉클해지면서 따뜻함이 스며들었다. "내 이름은 후지사키 사나에야. 잘 부탁해."라며 웃음짓던 사나에…. 그 미소를 올려다보던 중학생 시절의 평온함이 떠올랐다.

그때는 애니메이션을 향한 사나에의 열정을 따라갈 수 없어서 멀어져 버렸지만, 마음속으로는 사나에를 계속 좋아했다.

걱정 끼치고 싶지 않아서, 괜히 말려들게 하지 않으려는 마음에 병에 관해서는 자세히 털어놓지 않았지만, 사나에는 믿어도 될 것 같았다. 두려워하지 말고 마음을 열자. 그러면 분명 중학생 때보다도 더 사이좋게 지낼 수 있을 테니까.

마쓰리는 사나에의 말을 순순히 받아들였다. 그 모습을 본 사나에는 멋쩍다는 듯 수줍게 웃었다.

"와아… 코스프레 진짜 굉장하더라. 깜짝 놀랐어. 대단해, 대단해. 왜, 고등학교 가정 수업 시간에 원피스 만들었잖아. 그때 즐거웠던 게 생각났어."

"맞다, 넌 손재주가 좋았잖아. 복도에 걸려 있던 거 기억나. 귀여운 리본이 달려 있었지?"

"맞아. 네가 만든 건 프릴과 자수가 엄청났지. 대박이었는데. 입으로는 롤리타 패션이냐며 놀리는 여자애들도 입고 싶어 하는 표정이었어."

그때가 문득 생각났다는 듯이 마쓰리가 미소를 보냈다.

"너도 입어보고 싶었어?"

"응? 한번은 입어보고 싶지. 하늘하늘한 핑크색 원피스. 그런 걸 만든 거 보면 사나에도 손재주가 좋아."

"그래서 코스프레에 눈을 떴을지도 몰라."

"아아. 부럽다. 즐거워 보였어. 친구도 많고, 좋겠다. 정말 즐거워 보였어."

마쓰리는 우롱차를 입안으로 흘려보내며 턱을 괴었다. 좀 전
에 본 광경이 떠올랐는지 눈가가 살며시 풀어졌다. 사나에는 그
미소를 오랜만에 보는 느낌이 들었다. 그래서 얼결에 몸을 앞으
로 내밀었다.

"너도 같이하자."

"뭐?"

"너도 할 수 있어. 누구나 할 수 있으니까. '크로보'를 좋아하
면 가능해. '릴리야 멋있네.' 그런 생각이 들면 누구나 가능하거
든. 재미있어."

사나에가 밀어붙이듯 말하자 두 사람은 잠시 시선을 주고받
았다.

이어서 마쓰리가 풋, 웃음을 터뜨렸다.

"덕후의 길은 배경 화면부터?"

사나에가 흥분한 듯이 종이컵을 짠, 하고 부딪치자 마쓰리는
오랜만에 소리 높여 웃었다.

'덕후의 길은 배경 화면부터'를 시작으로, 인터넷 즐겨찾기에
추가하고 DVD 리코더를 사고 재봉틀을 새로 마련하면서 마쓰
리는 서서히 자기 주변을 가다듬었다. 그 과정이 무척 즐거웠
다. 입고 갈 데도 없는 옷을 사는 일보다, 필요하지도 않은 패션
잡지를 사 모으는 일보다도 훨씬 즐거웠다. 취미에 아낌없이 돈

을 바치는 건 유쾌하고 상쾌했다.

8월 1일에 마쓰리는 스물세 살이 되었다. 절망밖에 없었던, 병원에서 보낸 2년이라는 시간을 채우려는 듯 마쓰리는 하루하루 정신없이 바쁘게 반짝이는 세계로 빠져들었다.

사나에가 말한 이벤트는 지난번과는 비교가 안 될 정도로 거대한 오락 시설 같은 회장에서 개최되었다. 사나에는 거기서 코스프레를 하고 직접 그린 동인지를 판매한다고 했다. 마쓰리는 회장에 들어선 순간 벌린 입을 다물지 못한 채 주변을 빙빙 둘러보았다.

"나도 처음 왔을 때 지금 너랑 똑같았어."

"넌 언제 이런 이벤트에 처음 왔어?"

"중학교 3학년 때였나. 동인지는 고등학생 때부터 냈지만."

"과연⋯."

"스승님이라고 불러."

"네, 스승님!"

감탄하고 있는데 사나에를 부르는 목소리가 들렸다.

"히메카!"

"아, 안녕?"

"안녕! 이거 좀 봐봐. 어제 완성했어."

애니메이션 캐릭터로 변신한 코스튬 플레이어들이 사나에 주변으로 모여드는 광경을 바라보던 마쓰리는 흠칫 몸을 움츠리

면서도 상기된 얼굴로 시선을 빠르게 움직였다. 또다시 발딱발
딱 맥박이 빨라졌다.

"히메카, 안녕!"

인사하며 달려온 파란색 머리를 한 여자는 사랑스러운 캐릭
터 릴리야였다. 그 주변으로는 군함의 함장과 여주인공이 함께
자리했다. 마쓰리는 눈빛을 반짝였다.

"히메카, 얘는 누구야? 친구?"

"응, 내 친구야. 이름은 마쓰리고. 최애는 릴리야."

"아… 안녕!"

마쓰리는 꾸벅 인사했다.

"릴리야 팬이라고? 와, 기쁘다. 나도 팬이거든!"

"릴리야, 멋지지."

"지난주는 정말 최고였어."

"맞아요! 정말 멋졌어요!"

자기보다 나이가 많은 여자들의 기세에 눌리지 않을 정도로
큰 목소리로 대답한 순간, 마쓰리는 '받아들여졌다'라는 느낌이
들었다.

"히메카, 탈의실 갈 거지? 마쓰리는 같이 저쪽으로 가자."

"아, 네."

"그렇게 긴장 안 해도 돼! 히메카랑 동창이지? 우리도 다 비
슷비슷해. 릴리야를 사랑하는 동지들끼리 친하게 지내자."

파란색 머리를 한 여자가 싱긋 웃자 마치 화면에서 나온 릴리

야가 미소 짓는 듯해 마쓰리는 정신을 잃을 지경이었다.

"다들 마쓰리를 잘 부탁해."

"응! 걱정하지 마, 마쓰리. 마쓰리는 그냥 우리 곁에 앉아 있으면 되니까."

"고마워요…."

복층 타입으로 된, 천장이 훤히 트인 넓은 회장에는 책상이 빽빽이 늘어서 있었고, 사방으로 사람들이 바쁘게 돌아다녔다.

"마쓰리, 이벤트 처음이랬지?"

"네. 그래서 하나도 몰라서요…."

"나랑 히메카는 동인지를 내고 있어."

"사나에… 아니, 히메카는 잘하고 있어요?"

꽃밭을 거닐 듯 신이 난 여주인공과 함장의 뒤를 따라가면서 릴리야에게 물어보았다.

"그건 보면 알 거야. 히메카는 동인지를 낸 지도 오래됐고, 그림도 정말 잘 그리니까."

"쓰키노도 굉장하잖아."

여주인공이 풍성한 드레스 자락을 휘날리며 웃었다. 그 모습을 가만히 쳐다보고 있던 마쓰리에게 릴리야가 파이프 의자를 권했다.

"말하자면, 이벤트는 즐기는 사람이 승자랄까? 코스프레도 하고, 동인지도 사고팔고. 자기가 좋아하는 걸 하면 돼."

"나도 알아요. 그게 중요하죠!"

"맞아, 중요하지, 중요해! 아, 맞다. 마쓰리도 그림 잘 그린다면서? 히메카한테 들었어. 그림 안 그려?"

"아니에요, 잘 그리긴요! 몇 년이나 안 그렸어요."

"그렇구나. 그런데 나도 그랬어. '크로보'를 만나기 전까지 공백이 길었는데, 푹 빠진 사람이 승자랄까? 동인지 만드는 게 재미있어. 코스프레도 계속하고 싶고."

"진짜 똑같아요! 릴리야가 입은 군복 그대로예요."

"고마워. 너, 좋은 애구나."

그렇게 말하더니 쓰키노가 마쓰리를 꽉 끌어안고 머리를 쓰다듬었다. 겉모습은 릴리야지만 군복을 벗으면 글래머에 주변 사람을 잘 챙기는 평범한 회사원이다. 평범한 회사원과 평범한 시한부 환자가 순식간에 친해지는 일이야말로 덕후 정신일지도 모른다고 마쓰리는 생각했다.

"좋아. 다음에는 마쓰리도 코스프레에 참여하는 거야. 내가 만들어줄게!"

"네? 정말이에요?"

"맡겨만 줘! 내가 거짓말하는 거 봤나?"

쓰키노는 릴리야의 대사를 내뱉은 다음 또다시 정신이 혼미해질 듯한 마쓰리를 세게 끌어안으며 시원스레 웃었다.

이벤트가 시작되자 코스튬 플레이어들 앞에 일제히 줄이 생기더니 동인지가 날개 돋친 듯 팔려나갔다. 여주인공 의상을 입은 사나에가 밝게 웃으며 손님을 상대하는 모습을 마쓰리도 옆에서 지켜보고 있었다.

언제나 이 자리였던 것 같다. 중학생 때도 이렇게 웃는 사나에를 옆에서 보고 있었다. 그림을 그리고 있을 때나 만화책을 읽고 있을 때나 옆에서 보는 사나에는 항상 즐거워 보였다.

사나에와 멀어지고 나서 친해진 친구들은 아이돌이나 운동선수를 따라다니는 데 열중했다. 뭔가에 빠지고, 뭔가를 위해 어떤 일을 하는 사람은 누구나 즐거워 보였다. 마쓰리는 자기 인생에서 자신을 바꾸고 세상을 눈부시게 보이도록 하던 게 뭐였는지 생각했다.

그림 그리는 건 어려서부터 좋아했고 특기라고도 할 수 있다. 하지만 마쓰리는 미술부 고문 선생님에게 미대 추천장도 받지 못했고, 부장을 맡아 달라는 말도 듣지 못했다.

시한부 선고를 받던 날을 머릿속에 떠올렸다.

지금 이대로라면 분명 따분하게 살다가 죽어가겠지. 노래방 소파에 죽치고 앉아 "뭐 재미난 일 없을까?" 같은 소리나 하던 예전처럼 똑같이 살다가 끝나는 삶이 그려지자 마쓰리는 얼굴을 찡그리며 머리를 흔들었다. 하물며 새하얀 벽에 둘러싸인 채로 침대 위에서 지내는 건 더 끔찍했다.

그러던 중에 갑자기 누가 멍하니 있던 마쓰리의 손을 낚아채는 바람에 정신이 들었다.

"가자, 마쓰리."

"어? 어딜?"

"옥상에 코스튬 플레이어들이 모이는 장소가 있어!"

"마쓰리, 가자!"

어느새 길었던 행렬도, 산더미같이 쌓였던 책도 사라지고 없었다. 한눈 한번 팔지 않고 오직 덕후의 길을 걸어온 사나에의 전력을 새삼 알게 되었다. 아마도 사나에는 빨대를 입에 물고 "뭐 재미난 일 없을까?"라며 투덜댄 적은 한 번도 없을 것이다.

사나에가 끌어당기자 마쓰리의 몸이 일으켜 세워졌다. 덜거덕, 파이프 의자가 흔들렸다.

"마쓰리, 이번에도 깜짝 놀라서 심장이 두근거릴걸?"

사나에가 돌아보며 웃었다. 시들하게 대답하면서도 마쓰리는 벌써 가슴이 뛰었다. 사나에의 손을 꽉 쥐었다. 이번에도 사나에가 돌아보더니 생긋 웃으며 손을 마주 잡아주었다.

빛을 향해 달려가는 사람들을 따라가며 마쓰리는 흥분이 가라앉지 않았다. 처음으로 누군가를 좋아했던 그때처럼 조용히 북받쳐 오르는 감정 속으로 몸이 빨려 들어갔다.

"뭐 재미난 일 없을까?"

빛의 저편으로 빠져나간 순간, 마쓰리는 처음으로 숨을 쉰 것처럼 해방감을 느꼈다.

드디어 자기만의 숨구멍을 찾은 듯했다.

즐겁다는 감정은 이런 게 아닐까.

하고 싶은 일을 하고, 누구에게도 휩쓸리지 않는 거.

너무 간단해서 웃음이 났다.

웃음은 중요하다. 웃음은 꼭 필요하다.

즐겁다는 느낌이야말로 인생의 토대가 아닐까.

인생은 즐기는 사람이 이긴다!

4.

　강렬한 자극을 줬던 이벤트로부터 석 달이 지났다.

　지난 3개월은 혼자만의 혁명이나 다름없었다. 과정은 빼고 결과만 말하자면, 마쓰리는 다시 그림을 그리기 시작했다. 마쓰리의 영혼은 코스프레에 흠뻑 빠져 있었는데, 마쓰리의 그림을 잊지 못한 사나에가 다시 펜을 쥐여주었다.

　"난 진짜 그리고 싶은 생각이 없어."

　"시험 삼아 한 장만 그려봐. 합격하면 내 어시스턴트 하게 해줄게. 그러면 맨날 눈코 뜰 새 없이 바빠서 머리가 어떻게 됐을 거라는 소리는 안 나올 거야."

　전화로는 부족해서 서로 집까지 오가게 된 사나에가 마쓰리의 방에 작화지를 들고 왔다.

"나도 그럴게."

"사나에, 너 만화가야? 꿈을 이룬 거야?"

"뭐? 만화가라니. 난 보잘것없는 동인 작가지. 그런대로 먹고살 수 있으니까 딴 일은 안 하지만."

"어머니가 뭐라고 안 하셔? 딸을 덕후로 인정하신대?"

"음, 엄마는 별말 안 해. 인정한다기보다 내버려둔달까, 엄마는 자기 취미 생활이 바빠서 나는 신경도 안 쓰는 거 같아."

"취미? 문화 센터 같은 거?"

"맞아. 훌라 댄스, 화과자 교실. 거기다 수영이랑 승마까지. 가끔 스쿼시도 치는 거 같고."

"와. 대단하시다."

사나에는 진절머리가 나는지 쓴웃음을 지었다.

"대신 아빠가 불쌍하지. 맨날 혼자 있으니까. 너희 부모님은 같이 등산 다니신댔지? 중학교 때 언뜻 들은 기억이 나는데. 지금도 다니셔? 그래서였지? 언니 이름은 도라지꽃에서, 네 이름은 재스민에서 따온 거잖아*. 로맨틱하다고 생각했어."

"요즘은 별로… 보다시피 내가 못 가니까."

"아… 그렇구나…."

"의사한테 물어봤거든. 등산은 거의 가족 행사 같은 거라서.

---

* 일본어로 도라지꽃은 '기쿄', 재스민은 '마쓰리'라고 발음한다.

예상은 했지만, 심한 운동은 안 된다더라고."

이번에는 마쓰리가 쓴웃음을 지었다. 웃으며 말할 수밖에 없는 화제였다.

"그랬구나. 마쓰리, 이벤트는 괜찮아? 지난번에 내가 끌고 돌아다녀서 힘들지 않았어?"

"그 정도는 괜찮은데. 책 정리나 짐 옮기는 거 하나도 못 도와줘서 미안해. 전혀 도움이 안 됐지?"

"아냐, 아냐. 마쓰리가 같이 있기만 해도 난 좋으니까. 괜찮아, 나 완전, 힘세잖아."

"그렇게 말랐는데?"

"완력, 악력, 폐활량만큼은 반에서 내가 일등이었어. 비록 집순이지만."

사나에가 아하하, 하고 웃자 마쓰리도 따라 웃었다.

그러는 사이 마쓰리가 잡고 있던 펜이 천천히 움직이기 시작했다. 만화 같은 건 중학생 때 이후로 처음 그린다면서 옆에 쌓인 DVD 표지를 따라 손을 움직였다. 그림을 본 사나에가 환호성을 내지른 것은 말할 것도 없었다.

다음 날 사나에는 마쓰리가 그린 그림에 컴퓨터로 색을 입혀 자기 홈페이지에 올렸다고 문자를 보내왔다.

"사나에가 이렇게 밀어붙이는 타입이었나…. 아니, 밀어붙인다기보다 마이 웨이네."

마쓰리는 하트가 가득한 문자를 보며 인터넷 창을 열었다. 파란색 머리를 한 소년이 비치는 바탕화면을 바라보며 어색한 웃음을 짓다가 사나에의 홈페이지에 들어가 봤더니, 투명함이 느껴지는 색채가 덧입혀져 180도 달라진 자신의 그림이 거기에 있었다.

그 그림을 본 순간, 마쓰리의 가슴이 물결치듯 일렁였다. 그리고 홈페이지 게시판에 달린 댓글이 마쓰리의 가슴을 한 번 더 설레게 했다. 단순한 칭찬이었지만, 아무런 관계없는 타인의 말에는 영향력이 있다.

그 순간, 눈으로 보기만 하던 인터넷 화면 속으로 팔이 끌려 들어 가는 듯했다. 이번에도 역시 '받아들여졌다'라는 느낌을 받았다.

그렇게 마쓰리는 칭찬받고 싶은 마음에 펜을 잡았다.

퇴원하고서 갈 곳을 찾지 못했던 마쓰리는 마침내 자신이 있을 곳을 발견한 듯했다.

자신을 받아들여 준 그곳으로 마쓰리가 빨려 들어가기까지는 그리 오래 걸리지 않았고, 게스트 자격으로 사나에의 동인지 만화를 몇 페이지씩 그리는 일을 되풀이하는 사이 순식간에 한 해가 저물었다.

사나에와 쓰키노가 이제 마쓰리도 한 권 그려보라고 부추겨서 마쓰리는 그해 봄에 처음으로 직접 그린 동인지 한 권을 완성했다.

오랜만에 펜을 잡았을 때는 신기한 감각에 사로잡혔다. 그림을 그리기 시작했더니 활력이 넘치고 머리도 맑아지고 음식도 맛있었다. 병에 걸리고 나서는 늘 몸 어딘가가 아프고 부정적인 생각이 따라다니고, 수분과 염분을 철저하게 제한하다 보니 뭘 먹어도 맛이 없었다.

그런데 그림을 그리기 시작하자 그런 것들이 싹 사라졌다. 마치 발병 전 자신으로 돌아간 듯했다. 그래서 정신없이 그림을 그렸다. 소재는 무궁무진했으며 시간은 남아돌았다.

펜이 종이 위를 내달릴 때 느끼는 흥분은, 스스로 기대감을 품게 했다. 완성된 원고를 볼 때면 더할 나위 없는 성취감에 휩싸였다. 먹고 자는 일도 잊을 만큼 심취해서 그림을 그렸다.

그림 작업을 일단락하고 정신이 들었을 때 느껴지는 건강한 공복감은 몸이 원하는 순간에 음식을 입에 넣고 맛있게 먹는 쾌감을 되살려주었다. 그림을 그리는 동안은 몸도 마음도 병을 잊을 수 있었다.

완성한 만화가 인쇄되자 마쓰리의 동인지를 애타게 기다리던 사나에와 쓰키노에게서 환호가 쏟아졌다.

"마쓰리, 이 만화는 무조건 잘 팔릴 거야!"

"정말요?"

"응, 처음 그린 솜씨 같지가 않아! 그림도 잘 그렸고, 컷도 굉장히 좋아."

"그건 히메카한테 배웠지만… 쓰키노 씨가 만든 동인지도 참고했어요."

"그래도 진짜 대단해. 히메카가 마쓰리를 파트너로 삼고 싶어 할 만하네."

흥분해서 말한 쓰키노의 눈이 정확했는지 마쓰리가 처음으로 그린 동인지는 반응이 엄청나게 뜨겁지는 않아도 착실하게 참가자들 손으로 넘어갔다. 그러다가 세 번째 참가한 이벤트에서는 금세 다 팔렸다.

마쓰리는 점점 이벤트 단골손님이 되었고 인터넷에 자신의 일러스트 사이트도 개설했다. 드디어 마쓰리는 자기가 있을 곳을 얻었다. 또한, 그곳은 세상과 확실히 이어져 있었다.

마쓰리는 메일을 확인하며 아침을 시작했다. 자신이 개설한 사이트에 올린 일러스트와 코스프레 사진에 공감하는 사람들이 보내온 메일을 읽고 답장을 썼다. 새로 올릴 일러스트의 밑그림을 그리고 채색했다.

컴퓨터 앞에 앉아 있기만 하더라도 머리를 써야 하니 배가 고파져서 점심을 꼬박꼬박 챙겨 먹게 되었다. 매일 식사를 준비하려면 힘들다며 기쿄가 자신과 아버지 도시락을 싸면서 마쓰리 몫까지 챙겨주었다. 점심은 기쿄가 만들어준 균형 잡힌 도시락을 배부르게 먹었다.

배가 고플 때 먹는 밥이 제일 맛있다는 사실을 최근 들어 새삼 깨달았다. 입원한 동안에는 배가 고프든 말든 정해진 시간에

밥이 나왔다. 애당초 간이 심심해서 맛이 없는 병원 밥은 언제 먹어도 맛이 없었다.

오후에는 다음 이벤트용 의상을 만들었다. 마쓰리가 재봉틀을 사용한다는 사실을 알게 된 어머니가 치맛단 수선과 못 입게 된 셔츠 리폼을 부탁했다. 어머니 취향에 맞게 만들어줬더니 아주 마음에 들어 했다. 늘 고맙다고 말하던 마쓰리가 이제는 그 말을 듣는 쪽이 되었다.

"고마워, 마쓰리. 다음 반창회 때 입고 갈게."

그렇게 말하며 상기되어 웃는 어머니의 얼굴을 보고 마쓰리는 기뻤다.

저녁이 되면 가족이 먹을 저녁밥을 준비했고, 그 일이 끝나고 나면 그때부터 만화를 그렸다. 생활에 루틴이 생겼다. 할 일이 분명하게 정해져 있는 일상이다. 더는 아침에 일어나 '오늘은 뭘 할까?' 같은 생각은 하지 않는다. 순백색이었던 마쓰리의 일상이 지금은 다양한 색채로 가득 찼다.

그로부터 1년이 지났다.

"마쓰리, 그림이 갈수록 더 좋아지네."

"정말요? 고마워요!"

"혹시 괜찮으면, 오리지널 작품을 그려보지 않을래? 우리 편집자가 마쓰리 그림에 관심이 있어 보여."

오리지널 만화도 그리는 쓰키노가 콜라를 마시며 운을 떼자 옆에 앉아 있던 마쓰리는 얼떨떨해졌다. 동인지 작가 중에는 프로와 맞먹는 인재가 제법 있어서 쓰키노처럼 오리지널 만화로 단행본을 내는 프로 만화가도 있다.

"오리지널요?"

"으음, 쓰키노, 오리지널은 쉽지 않잖아."

"당장이라도 데뷔할 만한 실력을 갖춘 사나에가 할 말은 아니지!"

쓰키노가 사나에의 말을 가로막았다. 사나에는 못마땅한 듯 부루퉁해져서는 빨대를 입에 물며 뒤로 물러났다. 대신 쓰키노가 니트 사이로 커다란 가슴이 드러날 만큼 마쓰리를 향해 몸을 앞으로 쑥 내밀며 물었다.

"안 해볼래? 마쓰리라면 잘할 수 있을 거야."

"오리지널이면… 만화가가 된다는 거죠…?"

"그렇지. 만화를 그리면서 먹고살 수 있으니까. 동인지 그리다가 인기 만화가가 된 사람도 꽤 있어. 억만장자도 꿈이 아니라니까."

"그건 꿈이지."

사나에가 트집을 잡자 쓰키노는 너무 나갔냐는 듯 웃음을 터뜨렸다.

"아, 그럼, 생각해 볼게요."

"그럼 콘티 다 짜면 보여줘. 알았지?"

"쓰키노 씨는 순정 만화 그리죠? 평범하게 고등학생들이 연애하는 걸 그리면 될까요?"

"아니, 요즘은 평범하면 안 돼. 요즘 애들은 평범하면 만족을 못 해."

"맞아, 맞아. 우리 때는 키스까지였는데, 지금은 끝까지 가는 게 보통이잖아."

"흐음."

"그렇지만, 데뷔할 수 있으면 좋지."

쓰키노의 그 한마디에 마쓰리의 가슴이 고동쳤다.

"나는 담당 편집자도 성가시고 내 마음대로 그리는 게 제일 좋아. 오리지널 만화 그리다가 몸 망가져."

"정신도 망가지지."

"사나에, 너도 해봤어?"

"응, 잠깐. 단행본을 내보고 싶었거든. 동인지가 잘 팔리니까 우쭐해져서 한번 해봤는데 역시 프로의 세계는 혹독하더라. 요구 사항이 장난이 아니야. 너도 어깨에 힘 빼고, 그냥 가벼운 마음으로 도전해 봐. 너, 몸 망가지면 다 끝이다."

"응."

대답은 그럴싸하게 했지만, 이미 마쓰리의 눈앞에는 '데뷔'라는 커다란 글자가 떠올라 있었다. 마쓰리는 두 사람과 헤어지고 나서 헌책방에 들러 눈에 띄는 순정 만화를 여러 권 샀다.

묘사하고자 고등학생들이 읽는 패션지와 한때 학생들 사이에서 바이블로 통했던 고등학생 작가가 쓴 연애 소설과 표지에 성공하는 10가지 고백 비법, 사랑받는 여자가 되기 위한 20가지 조건, 인기 폭발 비법 따위의 문구가 써진 연애 관련 책까지 사고 말았다.

마쓰리는 벌써 스물네 살이다. 한창 일할 나이에 집에만 틀어박혀 있어도 괜찮을까, 매일 출근하는 언니를 곁눈질하며 초조하게 지냈다.

방에 있는데 노크 소리가 났다.

"네."

"마쓰리, 뭐 해? 엇, 오늘은 컴퓨터가 아니네?"

기쿄가 들어왔다. 목욕을 끝낸 민낯인데도 한결같이 예뻤다.

기쿄는 미술부였던 마쓰리가 그림 그리는 모습을 자주 봤기에, 마쓰리가 그림을 다시 그리기 시작했을 때에도 익숙한 풍경으로 받아들였다. 다만 붓이 잉크 펜으로 바뀌거나 캔버스가 작화지나 컴퓨터로 바뀐 건 잘 모르는 듯했다. 야외 활동을 즐기는 마쓰리네 가족은 덕후의 세계를 잘 이해하지 못할 것이다.

"우아, 요즘 만화는 엄청 귀엽다."

"그치? 그림이 아주 장난이 아니야."

"너도 이런 거 그려? 컴퓨터로 색칠하는 거 봤어. 넌 예전부터 이런 일러스트를 잘 그렸잖아."

"그랬나?"

"왜, 있잖아, 졸업 앨범 학급 소개 페이지에 그렸던 그림, 진짜 잘 그렸었어. 담임 선생님 얼굴이 아주 판박이더라."

"언제 적 졸업 앨범?"

"초등학교."

"기억력 좋네."

옛날 일을 떠올리며 기쿄가 웃어 보이자 마쓰리도 어색하게 웃었다.

"네가 열중할 만한 일이 생긴 건 좋다고 봐. 유화도 다시 그려? 정물화는?"

"글쎄, 기분이 내키면 해볼까 싶어. 요즘은 컴퓨터로 채색하다 보니 붓 잡는 감각을 까먹었어."

"그래? 그래도 역시 마쓰리는 예술 쪽이야. 바느질도 잘하고, 엄마가 그러던데 요리도 자주 해준다며? 오늘 어묵탕도 맛있었어."

"고마워. 먹고 싶은 메뉴 있으면 말해."

"그래… 참, 그런데 요즘 추워졌으니까 슈퍼는 가지 마. 의사도 붐비는 데는 안 좋다고 했잖아. 네가 감기라도 걸리면 큰일이야."

"…슈퍼는 별로 안 붐비는데."

마쓰리는 입꼬리를 올린 채로 눈썹 끝을 늘어뜨렸다. 하지만 기쿄는 진지한 얼굴을 하고서 안 된다는 말만 되풀이했다.

"욕실 비었으니까 목욕해. 느긋하게 몸 좀 데우고."

"알았어, 고마워."

기쿄가 방을 나갔다. 마쓰리는 닫힌 문을 한참 쳐다보다가 다시 발밑에 쌓인 순정 만화로 시선을 돌렸다. 오리지널 만화를 그리게 되면 스스로 돈을 벌 수 있을지도 모른다. 그러면 언니가 기뻐하겠지. 부모님도 장하다고 말해줄 테고.

마쓰리는 책상 앞에 앉아 쫓기듯 펜을 움직였다.

그렇게 연말이 가까워졌을 무렵, 마쓰리는 쓰키노를 따라 출판사로 갔다. 쓰키노가 담당 편집자를 소개해 줬고, 마쓰리와 나이가 비슷해 보이는 편집자는 흔쾌히 원고를 받아주었다.

쓰키노는 원작을 그리는 게 얼마나 어려운지 잘 알아서인지 출판사를 나오자마자 마쓰리를 격려했다.

"마쓰리, 고생했어!"

"도와줘서 고마워요."

"미안해, 마쓰리. 콘티 봐준다고 해놓고선 시간이 없어서 조언도 제대로 못 해주고."

"아니에요. 마감 맞추느라 힘들었을 텐데. 게다가 역시 프로의 눈은 다르다고 느꼈어요. 쓰키노 씨가 조언해 준 덕분에 여러모로 도움이 됐어요."

"정말? 그랬으면 다행이지만."

카페에 들어가 코트를 벗은 쓰키노는 벌어진 스웨터 사이로 커다란 가슴을 드러내 보이며 소탈하게 웃었다.

"정말 고생 많았어, 마쓰리."

"그런가요⋯."

"그렇지. 그보다 몸은 괜찮아? 밤샘하면서 무리한 거 아냐?"

"괜찮아요. 한가하니까요. 그런데 밤낮이 바뀌어버려서."

"그럼 오늘부터 실컷 자! 안 그러면 다음 이벤트 못 즐겨."

"네."

쓰키노에게는 지병이 있다는 사실을 밝혔다. 그래서 마음을 써주고 자연스럽게 도와주기도 한다. 마쓰리는 쓰키노가 참 좋았다. 필명만 아는 탓에 이름도 정확히 모르는 쓰키노가 몇 년 동안 대학을 같이 다닌 친구들보다 훨씬 더 좋았다.

대학 시절 친구를 떠올릴 때면 마쓰리는 늘 마음에 그림자가 스쳤다.

'마쓰리, 힘내.'

그렇게 위로해 주던 따뜻한 친구들. 하지만 누구도 마쓰리에게 힘을 북돋아 주지는 못했다. 그 친구들이 마쓰리에게 준 건 병문안 꽃과 케이크도 있었지만, 패배감도 있었기 때문이다. 패배감은 차츰 허탈감으로 바뀌더니 마쓰리를 질투에 빠뜨렸다.

마쓰리는 그 친구들을 정말 좋아했다. 대학 시절을 함께 보낸 친구이니 당연했다.

하지만 병에 걸린 건 마쓰리뿐이다.

병실에 찾아와 반복해서 들려주던 여행 이야기와 백화점 세일 이야기, 근사한 카페가 생겼다느니 남자 친구가 애정이 식었다느니, 그런 이야기가 마쓰리의 마음을 연이어 더럽혔다.

질투가 뱀처럼 온몸을 기어다녔다. 그러더니 조금씩 가슴을 조여왔다. 질투가 가슴을 옥죌 때마다 마쓰리는 소리를 내지르고 싶었다.

숨을 턱턱 막히게 하는 질투가 사그라들고 나면 어김없이 자기혐오에 빠졌다. 그럴 때마다 자주 발작을 일으켰다. 발작이 일어날 때마다 이대로 죽여 달라고 빌었다. 죽고 싶다고 생각한 건 시한부 선고를 받았을 때가 아니었다. 추해지는 자신을 참을 수 없게 됐을 때였다.

"마쓰리."

"네?"

"…좋은 결과가 나오면 좋겠다."

턱을 괴고 빨대로 홍차 스쿼시를 빙빙 젓던 쓰키노가 생글생글 웃었다.

이 사람은 좋은 사람이다. 다정하고 따뜻하고 사람을 잘 챙긴다. 마쓰리는 그런 쓰키노에게 우정이 싹트는 걸 느꼈다.

새해가 찾아오고 일상이 안정될 무렵 편집자에게서 연락이 왔다. 편집자는 바르고 깔끔하면서도 짧고 쾌활한 말투로, 마쓰리가 그린 만화는 대중이 찾는 만화가 아니라고 알려주었다. 마쓰리도 수화기에 대고 똑같이 쾌활하게 대답했지만, 아름다운 문장은 에둘러 표현해도 핵심을 정확하게 찌른다고 생각했다.

전화를 끊고 나서야 편집자가 한 말이 자기 만화는 개성이 없고 이야기는 흔해 빠졌으며 한마디로 재미가 없다는 뜻이었음을 이해했다. 극도로 올라갔던 기대가 순식간에 바닥으로 떨어지며 무참히 깨졌다.

자기 인생은 좌절의 연속이라며 쿠션 더미에 몸을 던졌다. 그러자 저절로 눈물방울이 뚝 떨어졌다. 깨진 기대는 절망으로 바뀌었다.

'너는 괜찮다.'라는 제삼자의 말이 필요했다. 가족이나 친구가 아니라 세상과 단단히 연결된 제삼자의 말.

'너는 괜찮다.'라고 말해주며, 세상 쪽으로 자신을 잡아당겨 주길 마쓰리는 바랐다.

마쓰리는 당당하게 가슴을 펴고 나는 여기에 있다고 세상을 향해 외칠 만한 장소를 원했다. 갓길에 서서 차량이 물결을 이루며 달리는 모습을 바라보는 게 아니라 도로 위로 나가고 싶었다. 한 번이라도 좋으니 그 안으로 들어가 보고 싶었다.

비뚤어진 생각과 허영에 들떠 만화를 그렸던 자신을 깨닫자 쉴 새 없이 눈물이 쏟아졌다.

'나는 여기에 있는데. 분명 여기에 있는데.'

참을 수 없어 쿠션 하나를 냅다 집어 던졌다. 테이블 위에 놓였던 빈 페트병이 공허한 소리를 내며 바닥으로 떨어졌다.

다음 날 빠른우편으로 반환된 원고를 마쓰리는 울면서 찢어버렸다. 물건을 내던져본들 답답함은 조금도 가시지 않았고, 쓰레기로 어질러진 방이 마음을 더더욱 허탈하게 만들었다.

예전에는 남들과 같아서 싫었는데,

지금은 남들과 같지 않으면 불안해서 견딜 수 없다.

어차피 남들과 같을 수 없다면 강해지고 싶다.

남들과 다른 길을 당당하게 걸어가는 사람이 되고 싶다.

강해지고 싶다.

강해지고 싶다.

마음이 굳어버릴 정도로 강해지고 싶다.

5.

마쓰리는 번아웃이 온 듯 펜대를 잡지 못했다.

애니메이션을 봐도 집중이 안 되고, 또다시 뭘 먹어도 맛을 느낄 수 없었다. 아침에 일어나면 오늘은 뭘 해야 하나 멍하니 생각했지만 할 일이 떠오르지 않아 언제까지고 이불 안에서 잠만 잤다. 모래시계의 모래는 끊임없이 떨어져 내리는데 하루하루를 헛되이 보내고 있었다.

골든위크*가 시작되고, 오랜만에 대학 친구에게서 술자리에 나오라는 연락을 받았다. 친구 중에 맨 먼저 결혼한 미야가 남

* 4월 말부터 5월 초까지 이어지는 일본의 연휴 기간.

편과 술집을 오픈했다고 해서 다 같이 모이게 되었다.

"마쓰리! 잘 지냈어?!"

옛날 미국 스타일로 꾸민 가게에 들어서자 한쪽에 모여 있던 낯익은 친구들이 두 손을 크게 흔들며 맞아주었다. 바둑판무늬 바다, 보라색 벽지, 흰색 테이블에 색색의 아크릴 의자가 놓인 내부는 언젠가 본 적 있는 기괴한 미국 영화 속 세계를 떠올리게 했다. 마음속으로는 입맛이 사라질 것 같다 생각했다. 그렇지만 언니에게 받은 고급 초콜릿을 홀쭉하니 키만 크고 살집 없이 마른 미야의 남편에게 건네고 무리 속으로 들어갔다. 결혼식 때 미야의 남편을 보고 "음, 요즘 유행하는 못생겼는데 보다 보면 정드는 스타일인가?"라며 폭소를 터뜨렸던 애들이다.

"마쓰리, 오랜만이다!"

"오랜만이지? 보고 싶었어."

"나도!"

"미안, 좀처럼 같이 못 놀아서. 일 끝나고 부르면 시간이 너무 늦어서 말이야. 부모님 걱정하시잖아."

"아니야. 부모님은 간섭 안 하고 내버려두는 편이야."

'누가 놀아 달라고 부탁했나? 내가 애야?'

마쓰리는 속으로 구시렁거렸다.

"마쓰리, 뭐 마실래? 맞다, 술은 안 되지?"

"아무튼, 마쓰리가 건강해져서 다행이야."

"마쓰리, 많이 먹어! 료가 만든 음식을 먹으면 힘이 나거든."

"고마워."

음식은 둘째 치고 그전에 내부 인테리어 때문에 멀미가 날 지경이었다. 벽지는 평범한 게 좋았을 거라며 속으로만 쓸데없는 참견을 늘어놓았다.

"미야, 료 씨, 오픈 축하해요!"

원형 테이블에 칵테일과 우롱차가 올라왔다. 물빛, 빨강, 골드, 갈색 유리잔이 쌓였다. 화려한 색깔 하며 가느다란 유리잔의 감촉까지도 친구들이 몸에 걸친 옷과 똑같았다. 요즘 패션 잡지를 살펴보지 않은 마쓰리의 옷은 뭉툭한 갈색 유리컵처럼 수수하고 여성스러움은 눈곱만큼도 찾을 수 없었다.

건배하고 요리를 내오자 각자 근황 보고가 이어졌다. 아직도 붙어 다니는 나오와 사오리가 중심이 되어 대화를 이끌었다. 회사, 애인, 일, 음식, 칵테일, 료가 만든 음식 칭찬, 다양한 주제의 이야기가 버터가 되어버린 호랑이처럼 빙빙 돌았다*. 마쓰리의 머릿속은 이미 버터로 변했다. 흐물흐물 녹아 타기 시작했다. 식욕을 돋우는 좋은 향은 사라지고 코를 찌르는 검은 냄새로 바뀌었다.

마쓰리는 회사 이야기에도 애인 이야기에도 낄 수 없었다. 무료함을 감추려 손을 댄 음식들은 하나같이 느끼해서 몸에 안 좋

---

* 호랑이들이 나무 주위를 돌다 녹아서 버터가 되었다는 헬렌 배너맨의 《꼬마 삼보 이야기》 속 내용.

을 것 같은 데다 염분을 제한해야 해서 많이 먹을 수도 없다. 석 잔째 마시는 우롱차는 가게 냉방이 너무 세서 얼어붙은 몸을 더욱 차게 만들었지만, 차가 든 잔을 손에서 놓지 않았다.

사회와 자신이 선 위치의 관계가 생생하게 드러났다. 남의 집 잔디는 굉장히 푸르다. 황금빛 초원으로 보일 정도로.

"마쓰리는 매일 어떻게 지내?"

취기가 돌 때쯤 나오가 묻자, 모두의 주목을 받은 마쓰리는 몸이 움츠러들었다.

"병원은?"

"두 달에 한 번씩 다녀."

"건강해 보여서 다행이야."

"응, 지금은 안정됐어."

"정말 잘됐다. 건강해져서."

대학 친구들은 마쓰리의 건강이 제일 나빴던 시기를 알고 있다. 마쓰리는 예전에 자신을 찾아온 미야가 중환자실은 처음 와봤다고 말하던 모습이 떠올랐다.

"진짜 다행이야. 이렇게 외출하게 된 모습만 봐도 좋다."

"나도 그래. 마쓰리가 힘이 없는 건 정말 싫거든."

"넌 이름처럼 축제* 같아야지. 신입생 환영회 때 인상이 진짜 강렬했잖아."

---

* '마쓰리'라는 일본어에는 축제라는 의미도 있다.

"맞다! 다들 눈치만 보고 있는데 마쓰리 혼자 아무렇지 않게 음식에 손을 대고 스스럼없이 말도 걸고 그랬어."

"그랬나?"

"그랬어. 클라이맥스는 갑자기 '노래방 시작합시다!' 외치더니 무대에 뛰어올라가서 킨키 키즈** 노래를 부른 거였어."

"더구나 댄스도 완벽했지."

"그렇게 말하는 나오랑 사오리도 하마사키 아유미*** 노래를 열창했잖아."

"어렸으니까."

"어렸지, 그때는 우리 다 어렸어."

일제히 웃음을 터뜨렸다. 음식을 들고 오며 미야가 말했다.

"난 그 신입생 환영회에서 마쓰리와 꼭 친구가 되어야겠다고 생각했어. 얘랑 같이 있으면 재밌을 것 같았거든."

"나도 그랬어. 그래서 곧장 노래방 가자고 꼬드겼잖아."

"맞다, 노래방. 다른 애들도 엄청 많이 왔잖아. 그래서 무슨 24시간 레이스 같았어. 아, 그때 재밌었는데."

"그러게. 마쓰리와 있으면 심심할 틈이 없었어."

"그래서 마쓰리가 같이 졸업 못 할 때는 너무 안타까웠어. 그래도 건강해져서 다행이야. 정말 잘됐어."

** 도모토 고이치, 도모토 쓰요시 2명으로 구성된 일본 킨키 지방 출신 아이돌 듀오.
*** 90년대부터 2000년대까지 일본에서 젊은 여성들의 패션 아이콘으로 통했던 솔로 가수.

사오리의 말에 고개를 끄덕이며 각자 그때를 떠올렸다.

온몸에 튜브와 기계를 연결해야 겨우 숨을 쉴 수 있었던 그때를 생각하면, 마쓰리는 여기 있다는 사실만으로 행복한 일일지도 모른다. 친구들이 눈부신 일상을 보내고 있다고 해서 이의를 제기할 수는 없다.

어째서 자신은 이렇게 친구들을 부러워해야만 하는지 자괴감에 빠진 채, 마쓰리는 우롱차를 한 모금 마셨다. 차가운 액체가 조금씩 몸속으로 스며들었다.

"고마워."

최선을 다해 웃어 보였다. 친구들이 건넨 다정한 말에 둘러싸이자 자신의 추악함이 여실히 드러났다.

그때처럼 허물없이 대화를 나누는 자신은 이제 없다. 앞장서서 분위기를 끌어올릴 용기도, 힘도 없다. 검고 커다란 얼룩이 하나 더 늘었다.

"맞다, 맞다, 노래방 하니까 생각났는데 얼마 전에 상사가 불러서 따라갔다가 완전 큰일 날 뻔했잖아. 자기랑 듀엣을 하자는 거 있지? 이거 성희롱으로 고소해도 되는 거 아냐?"

"꼭 있어. 기를 쓰고 우리랑 어울리려는 아저씨. 진짜 끔찍하다니까."

"그럴 때는 우리 가게로 데려와. 센 술도 갖다 놓을게. 남자친구하고도 같이 오고."

"알았어, 당연하지. 아주 좋아할걸? 자주 놀러 올게."

"난 회사 선배 데리고 올게. 지금 작업 중이거든. 맛있는 거 만들어줘, 미야."

"오케이!"

마쓰리는 또다시 친구들이 나누는 대화에 끼지 못한 채 따분함을 감추며 무릎 위에 놓은 두 손을 꽉 쥐었다.

'오늘 잘 먹었어, 즐거웠어.'라고만 쓴 문자를 미야에게 보냈다. 미야가 '음식은 맛있었어? 몸은 어때?' 헤어질 때와 같은 걸 묻기에 마쓰리도 헤어질 때와 같은 말로 대답했을 뿐이다. 그런데 답을 보내고 곧이어 미야에게서 전화가 왔다.

"있잖아, 료랑 얘기했는데, 우리 셋이 한잔하지 않을래?"

"뭐? 어, 괜찮긴 한데⋯."

"료가 너한테 꼭 소개해 주고 싶은 사람이 있대. 그래서 그 얘기를 하고 싶은가 봐."

찰나이지만, 온몸이 기대에 차올랐던 건 아직 자신이 여자라는 증거일까. 그러면서 동시에 입원했을 당시 병동에서 울부짖던 레이코의 남편이 뇌리를 스쳤다.

"아냐⋯ 됐어."

"되긴 뭐가 돼, 마쓰리. 강요는 안 할 테니까. 일단 만나자."

"만나요, 만나! 한잔해요, 마쓰리 씨."

수화기 너머로 료의 목소리가 들려오자 마쓰리는 마지못해 승낙했다.

병원에 있는 동안 마쓰리는 두 번 다시 누군가를 좋아하게 될 일은 없을 거라고 생각했다. 10년 후면 죽을 여자를 누가 사랑해줄까. 그 사실을 이해하고 사랑해 주는 사람이 있다고 해도 그런 사람을 두고 갈 상상을 하면 마쓰리는 소름이 돋았다. 말하자면 그건 죽음을 두려워하게 되는 거니까.

전화를 끊고 나자 마음속 저울추가 미지의 사랑과 뚜렷한 현실 사이를 왔다 갔다 하며 흔들렸다. 아직 사랑은 시작도 안 했는데 참 바보 같다고 생각하면서도 '사랑을 하면 안 된다.'와 '사랑을 하고 싶다.' 사이에서 또다시 흔들렸다.

지금까지 마쓰리는 죽음이 두렵지 않았다.

즐거운 일이 있긴 하지만 만족스럽지 않아서 늘 불안하고, 시한부 인생이라는 현실을 애써 외면하며 한 발짝 물러서 있었다. 이 상황과 결별하는 데 죽음이 필요하다면 그 또한 괜찮겠다며, 자신이 처한 상황을 쉽게 생각했다. 물론 가족을 슬프게 하는 일은 괴롭다. 말로는 다 표현할 수 없는 죄책감이 어깨를 짓눌렀다. 그렇지만 사회와 동떨어진 자신의 상황이 불편해서 견딜 수가 없었다.

사랑 따위는 하지 않겠다. 행복을 바라면 지금의 자신은 불행한 사람이 되니까.

그래도 저울추는 계속 흔들렸다. 불협화음이 일어난 귓가에 사랑이라는 음색이 더없이 맑게 울려 퍼졌다.

병에 걸리기 전 나는 참 빛나 보였다.

추억 속의 나는 뭐든 할 수 있는 아이였던 것 같다.

실제로는 그저 겁쟁이였으면서.

언니와 비교당하기 싫어서 반대 캐릭터를 연기하다가

사람들 반응이 좋았던 캐릭터를 선택했다.

그렇게 나는 축제의 마쓰리가 되었다.

얌전한 언니와 정반대로 생기발랄했다.

슬퍼도 웃었다. 속상해도 웃었다.

내게 남은 시간이 10년이라는 말을 들었을 때도 웃어넘겼다.

신에게는 거역할 수 없다는 사실을 알고 있다.

부러워하는 건 바보 같은 짓이다.

그럴 바에야 차라리 웃는 게 낫지 않을까.

6.

여름 이벤트가 끝났을 즈음, 미야에게 다시 연락이 왔다.

여름 이벤트에 낼 동인지를 간신히 완성하고 코스프레도 즐겼다. 하지만 항상 잔가시처럼 어딘가에 걸려 있던 미야의 말이 이제는 눈앞에 비칠 지경이었다.

마쓰리는 스물다섯 살이 되었다.

'스무 살에 발병했으니 앞으로 5년 남았구나.'

마쓰리는 자기에게 남은 생명의 기한을 되새겼다.

앞으로 5년. 그 시간은 무언가를 시작하기에는 너무 짧고 무언가를 끝내기에는 너무 길었다.

미야네 가게가 쉬는 날 저녁에 료가 추천하는 술집으로 불려

나갔다.

"미안해, 마쓰리. 가게 오픈한 지 얼마 안 되다 보니 아직 일이 익숙하지 않아서 그동안은 정신을 못 차릴 만큼 바빴어."

"난 언제든 괜찮아."

"그런 얘기를 꺼내서 계속 마음에 걸렸지? 료랑 나도 계속 신경 쓰였어. 마쓰리가 기다리니까 빨리 만나야 하는데."

흑인 랩이 쉴 새 없이 나오고 조명은 어두컴컴한 바였다. 얼굴을 보자마자 거슬리는 말들이 날아왔지만, 그냥 받아넘긴 채 테이블에 놓인 음료수를 들고 건배했다.

제짝을 찾은 미야 앞에서 초라해 보이지 않으려고 옷을 새로 샀다. 올여름에 유행하는 레이스 달린 재킷과 핀힐 샌들. 매니큐어와 페디큐어도 꼼꼼하게 발랐다. 머리카락도 예쁘게 말고 눈 화장도 여름에 어울리는 펄 아이섀도를 선택했다.

집에서 나올 때는 완벽했는데 전철을 타고 길을 걷고 미야를 만난 순간 모든 노력이 빛을 잃어버렸다.

가게 이야기며 두 사람의 연애담이 한없이 이어졌다. 영원히 끝나지 않을 듯한 미야 부부 이야기를 듣느라 지긋지긋하던 참에 점원이 와서 빈 접시와 잔을 치우고 추가로 음료를 주문받아 갔다. 이야기가 잠시 중단되자 이제야 생각났다는 듯이 마쓰리의 이야기로 화제를 돌렸다.

"그래서 말이죠, 소개해 주고 싶은 녀석이 있는데, 마쓰리 씨는 지금 솔로 맞죠?"

"뭐, 그렇죠…."

"마쓰리, 마지막 연애를 끝낸 게 언제쯤이지?"

남자와 마지막으로 잔 게 언제냐고 묻는 건가 싶어 속으로만 넌더리를 냈다. 자신이 그렇게 욕구 불만인 얼굴을 하고 있는지 거울로 확인해 보고 싶어졌다.

"그러니까… 스무 살 봄이었나. 그해 여름에는 병원에 있었으니까…."

"맞아, 맞아! 봄에 우리 꽃구경 갔을 때는 같이 있었잖아. 료, 기억나?"

"…어렴풋하긴 한데…. 거기 있던 사람 중에 누가 나랑 잘 안 맞았던 것 같은 기억이…."

"맞아, 맞아. 음악 취향이 다르다고 집에 가는 길에 료가 말 했었어."

"아, 생각났다! 그 자리에 나랑 말이 안 통하던 녀석이 한 명 있었어. 그러면… 한 5년 됐겠다."

료는 함부로 손을 꼽아가며 헤아렸다. 그러더니 조금 딱하다는 듯 이맛살을 찌푸렸다. 마쓰리는 울화통이 터질 것 같았다.

"저기요, 우롱차 한 잔 주세요."

점원을 붙잡고 음료수를 주문했다. 잘 마시지도 못하는 탄산음료를 무리해서 마시는 자신이 바보 같았다. 색도 예쁘고 얼핏 보면 모스크바 뮬*로 보이지 않을까 싶어 허세를 부리는 자신이 그저 한심할 따름이었다.

"소개하고 싶은 사람은 내 대학 후배예요. 그 녀석이 우리 가게 내부 인테리어를 해줬죠."

"대학 때 우리가 같이 다녔던 그 클럽 이미지야. 언젠가 내가게를 열게 되면 무조건 그런 클럽 분위기로 해야지 마음먹었거든."

"그렇구나."

미야는 꿈을 이룬 셈이다. 음식점에는 어울리지 않는 분위기이건 말건 미야는 그 시절의 꿈을 이뤘다는 생각이 들자마자 마쓰리는 허탈감이 몰려들었다.

중저음의 랩이 발바닥을 타고 올라왔다. 테이블에 놓인 우롱차에 입을 갖다 댔더니 패배의 쓴맛이 났다.

"안도 씨라는 사람인데. 료보다 두 살 어린 스물아홉 살. 설계 사무소에 다니고, 같이 얘기를 해보니까 굉장히 밝고 좋은 사람이었어. 내가 무리한 요구를 해도 다 들어주고. 일단 같이 한잔하러 가자. 아니면, 우리 가게에서 만날래?"

"음….."

이야기가 구체적으로 흘러가자 대답하기 곤란했다.

마쓰리는 지금까지 말랑말랑했던 '사랑'이 손톱에 닿은 순간 차갑고 딱딱하다고 느꼈다. 튕겨 나온 손끝을 도로 집어넣었다. 아직 만난 적도 없고 미야의 입술 사이로 이름만 새어 나왔

* 보드카에 라임, 진저에일 등을 섞은 칵테일.

을 뿐인 '안도 씨'가 마쓰리의 마음을 묶어버렸다. 단숨에 생각이 5년 후까지 날아가더니 미래의 그때, 슬퍼하고 괴로워할 모습이 머릿속에 그려졌다.

테이블 아래에서 꼬고 있던 다리를 바로 했다. 우롱차 한 모금을 입에 머금었다.

"진짜 좋은 녀석인데, 심장에 약간 문제가 있어요."

"문제?"

마쓰리는 료의 말에 무심코 되물었다. 목을 통과하는 우롱차가 쓴맛을 더하며 혀 위에 남았다. 료는 춘권에 젓가락을 가져갔다. 미야는 료가 마시던 맥주를 홀짝홀짝 들이켰다. 바사삭 경쾌한 소리를 내며 료가 뒷말을 이었다.

"어릴 때부터 심장이 안 좋았나 봐요. 격한 운동 같은 건 못한다더라고요. 그런데 마쓰리 씨도 몸이 안 좋잖아요? 그래서 서로 잘 맞을 것 같아서요. 평범한 여자라면 거절할지 몰라도 진짜 괜찮은 후배예요. 성실하고, 성격도 좋고, 몸이 아픈데도 전혀 비굴해 보이지 않고. 뭐랄까, 뭐가 힘든지 우리는 잘 모르잖아요. 그렇지만 마쓰리 씨라면 그런 부분도 서로 챙겨주면서… 잘 맞을 것 같거든요."

흐르는 음악에 박자를 맞추듯 료는 매번 어미를 올리며 말을 이어나갔고, 그때마다 미간을 약간 찡그리면서 춘권을 소리 내어 씹었다.

눈앞에서 친구가 이런 말을 듣는데도 미야는 비어버린 료의 맥주잔을 신경 쓰며 가볍게 손을 올리더니 맞은편 점원을 향해 "맥주 주세요."라고 외쳤다.

그 순간 마쓰리의 분노가 폭발했다. 에어컨 바람이 너무 센 탓에 맨발은 꽁꽁 얼어 있었는데, 온몸을 돌던 피가 단번에 끓어오르기라도 했는지 손톱 끝부터 뜨거워졌다.

"마쓰리. 안도 씨, 괜찮지 않아?"

마시던 우롱차를 유리잔째 던져버리고 싶은 충동을 억누르려 마쓰리는 다시 다리를 꼬았다. 그래도 분노가 가라앉지 않아서 팔짱을 꼈다.

테이블을 뒤엎고 하이힐로 확 차버리면 얼마나 속이 시원할까. 마쓰리는 머릿속으로 시뮬레이션을 했다. 미야와는 영영 얼굴을 볼 수 없겠지. 대학 시절의 즐거웠던 추억을 함께 나눌 친구를 잃게 된다. 자유롭게 누비고 다니던 시절의 추억들마저 잃어버릴지도 모른다.

분명히 존재했던 인생의 눈부신 시간은 다시 되돌릴 수 없기에 귀중하고… 애틋하다.

"그렇지. 그런데 나, 지금은 별로 생각이 없어."

"그렇게 소극적으로 나오면 남자 친구 못 만든다."

"알고 있어."

마쓰리가 어깨를 으쓱하며 싱거운 미소를 내비치자 미야는 입을 삐죽 내밀었다. 료는 차가운 맥주에 입술을 갖다 댔다가 내일 날씨를 묻는 듯한 얼굴로 물었다.

"혹시, 병 때문에 용기가 안 나는 거예요?"

"어머. 마쓰리, 그런 거야?"

"아냐, 그런 거. 그냥 안 내켜서."

병마라는 쇠사슬의 압박이 더욱 거세졌다. 피부 속으로 파고들더니 잡아 뜯을 기세로 온몸을 바싹 죄어왔다. 고통으로 얼굴이 일그러지려 할수록 마쓰리는 해맑게 웃었다.

"…미안. 그래도 고마워. 그럴 마음이 생기면 그때는 내가 먼저 부탁할게. 엇, 미야, 잔이 비었네. 마실 거 주문해. 음식도 더 시킬까?"

미야는 못마땅한 얼굴이었다. 마쓰리가 화장실에 가려고 일어서자, 료가 화를 참지 못하는 미야를 달래는 모습이 눈에 들어왔다.

"어쩔 수 없어, 마쓰리 씨는 환자니까."

마쓰리는 그런 말을 내뱉는 료의 입 모양을 뒤로하고 아무도 없는 화장실에서 입술을 세게 깨물었다.

북받치는 눈물을 심호흡과 함께 삼키자 납덩이처럼 무거운 스트레스가 쿵, 하며 배 언저리로 떨어졌다.

고함을 내지를 용기도 없는 겁쟁이. 어릴 때부터 어떤 상황이건 화도 눈물도 결국 웃으며 삼켰다. 가만히 있어도 사랑받는 언니와 자신은 달랐다. 그래서 마쓰리는 언제나 웃는 쪽을 선택했다. 미움받지 않으려고 조심하는 사이에 방어적으로 행동하게 되었다.

화장실에서 나와 세면대 거울에 비친 자신을 보며 립스틱을 고쳐 바르고 한 번 더 호흡을 가다듬었다.

그러고 나서 또다시 영원히 끝날 기미가 보이지 않는 두 사람의 가게 이야기와 사는 이야기를 듣다가 바를 나왔다. 셋이서 아직 열기가 식지 않은 거리를 걸으며, 내일도 덥겠다는 이야기를 하다가 역 승강장에서 헤어졌다.

마쓰리는 웃었다. 웃음은 최고의 수비다. 미움받지 않도록. 진짜 자신을 들키지 않도록.

집 근처 역에서 내린 마쓰리는 곧장 집으로 가지 않았다. 서서히 치밀어오르는 분노의 화살이 누군가를 향하기 전에 해결해야 했다.

역 앞 상점가 모퉁이의 술집에 들어가자마자 망설임 없이 맥주를 주문했다. 오랜만에 마신 맥주는 거북했던 쓴맛보다 시원한 맛이 압도적으로 높아서 갈증을 느꼈던 목을 기분 좋게 적셔주었다.

여기라면 남에게 어떻게 보이든 상관없을뿐더러 이 시간이면 어느 자리나 거나하게 취한 취객만 앉아 있어서 아무도 마쓰리를 신경 쓰지 않는다.

폐 때문에 부담을 가장 많이 받는 심장에 무리가 가지 않도록 그동안은 식사를 철저히 제한했다. 집에서건 밖에서건 마쓰리는 자연스럽게 먹는 듯 보였지만 사실은 자신을 엄격하게 통제

했다. 그런데 지금은 좋아하는 음식을 거침없이 주문하고 연신 입안에 욱여넣었다. 오랜만에 자신이 원하는 대로 마음껏 먹고 있다는 기분이 들었다.

'좋아하는 음식을 내가 먹고 싶은 만큼 실컷 먹는다.'

스트레스 해소법으로 이것밖에 떠올리지 못한 자신을 비웃으며 테이블 한가득 차려진 요리를 볼이 미어지도록 밀어 넣었다.

기름에 튀긴 두부를 입에 넣은 순간, 목구멍에서 쓰고 시큼한 뭔가가 올라왔다.

시끌벅적한 테이블 사이를 빠져나와 화장실로 미끄러져 들어가자마자 먹었던 음식을 다 게워냈다. 심장이 터질 듯이 맥박이 빠르게 뛰어서 정신을 잃을 듯했다. 그야말로 엉망진창이었다. 마쓰리는 눈물과 콧물과 오물로 범벅이 된 얼굴을 하고서 변기를 부둥켜안고 펑펑 울었다.

더는 나올 게 없어졌는데도 곧바로 일어나지 못하고 변기를 껴안은 채로 축 늘어져 고개를 숙이고 있었다. 새로 산 스커트가 화장실 바닥과 닿았다. 발에서 떨어져 나간 샌들이 무참히 바닥에 뒹굴고 있었다.

고개를 들어 위를 올려다보자 화장실 조명이 흐릿하게 보였다. 아직도 뜨거운 눈물방울이 볼을 타고 줄줄 흘러내렸다.

'겨우 찾은 울 장소가 술집 화장실이라니 너무하잖아.'

지저분한 입가를 손등으로 닦고 대성통곡했다. 아이처럼 우는 소리가 좁은 화장실에 울려 퍼졌다. 다리를 퉁퉁 붓게 만든 하이힐이 꼴 보기 싫어서 나머지 한쪽도 던져버렸다.

꼴사납게 널브러진 여자는 토사물보다 더럽고 추했다.

다음 날 마쓰리는 머리를 조금 자르고 숱도 가볍게 쳤다. 그
길로 대형 원단 전문점에 가서 갖고 싶었던 색상의 천을 원하는
만큼 샀다. 그다음에는 큰 화방에서 펜촉과 스크린 톤*을 사고,
남은 돈으로 은귀걸이도 하나 샀다. 귓가에서 달랑달랑 흔들리
는 모양이 가벼워진 머리와 잘 어울렸다.

집으로 돌아와 아무도 없는 거실에 천을 활짝 펴놓고 쓰키노
에게 받은 코스프레 의상 본을 꺼내 묵묵히 치수를 재거나 가위
로 잘랐다. 그렇게 하루가 끝날 즈음에는 어제의 비참함이 약간
은 사라진 듯했다.

혹독한 하루를 보낸 다음 날은 철저하게 자신을 사랑해 준다.
갖고 싶은 물건을 사고 몰두할 수 있는 작업을 한다. 그렇게 재
단까지 끝내고 나면 형태를 갖춘 의상이 가슴을 설레게 하는 일
만 남는다. 들뜬 기분이 죽었던 마음을 되살린다.

마쓰리는 천을 어깨에 대고 거울을 보며 만족스럽게 웃었다.

사랑 따위는 하지 않는다. 기대도 하지 않는다. 드라마가 아
닌 진짜 인생을 살아야 한다는 각오를 잊으면 안 된다.

* 만화를 그릴 때 회색조 명암이나 무늬와 패턴을 그릴 때 사용하는 도구.

죽는 건 두렵지 않았다.

무슨 일이 일어나든 나는 결국 죽음에 이를 테니까.

나는 죽는다.

그것만은 변하지 않는 사실이니까 안심하길.

7.

　스물다섯 살. 마쓰리의 남은 삶 중 절반이 흘렀고, 어느새 겨울이 되었다.

　마쓰리의 주위는 분주하게 변해갔다. 크리스마스가 지나고, 새해가 밝고, 밸런타인데이가 가까워지자 마치 기다렸다는 듯이 친구들의 결혼 소식이 폭주했다.

　마쓰리는 드디어 올 게 왔다 싶었다. 제일 두렵고 피할 수도 없는 길이다. 이제부터 친구들의 결혼식이 줄줄이 이어진다. 한 발 앞서 첫 테이프를 끊은 미야는 결혼을 준비하는 친구들의 모습을 흐뭇한 눈빛으로 바라보았다. 마쓰리는 그 미소가 여유에서 오는 것이라 짐작했다.

결혼과 임신 따위의 키워드가 이리저리 날아다녔다. 학창 시절 마쓰리는 모두와 두루두루 친하게 지냈다. 그 덕분에 떨어지는 폭탄도 엄청나게 많았다.

행복한 자신을 봐주길 바라는 이들에게서 끊임없이 문자와 엽서가 도착했다. 고등학교 때 친구에게서 온 청첩장을 마룻바닥에 던지면서 마쓰리는 자기 몸도 함께 내던졌다.

평소와 다를 바 없는 천장을 멍하니 쳐다보며 마쓰리는 지금까지의 연애사를 더듬었다. 무난한 인생처럼 재미없고 시시한 스토리만 빙글빙글 떠올랐다.

"결혼이라…."

레이코는 결혼과 출산을 다 끝낸 서른쯤에 병에 걸렸다. 병에 걸리기 전, 아이까지 낳았으니 어떤 의미에서는 운이 좋았다. 여자로서 가장 행복할 만한 순간을 겪어본 셈이니까.

결혼과 출산 말고 누릴 수 있는 확실한 행복은 뭐가 있을까. 꾸준히 나이만 먹고 사회 경험이 전혀 없는 마쓰리로서는 '확고한 선택지'조차 떠오르지 않았다.

그때, 조심스러운 노크 소리가 들렸고, 대답하자 기쿄가 마쓰리의 방으로 들어왔다.

검은색 터틀넥에 청바지를 입은, 편한 차림이었지만 기쿄는 시선을 끌기에 충분했다.

"마쓰리, 잠깐 괜찮아?"

"응, 얘기해."

진짜 미인은 서른이 지나야 진정한 아름다움이 배어 나온다고 했다. 내면에 쌓인 교양과 경험이 겉으로 자연스럽게 드러나고, 화장부터 패션까지 모든 면에서 자리를 잡기 때문이다.

관리를 잘해 투명한 피부에는 기미 하나 없을뿐더러 머리카락도 모발 끝까지 윤기가 돌아 20대 때보다 훨씬 더 예뻤다. 기쿄는 분명 아름다운 할머니가 될 거라고 마쓰리는 생각했다.

기쿄가 방에 들어와 한 이야기는 마쓰리가 바닥에 던져버린 엽서와 같은 내용이었다.

기쿄가 결혼한다.

다카바야시 집안이 떠들썩해진다.

물론 기쿄에게는 사귀는 사람이 있었다. 기쿄의 애인 사토시는 신사적이고 건실한 사람이다. 병문안을 올 때마다 마쓰리가 좋아할 만한 CD를 사 오고, 병실에서 신을 슬리퍼를 철마다 보내주었다.

유전성 질환이라는 사실을 알았을 때 기쿄는 마쓰리만 발병한 사실이 마치 자기 탓인 듯 한없이 가라앉아 있었다. 기쿄를 원망하는 마음은 손톱만큼도 있지 않았는데, 스스로 학대하듯 어둠에 싸여 있던 기쿄 때문에 마쓰리는 스트레스를 받았다. 그래서 세상이 끝난 듯한 얼굴을 하던 기쿄에게 버팀목이 되어준 사토시가 마쓰리는 늘 고마웠다.

기쿄의 결혼 준비는 착착 진행되었다. 사토시가 전근을 가게 되는 바람에 결혼식을 서둘러야 했다. 4월부터 군마로 가게 된 두 사람은 급하게 결혼을 결정했다.

눈앞에서 웨딩드레스를 입어보는 기쿄를 바라보며 마쓰리는 입가에 미소가 번졌다. 언니의 결혼이 정해지고 나서 마쓰리는 이전보다 더 많이 웃었다.

"마쓰리, 이거 어때? 아까 입은 게 더 나을까?"

풍성한 순백색 드레스를 입은 기쿄가 난감한 듯 물었다.

"예뻐. 다 잘 어울려. 차라리 그냥 다 입는 건 어때?"

"뭐? 너 정말, 좀 진지하게 골라달라니까."

"입는 사람 마음에 드는 걸로 하면 되잖아."

"안 돼. 난 네가 골라주는 거 입을 거야. 그러니까 제발, 제대로 좀 봐봐."

"…흐음."

다섯 번째 드레스를 입어볼 시점에 사토시가 왔다. 인수인계 때문에 바빠서 결혼식 준비는 기쿄가 거의 맡아서 하고 있었다.

"마쓰리, 잘 지냈어?"

"아, 사토시 씨. 쉬는 날인데 일하느라 힘들었죠? 언니는 지금 탈의실에 있어요."

융단이 깔린 넓은 홀 안에는 신부와 드레스와 거울이 여기저기 흩어져 있어서 어수선했다.

마쓰리와 소파에 나란히 앉은 사토시는 인수인계가 이제 곧 끝난다며, 그러면 자신도 결혼식 준비를 거들 수 있다고 이야기했다. 대화를 이어가던 사토시는 마쓰리네 어머니가 오지 않았음을 넌지시 확인하고는 망설이듯 물었다.

"마쓰리, 기쿄 데려가도 괜찮겠어?"

"네?"

"전근이 결정돼서 기쿄한테 같이 가자고 했지만… 마쓰리 안 외롭겠어?"

"언니가 안 가면 사토시 씨가 외롭잖아요."

"그야 그렇지."

"그럼 됐어요. 같이 안 가면 언니도 외로울 거예요."

"그렇지만 가족과 떨어져 지내는 건 섭섭하겠지."

사토시가 말끄러미 응시하며 말했다. 맞은편에 보이는 젊은 남자의 입에서 이런 질문이 나올 일은 없으리라.

젊은 남자가 그와 결혼할 여자가 시키는 대로 드레스 자락을 바로잡고는 카메라 셔터를 눌렀다. 그 모습은 마치 자신만만한 여왕과 여왕이 부리는 집사 같았다.

"섭섭할 거예요, 엄청."

사토시의 잘생긴 얼굴이 흐려졌다.

"그래도 괜찮아요. 군마에는 친가 쪽 친척도 있고, 우리한테는 익숙한 지역이라서 언니도 잘 지낼 거예요. 저도 이제 스물다섯이니까. 너무 걱정하지 마세요."

사토시의 걱정을 모르지는 않았다. 그리고 기쿄가 가족을 두고 가는 심정까지 헤아리는 사토시의 마음도 실은 알고 있었다.

"저도 그렇게 쉽게 입원 안 한다니까요. 몸 관리도 잘하고 별 탈 없이 지내고 있어요. 계속 아무 일 없었으니까 아마 괜찮을 거예요."

이 자리와 불행한 이야기는 어울리지 않는다. 완벽하게 행복한 사람들만의 공간을 더럽히고 싶지 않았다.

마쓰리가 미소를 보내자 사토시도 작게 웃었다.

"고마워, 마쓰리."

"아니에요, 형부."

"와, 좋네. 형부라고 불러주니까."

"언니한테도 그렇고… 이런 호칭 익숙하지 않아서, 낯간지럽네요."

"난 형부라고 부르는 게 좋은데."

"어, 사토시. 회사 일은 끝났어?"

탈의실에서 기쿄가 나오자 주변 공기가 부드럽게 바뀌었다. 다른 신부들이 한순간에 흐릿해졌다. 여왕을 모시는 집사 같던 남자도 기쿄 앞에서 넋을 잃은 듯한 표정을 숨기지 못했다.

마쓰리는 소파에 앉아 기쿄와 사토시가 거울 앞에 나란히 선 모습을 바라보았다. 벅찬 행복과 사랑이 둘을 감쌌다. 기쿄가 떠나고 나서 닥쳐올 외로움과 불안은 가슴에 묻어두고 셔터를 눌렀다.

벚꽃이 필 무렵, 기쿄는 사토시와 결혼식을 올렸다.

마쓰리는 사랑하는 언니를 향한 고마운 마음을 담아 면사포와 도라지꽃 색깔 머리 장식을 직접 만들었다. 진주 구슬을 한 알 한 알 꿰맨 레이스 면사포를 쓴 기쿄는 눈부시게 아름답고 사랑스러워서 눈물이 날 것만 같았다.

마음은 평온하고, 봄바람은 포근하고, 신부의 얼굴은 완벽하게 아름다웠다. 마쓰리는 진정한 행복을 맛보았다.

무사히 식이 끝나고 하객들 배웅도 일단락되자 마쓰리는 화장실로 갔다. 입구에 들어서 문을 열려고 하는데 군마에 사는 고모들의 익숙한 목소리가 들려 손을 멈췄다.

"마쓰리는 어떻게 될까."

자기 이름이 들려서 문을 열기가 망설여졌다.

"기쿄는 이제 한시름 놨지만, 마쓰리는."

"엄마 병이 마쓰리에게 유전될 줄 누가 알았겠어."

"우리 아들들도 일단 검사는 받아. 조기 발견은 힘들다던데…. 더는 유전된 사람이 안 나와야 할 텐데 말이야."

"나도 우리 딸 병원에 데려갔잖아. 마쓰리처럼 될까 봐 무서워서. …엄마가 고통스럽게 돌아가셨잖아…. 어릴 때지만 아직도 생생하게 기억나거든."

"그래도 엄마처럼 늦게 발병하면 결혼도 가능할 텐데… 오빠가 얼마나 괴롭겠니?"

화장실 앞에서 문손잡이를 거머쥔 손이 스르르 풀리며 마쓰리는 조용히 그 자리를 떠났다.

"마쓰리, 집에 가자."

이모들이 괴롭겠다고 이야기한 아버지가 환하게 웃고 있었다. 소중한 딸의 결혼을 최고로 자랑스러워하던 아버지였다. 참석해 준 손님들에게 일일이 고개 숙여 인사하던 어머니도 이제해방됐다는 듯이 입가에 미소가 떠나지 않았다.

행복한 가족이었다. 그러니 거기에 먹구름이 끼게 할 수는 없었다.

마쓰리는 웃었다.

"빨리 집에 가자! 나 배고파!"

주차장에 도착하자 벚꽃 잎이 바람에 흩날렸다. 분홍빛 꽃비가 가족의 사기를 한결 북돋아 주었다.

기쿄는 사토시와 함께 군마로 떠났다.

식탁에 생긴 빈자리를 볼 때마다 기쿄가 이 집에 매일 돌아오지 않는 사람이 되었음을 절실히 느꼈다. 그 사실은 마쓰리를끝없이 쓸쓸하고 불안하게 했다.

마쓰리는 기쿄라는 꽃이 사라진 자리를 채우고자 이전보다더 많이 떠들었고, 텔레비전을 볼 때도 배를 잡고 웃고는 했다.부모님이 기쿄의 빈자리를 느끼며 쓸쓸하지 않도록 사려 깊게마음을 썼다.

마쓰리는 식탁에 앉을 때마다 불안했다. 매번 등 뒤에 기분나쁜 그림자가 서 있는 듯한 긴장감이 돌았다. 빈자리가 하나더 늘면 이 식탁은 붕괴하는 게 아닐까 상상하자 두려움이 엄습

했다.

살고 싶다. 더는 빈자리를 만들지 않고 계속 이 자리를 지키고 싶다. 그렇지만 마쓰리는 웃기 위해서 기쿄와 같은 행복을 단념하는 쪽을 선택했다. 애걸복걸 매달리고 뜻대로 되지 않는다며 울부짖기보다는 포기하고 떨쳐내고 웃는 쪽이 자신다운 삶이라는 걸 알고 있었으니까.

더 살고 싶다. 하지만 죽음을 내팽개칠 수는 없다. 죽음은 모든 매듭을 지어줄 유일한 길이니까. 어처구니없는 선택지를 앞에 두고 마쓰리는 운명을 원망했다.

드르르, 재봉틀을 돌리며 새 의상을 만드는 동안에도 마쓰리는 두 가지 선택지 사이에서 머뭇거렸다. 그러다 결국은 시한부 선고를 내리던 의사의 목소리에 다다랐다. 그렇게 마침표를 찍었다.

입원해 있었던 2년이라는 시간은 다시는 되풀이하고 싶지 않을 만큼 힘들었다. 검사도 투약도 수술도 전부 처절한 절규가 터져 나올 듯이 괴로웠다. 지금껏 살아오면서 가장 애를 많이 쓴 기간이었다. 힘내라고 말하는 사람에게 더 어떻게 힘을 내야 하냐고 묻고 싶을 만큼 최선을 다했다고 마쓰리는 당당히 말할 수 있다. 그렇게 노력했는데도 병이 진행되는 걸 막을 수 없었고, 남은 시간도 달라지지 않았다.

전력을 다한 순간 마쓰리는 완전히 타버렸다. 전쟁터에서 백기를 들기도 전에 저절로 싸움이 끝나버린 듯 마쓰리에게는 허무함만 남았다.

절망이란 놓치지 않으려고 꽉 붙잡고 있던 것이, 손끝에서 스르르 떨어져 나가는 감각이 아닐까. 숨을 크게 내쉬었더니 힘을 내게 하는 용기가 흔적도 없이 사라져 버렸다.

이 세상에는 어떻게 할 수 없는 일이 있다. 아무리 노력해도 절대로 바꿀 수 없는 일이 있다. 그건 분명 신이 정해둔 운명이다. 태어날 때 부모님을 선택할 수 없는 것과 같은 절대적 정의.

그 사실을 깨달았을 때 체념을 배웠다. 내려놓는 일만이 유일한 구원이었다.

"…윽…으읍…."

커다란 얼룩이 옷감에 번졌다.

재빨리 재봉틀을 멈추고 얼룩을 닦았지만, 그사이 눈물방울이 흘러넘쳐 얼룩이 하나 더 늘었다. 다홍빛 천과 검은 얼룩. 또다시 뺨을 타고 물방울이 흘러내렸다.

마쓰리는 풀린 실을 확 잡아당기며 완성 직전이었던 의상을 바닥에 내동댕이쳤다.

의자에 앉아 아무도 없는 방 안에서 소리 내 울었다. 하루하루 쌓여만 가는 불안과 선택권이 없는 선택지에 마음이 녹아내려 사그라지지 않는 불안감을 한탄하며 눈물을 흘렸다.

나는 무엇을 위해 살고 무엇을 위해 죽는 걸까.

왜 나였을까.

도망갈 길 없는 이곳은 좁은 우리 같다.

어디로 가든 결국에는 벽에 부딪히고 만다.

과거를 바꾸는 건 불가능하다.

그런데 미래도 바꾸지 못한다.

죽음이 두렵다.

그런데 사는 일도 두렵다.

내 인생을 내가 선택할 수가 없다.

8.

청소기 모터 소리가 멈추자 원고와 의상 준비에 쫓겨 어질러져 있던 방 안에 여느 때와 같은 정적이 돌아왔다. 깨끗하게 치운 방을 둘러보며 마쓰리는 길게 숨을 내쉬었다. 활짝 열린 창문으로 들어오는 바람이 상쾌했다. 물걸레로 책상을 싹싹 문질러 닦았다. 방 안까지 들어온 산뜻한 햇살이 싱그러운 초여름을 떠올리게 했다. 햇빛을 받은 책상은 반들반들 윤이 났다. 왠지 마쓰리를 울적하게 만들었던 어두운 기분도 싹 지워줄 듯했다.

달콤한 꽃향기가 코끝을 간질였다. 그러고 보니 이웃집 마당에 있던 목련이 꽃망울을 터뜨리기 시작하던 모습이 생각났다. 지금쯤 흐드러지게 폈을지도 모르겠다. 해마다 이웃집 목련이

만개하기를 기다리던 기쿄에게 사진을 찍어 보내고 싶어졌다.

마쓰리는 코스프레 의상을 만들고 원고도 완성했다. 평소처럼 이벤트에 참가해 사나에와 쓰키노와 함께 신나게 놀았다.

불안감을 떨쳐내려면 집중할 만한 일에 매달리는 방법밖에 없다. 생활 방식을 바꾸지 않으면 아무것도 바뀌지 않는다는 건 알지만, 무엇을 어떻게 바꾸고 싶고 앞으로 어떻게 살고 싶다는, 앞날을 내다보는 그런 문제는 끝까지 결정을 내리지 못했다. 운명을 한탄하기보다 눈앞의 즐거움을 탐닉하는 편이 훨씬 편하다. 그걸 '도피'라고 하는 사람도 있겠지만, 어쩔 수 없는 현실을 한탄하며 살아갈 바에야 도망치고 웃는 게 좋지 않냐며 강하게 주장하는 쪽을 택했다.

기쿄의 결혼식 앨범을 펼치자 저절로 미소가 그려졌다.

"이거 가져가야지."

다음 주 군마에 갈 때 가져가려고 책상 위에 앨범을 올려놓고 다시 걸레질을 시작했다.

애니메이션 주제가를 틀어놓으면 청소가 잘된다. 어느새 책장 맨 아래 칸까지 내려왔다. 파일과 노트가 놓인 칸을 정리하다가 반가운 미니 노트와 재회했다.

"와, 입원했을 때 쓴 일기다."

키티 그림이 그려진 분홍색 노트를 펼쳐보니 희미하게 병실 냄새가 났다. 페이지를 넘기자 약 이름과 검사 개요 등 의대생이 쓴 메모 같은 내용이 이어지다가 갑자기 일기가 시작되었다.

청소하던 손을 멈추고 노트를 넘겼다. 그리운 전우에게서 온 편지를 읽는 듯했다.

새하얀 벽으로 둘러싸인 병실은 창문이 손바닥만큼만 열렸다. 활짝 열리면 좋겠다는 생각은 입원 초기에만 했다. 그게 환자의 자살을 막기 위한 거라는 사실을 깨달은 순간, 마음이 극도로 피폐해졌다. 자신이라는 존재를 부정당한 듯했다. 좁은 틈으로 들어오는 바람은 자유를 빼앗긴 갑갑함의 상징이었다.

고개를 들고 방 안의 창문을 올려다보았다. 활짝 열린 창문으로 들어온 상쾌한 바람이 계절의 기운을 실컷 머금고 머리카락과 볼을 간질이며 지나갔다. 깊숙이 들이마시자 깔끔한 맛이 났다. 애절하고도 사랑스러운 감정에 휩싸여 가만히 눈을 감았다. 여기에 어둠은 없다. 오렌지색 빛이 눈꺼풀 안쪽에서 숨 쉬고 있다. 눈을 감아도 햇살은 기운을 잃지 않고 사람을 따스하게 감싸준다.

병실에는 햇살이 닿지 않았다. 늘 어두컴컴해서 온종일 불을 켜둬야만 했다.

다시 노트로 시선을 옮겼다.

노트에 적힌, 갈 곳 없는 불안과 공포와 절망을 이렇게 소소한 것으로 씻어낼 수 있었다니. 이런 소소한 것을 못 견디게 간절히 원했음을 알게 되자 너무 놀라서 울고 싶어졌다.

햇빛과 바람 냄새와 눈부신 하늘, 누군가와의 사소한 약속, 가슴 뛰는 기쁨의 양식, 자유로이 움직이는 몸, 마음 편한 공간,

'여기'에 있는 모든 것이 그 시절의 마쓰리에게는 하나도 없었다. 그것은 아마도 '살아갈' 방법을 갖고 있지 않았다는 뜻이 아닐까.

이런 작은 노트 속에 자신을 전부 밀어 넣고 살아가기란 말로 다 표현할 수 없을 정도로 고통스러웠으리라.

마쓰리는 주저앉아 그 시절의 자신과 마주했다.

그러다가 레이코, 그 이름을 발견했다.

그러고 보니 다른 사람에게 내보일 수 없는 감정을 글로 남기면 좋다고 가르쳐준 사람이 레이코였다. 사실 지금도 계속 쓰고 있었다. 컴퓨터 옆 잡지 더미 사이에 끼어 있는 녹색 노트를 흘끗 곁눈질하며 마쓰리는 페이지를 넘겼다.

'내가 고마워, 미안해, 사랑해, 이런 말을 하고 싶은 사람은 누구일까.'

병실을 둘러싼 하얀 벽과 심장 박동을 새기던 기계음. 창가에 놓인 노란색 해바라기. 빨간색 수학 문제집. 침대에 누워 있던 레이코의 옆얼굴이 떠올랐다.

레이코가 남긴 후회.

레이코는 그 말을 전하지 못한 채로 세상을 떠났다.

"고마워."

"미안해."

"사랑해."

그때 레이코에게는 외출이 허용되지 않았다. 그리고 레이코에게 닥친 '그때'는 언젠가 마쓰리에게도 찾아온다. 병실에서 말하지 못한 후회를 더듬는 짓만은 절대로 하고 싶지 않았다.

마쓰리 안에서 무언가가 빠르게 움직이기 시작했다. 지난 25년을 4배속으로 돌이켜보았다.

주마등처럼 머릿속을 스쳐 가는 기억 속에서 '그 애'를 찾아낸 마쓰리는 고개를 들었다. 덮은 노트를 손에 들고 활짝 열린 창문 밖 하늘을 바라보며 그 애의 이름을 되뇌었다.

'신타니 미유키.'

그리고… 어렸던 열두 살 무렵에 마쓰리가 저지른 죄.

전철에서 내려 개표소를 빠져나오니 핑크색 새 차가 로터리에서 기다리고 있었다. 마쓰리가 손을 흔들자 차 안에서 빛나는 미소를 머금은 새색시가 나왔다.

기쿄의 신혼집은 심플하면서도 두 사람의 센스가 돋보이는 가구와 귀여운 소품으로 꾸며져 있었다. 그리 넓은 집은 아니지만, 공간만 봐도 기쿄가 얼마나 행복한지 실감할 수 있었다.

오랜만에 자매와 재회해서인지 웬일로 기쿄가 신나게 떠들었다. 아무리 예전에 살았던 곳이라고 해도 언니가 외로웠구나 싶어 마쓰리의 마음에 그림자가 드리웠다. 하지만 집 근처 슈퍼에 들어가자마자 "기쿄! 오늘 저녁에는 뭐 해 먹을 거야?", "기쿄, 곧 타임 세일 시작한대!", "아, 기쿄, 오늘은 생선이 싱싱하니까 생선 코너에 꼭 가봐.", "기쿄 선배님, 안녕하세요!" 주변에서 기쿄를 향해 쉴 새 없이 말을 걸어왔다.

"벌써 친구가 생겼어?"

"아냐, 다 옛날 친구들. 고등학교 때까지 여기 있었으니까. 초등학교랑 중학교 동창들도 다들 나를 기억하더라고. 전학 가서도 쭉 연락하고 지낸 친구도 있고."

"그렇구나… 다행이다, 옛날에 살았던 동네로 와서."

"그러게 말이야. 완전 낯선 곳이었으면 향수병 걸렸을지도 몰라."

기쿄는 완전히 이곳에 적응한 듯 보였다. 전학 가고 나서도 연락을 주고받던 친구가 있다는 사실도 행운이었다.

마쓰리는 전학 가고 나서 연락하고 지낸 친구가 없다. 중학교에 입학하자마자 전학 간 마쓰리는 도쿄 생활에 적응하는 일만으로도 벅찼다.

'게다가 언니는 중학교와 고등학교에서도 아이돌처럼 인기가 많았으니 기억하는 사람도 많겠지….'

기쿄에게 친근하게 말을 건네는 사람들을 보며 마쓰리는 솔직히 마음이 놓였다.

"봐봐, 저기. 기억나?"

"와, 옛날 생각난다."

기쿄는 집으로 가는 길에 일부러 빙 돌아서 전에 살던 단지가 보이는 언덕 아래에 차를 세웠다.

"저렇게 낡았었나?"

"그야 우리가 나이를 먹었으니까."

"아, 그러네. 그래도 나는 도쿄에 가면 단독 주택에 살 수 있다고 해서 기뻤어."

"그랬지. 그전에는 우리 둘이 한방을 썼으니까."

"고등학생한테는 말도 안 되는 거 아냐?"

"흠, 그런 생각은 별로 안 했어. 오히려 이사하고 방을 혼자 쓰니까 외롭던데?"

"하긴. 그래서 툭 하면 내 침대로 기어들어 왔잖아. 천둥이 치거나 집 근처에 불이 난 날은 꼭 그랬고."

"그거 사토시한테는 말하면 안 돼."

"네네."

웃음이 터진 두 사람을 태운 차가 다시 출발했다. 둘은 여기서 학창 시절을 보냈다. 그 때문에 추억의 끄트머리에 팽개치고 잊어버린 죄도 있었다.

그날 저녁.

"마쓰리, 내일은 어디 갈래? 쇼핑할래?"

"미안, 초등학교 친구와 만나기로 했어."

"어, 그래? 누군데?"

"아마 기억 못 할걸?"

"그래? 너무 무리하지 말고. 늦어지면 데리러 갈 테니까 얘기해."

"알았어, 고마워."

목욕을 마치고 나온 기쿄에게 말하고 나서 마쓰리는 손님용 이불 위에서 수첩을 펼쳤다. 온 집 안을 뒤져 겨우 찾아낸 초등학교 졸업 문집에 주소가 나와 있었다.

신타니 미유키는 초등학교 3학년 때 같은 반이 되면서 친해졌다. 미유키도 사나에처럼 그림 그리는 걸 제일 좋아해서 마쓰리와 서로 잘 맞았다. 5학년 때 또다시 같은 반이 된 두 사람은 똑같은 필통을 갖고 다닐 정도로 사이가 좋았다.

빨간색 양면 필통이었다. 연필은 물론이고 색연필도 넣을 수 있고, 연필깎이까지 붙어 있어 편리했다. 뚜껑 안쪽에는 두 사람이 좋아했던 만화의 강아지 캐릭터가 그려져 있었다.

둘은 매일 문구점을 들락거렸다. 그 필통이 너무 갖고 싶었지만, 둘 다 부모님이 사주지 않았다. 포기할 수 없었던 두 사람은 용돈을 차곡차곡 모으기로 했다. 그렇게까지 한 건 그때가 처음이었다. 그렇게 몇 달이 지나고 나서야 두 사람은 필통을 손에 넣을 수 있었다.

"앞으로 소중하게 쓰자."

"이제부터 우리는 계속 함께야."

새빨간 필통을 품에 안았던 그날을 마쓰리는 지금도 생생히 기억하고 있다.

그러나 두 사람의 우정은 너무도 얄팍했다.

운동이라면 뭐든지 잘하던 미유키가 운동회 이어달리기에서 여자부 마지막 주자로 달렸다. 시종 엎치락뒤치락하던 상황에서 미유키는 2위를 따돌리고 독주했다. 우승이 예상되자 같은 반 아이들은 흥분했다. 그런데 남자부 마지막 주자에게 바통을 넘기기 직전에 미유키가 꽈당, 넘어져 버렸다. 지금도 선명하게 그날의 모습이 떠오를 만큼 심하게 굴렀다. 남자부 마지막 주자는 필사적으로 내달렸지만 결국 꼴찌를 하고 말았다.

그 일로 미유키는 집단 괴롭힘의 표적이 되었다. 딱히 주동자가 있는 건 아니었지만, 그럴 땐 미묘한 분위기를 감지하고 재빨리 뭉쳤으며 그때의 단결은 절대적이었다. 교과서를 숨기고 청소를 도와주지 않는 등 친하게 지냈던 반 친구가 손바닥을 뒤집듯 한순간에 변하는 모습을 마쓰리는 똑똑히 보았다.

괴롭힘은 나날이 질이 나빠졌고 어느새 따돌림으로 변했다. 이미 그때는 미유키를 감싸는 행동을 하면 그다음은 네 차례라는 암묵적인 룰이 반 전체에 퍼져 있었기에 혼자 힘으로는 어떻게 해볼 도리가 없었다.

마쓰리는 달려들 배짱도, 학급 회의에서 안건으로 삼을 용기도 없었다. 그렇게 마쓰리는 필통을 바꿨다.

쉬는 시간에는 항상 그림만 그렸는데 그때부터는 밖에 나가서 놀았다. 점심시간이 영원히 끝날 것 같지 않아 답답했고, 싫어하는 수학 시간이라도 일단 수업을 듣는 편이 마음이 편했다. 다섯 달 남은 졸업식까지 마쓰리는 숨도 안 쉬고 조용히 숨어 지내듯 거기에 있었다. 노골적으로 외톨이가 되어버린 미유키를 무관심한 눈빛으로 바라보며 그때까지 한마디도 해본 적 없고 마음도 맞지 않는 무리 속에서 웃으며 지냈다.

중학교는 학군이 나뉘어서 미유키는 마쓰리가 도쿄로 간 사실을 모를 것이다. 졸업식에서 같이 사진을 찍자거나 앨범에 한마디 써 달라는 말을 들어보지 못한 미유키가 어떻게 학교를 떠났는지는 아무리 떠올리려 해도 떠오르지 않았다.

미유키는 끝까지 그 빨간 필통을 사용했다. 미유키가 보내는 SOS 신호를 끝까지 무시한 일이 마쓰리의 죄였다.

마음을 굳게 먹고 미유키의 집을 찾아갔더니 예전에 몇 번 본 적 있는 미유키의 남동생이 얼굴을 내밀었다. 상대방은 마쓰리를 전혀 기억하지 못하는 눈치였다.

마쓰리는 떳떳하게 초등학교 친구라고 밝히지 못하고 자기도 모르게 중학교 동창이라며 대화의 물꼬를 텄다. 어릴 때는 생글거리며 미유키 뒤를 졸졸 따라다니던 남동생이 귀찮다는 얼굴로 누나는 결혼해서 여기 없다고 대답했다. 개인 정보를 남에게 함부로 알려주어서는 안 된다는 의식이 아예 없는지 미유키의 새 주소를 묻자 동생은 시원스레 알려주었다.

그런 건 남에게 함부로 알려주면 안 된다고 말해줄 걸 그랬나 하면서 마쓰리는 미유키의 남동생이 가르쳐준 주소로 걸음을 옮겼다. 지나가는 사람들에게 여러 번 물어물어 찾아간 집 앞에 서자 "와아!" 하는 감탄사가 저절로 터져 나왔다.

유럽풍 지붕이 눈에 띄는 아담한 단독 주택이었다. 정원 가꾸기가 취미인지 하얀 대문 너머로 잘 꾸며놓은 화단이 보였다. 햇빛을 받으며 위풍당당하고도 반짝반짝 빛이 나는 새 문패에는 참으로 행복한 가족이 살고 있다는 분위기가 감돌았다.

그 광경을 보고 마쓰리는 머리를 얻어맞은 듯한 충격을 느꼈다. 자신이 얼마나 제멋에 취해 있었는지 깨닫자 인터폰으로 향하던 손이 갈 곳을 잃어버렸다.

고개를 한 번 숙였다가 다시 들고 문패를 쳐다보았다.

그냥 돌아가자.

그렇게 발길을 되돌린 순간이었다.

대문 안에 있던 골든 리트리버와 눈이 마주치고 말았다. 까맣고 귀여운 눈동자에 마쓰리가 새겨지자마자 돌변하더니 요란스레 짖어대며 이쪽으로 힘차게 달려왔다. 조용한 주택가에 굉음이 울려 퍼졌다. 껑충 날아오르면 대문을 뛰어넘을 듯한 대형견을 향해 마쓰리는 비명을 질렀다.

그러자 화단 너머의 창문이 드르륵, 열렸다. 대문 밖에서 터져 나온 마쓰리의 목소리를 들은 모양이었다. 아기를 어르며 집주인이 마당으로 나왔다.

미유키였다. 어깨까지 내려오는 머리를 우아하게 말고 마린풍 상의에 스키니 진을 받쳐 입은 미유키는 완전히 젊은 주부로 변해 있었지만, 얼굴은 옛날 그대로 남아 있었다. 엄마 팔에 안긴, 한 살 정도 됐을 여자아이가 천진난만한 눈빛으로 마쓰리를 빤히 쳐다보았다.

"퓨어! 퓨어, 조용!"

미유키가 놀라서 달려 나오자 골든 리트리버는 더 짖지 않았지만, 여전히 으르렁대며 마쓰리를 노려보았다.

"저기⋯."

마쓰리가 대문 한쪽에서 웅크리고 있는데 미유키가 말을 걸었다. 마쓰리는 쭈뼛쭈뼛 미유키를 올려다보았다.

"⋯마쓰리?"

"오, 오랜만이야⋯."

"말도 안 돼. 진짜 마쓰리야?"

"진짜 나 맞아. 다카바야시 마쓰리."

대문을 사이에 두고 전학부터 시작해 언니가 결혼한 일까지 간략하게 줄여서 단숨에 말하고 나니 미유키가 빙긋이 미소를 지었다. 퓨어라는 개를 개집으로 데려가 묶은 다음 문을 열어주었다.

"마쓰리가 오다니 정말 기쁘다!"

진심인지 의심스러웠지만, 그 말을 꼬아서 듣지 않고 그대로 받아들이고 싶었다.

안내를 받으며 들어간 집 안도 외관처럼 행복한 느낌이 가득했다. 근사한 장식장 위에는 자상해 보이는 남편과 미유키, 그리고 귀여운 아기 사진이 놓여 있었다.

브랜드 옷을 입고 마쓰리 주위를 아장아장 걷는 여자아이는 낯가림이 없는지 눈웃음을 치며 마쓰리를 올려다보았다.

"기쿄 선배가 여기 산다고?"

"응. 미나미 중학교 근처."

"보고 싶다. 여학생들의 우상이었는데."

미유키는 낮은 테이블에 홍차를 올려놓고 카펫 위를 걷던 아이를 안아 들더니 소파에 앉았다. 미유키가 앉으라고 해서 마쓰리도 같이 앉았다.

어둡고 고개를 숙이고 다니던 옛 시절은 상상도 못 할 만큼 화려하게 변신한 미유키를 본 마쓰리는 마냥 기뻤다.

"넌? 지금 어떻게 지내?"

미유키가 물었다. 마쓰리는 찻잔으로 가져가던 손을 거두었다. 몸이 아프다고 밝힐 수도 있었다. 하지만 마쓰리는 그 순간만큼은 질투나 부러움과는 다른 무언가로 자신을 숨기고 싶었다. 순수한 아이의 웃음과 이 집을 가득 채운 행복을 흐트러뜨리고 싶지 않았다.

"회사 다녀. 도쿄에서."

"전학 갔다는 소리는 어디서 들었는데, 도쿄였구나. 도쿄, 부럽다."

"네가 더 부러워. 남편과 예쁜 아기도 있고."

그렇게 말하자 싫지 않은지 웃음으로 답했다.

"미유키, 있잖아."

마쓰리는 안절부절 갈피를 잡지 못했다. 그러다 왜 자신이 여기까지 미유키를 만나러 왔는지 이야기하기 시작했다.

"미안해."

마쓰리는 일어나서 미유키를 향해 허리를 굽히고 사과했다. 조용한 주택가에 작은 침묵이 내려앉았다.

미유키가 찻잔을 거머쥐는 모습이 마쓰리의 앞머리 사이로 보였다. 마쓰리는 언제 허리를 펴야 할지 몰라 미유키가 홍차를 한 모금 마시고 찻잔을 내려놓을 때까지 그대로 있었다.

"괜찮아, 마쓰리."

"정말….."

"괜찮대도. 네 잘못이 아니잖아."

미유키의 재촉에 다시 소파에 앉은 마쓰리는 홍차를 벌컥벌컥 들이켰다. 미유키는 아이를 꼭 껴안으며 마쓰리를 똑바로 응시하다가 웃음을 터뜨렸다.

"지금까지 그때 일을 기억하는 사람은 너밖에 없어."

"그런가….."

"그래. 다들 싹 잊었을걸? 당한 사람은 기억하지만, 괴롭힌 사람은 기억 못 해. 나도 그러니까."

"너도…?"

"응. 중학교에선 나도 괴롭히는 쪽이었어."

미유키는 장난스럽게 어깨를 으쓱하고는 후후후 소리 내어 웃었다.

"같은 중학교에 다녔던 애들은 알 거야. 장난 아니었거든."

"장난 아니었다….."

"그렇다고 날라리까지는 아니었어. 동아리 활동도 꽤 열심히 했고."

"무슨 동아리였는데?"

"육상. 내가 이래 봬도 현_縣 기록 보유자랍니다!"

괴롭힘을 당하던 미유키는 계속 달리면서 고통을 이겨냈다. 육상부에서 신뢰를 얻고 선배를 자기편으로 만들어 마음에 안 드는 애들은 인정사정없이 짓밟았다. 그중 6학년 때 자기를 괴롭혔던 여자애도 포함됐다고 미유키는 담담히 말했다.

"당한 만큼 갚아준다, 진짜 어린애 같은 싸움이었어. 그때는 죽고 싶을 만큼 절망적이었지만, 지금은 나도 반성하고 있어. 그렇지만 마쓰리처럼 사과하러 가지는 않아, 아무도 사과 같은 거 안 해."

"미유키, 너 웃으면서 굉장히 폭력적인 말을 하는 거 알아?"

"그랬나? 난 강해졌거든. 괴롭힘당하면서 강해지고, 괴롭히면서 더 강해졌어. 그리고 만약에 미키… 내 아이가 괴롭힘을 당하면 더 강해질 거고, 반대로 괴롭히는 아이가 된다면 더더욱 강해질 거야."

"…최강이네."

마쓰리가 웃자 미유키는 가느다란 팔로 아이를 높이 안아 올렸다. 기분이 좋은지 아이가 까르르 웃어댔다.

"미유키, 미안해."

"괜찮다니까. 마쓰리는 괴롭히는 쪽이 아니었잖아."

"그런가. 꽤 심하게 굴었던 것 같은데…."

"필통 바꿔서 미안하다니, 진짜 웃겨."

"미안…."

"그때는 그런 게 중요했었지. 알았어. 사과받아 줄게."

미유키가 웃었다. 미유키의 얼굴에서 그때 그림을 그리던 모습이 얼핏 보였다.

"괴롭히던 사람으로서 한마디 하겠는데, 넌 너무 착해."

"괴롭히던 사람의 의견이라…."

"반 분위기에 휩쓸려서 나서지는 못해도 네가 나한테 엄청 신경 쓰는 거 알고 있었어. 난 너의 그런 면이 좋았거든. 그래서 오늘 만나러 와줘서 기뻐. 그건 그렇고, 너 필통은 기억하면서 퓨어라는 개 이름은 잊은 거야?"

"어? 퓨어라니?"

마쓰리가 되묻자 미유키가 볼에 바람을 불어 넣었다. 초등학생 때도 그림이 뜻대로 그려지지 않으면 이렇게 볼을 부풀리는 게 미유키의 버릇이었다.

홍차를 다시 내오겠다던 미유키가 발끈하며 말했다.

"너무하네. 퓨어는 네가 좋아했던 만화 캐릭터 이름이잖아. 아이를 낳으면 이름을 퓨어라고 지을 거라고 했으면서. 난 아이한테 퓨어라는 이름을 붙일 수는 없어서 개한테 붙였는데."

"왜 내가 좋아한…."

"넌 내 어린 시절의 좋은 추억이니까. 즐거운 추억 속에는 마쓰리 네가 꼭 등장하더라. 그래서 아이 이름을 지을 때도, 개 이름을 지을 때도 나는 네가 생각났어."

부끄러워서 미유키의 미소를 똑바로 마주할 수 없었다. 처음으로 좋아하는 남자에게 고백받았을 때처럼 가슴이 두근거리고 민망했지만, 반가운 마음이 몸을 간지럽혔다.

"고마워, 미유키."

"와줘서 내가 더 고마웠어. 마쓰리."

두 사람은 얼굴을 마주 보며 웃었다. 마쓰리가 팔을 뻗자 미키가 손을 내밀었다. 높이높이 안아 올리면서 놀아주자 미키가 꺅꺅거리며 웃었다. 친구 딸을 이렇게 안아보게 될 줄이야. 평소 같았으면 어마어마하게 투여한 약물 때문에 아이를 가질 수 없는 자기 신세를 비관했을 텐데. 하지만 마쓰리는 지금 눈앞에 있는 건강한 아이의 웃음이 마냥 사랑스러웠다.

도쿄로 돌아가면 미유키에게 편지를 써야겠다고 다짐했다.

"아, 맞다, 마쓰리. 3, 4학년 때 우리 반, 기억나?"

"그럼, 기억하지. 분위기가 좋았잖아. 담임 선생님도 젊고, 하나로 뭉친 느낌이었어."

"맞아. 지금도 다들 사이가 좋아."

"정말?"

"응. 그때 학급 위원이었던 미타니 알지? 개가 부모님이 하시던 정육점을 이어받았어. 고기 질이 좋아서 이 동네 주부들은 다 그 집 단골이야. 거기서 여자 동창들이 모이고 미타니한테 남자애들에게 연락 돌리라고 해서, 2년 전쯤이었나, 그때부터 결혼 소식도 알릴 겸 반창회를 하고 있어."

"반창회? 호텔 같은 데서?"

건너편 주방에서 홍차 잎을 갈던 미유키가 웃음을 터뜨렸다.

"아니. 근처 술집에서. 그런데 꽤 많이 모여. 마쓰리, 여기 언제까지 있어? 회사는 아직 괜찮아? 어디 보자…."

주방 창가에 놓인 달력을 손가락으로 어루만지던 미유키의 얼굴이 상기되었다.

"모레! 모레야! 같이 가자."

"진짜? 미키는 어쩌고?"

"난 2차부터 가야지. 남편 퇴근하고 오면 가끔 참석해. 네가 가면 애들 깜짝 놀랄걸? 옛날에 우리 반 문집 만들었던 거 기억나지? 그때 표지 그림도 네가 그렸잖아. 담임 선생님 그림은 지금 생각해도 진짜 웃겨. 네가 참석하면 다들 좋아할 거야."

그리운 친구들과의 추억이 아련히 떠올랐다. 결혼 소식을 전하는 자리를 겸한다는 반창회 취지가 마음에 걸렸지만. 여기서 마쓰리는 '도쿄에서 생활하는 회사원'이다. 코스프레를 할 때처럼 전혀 다른 사람이 되는 듯해 자꾸만 가슴이 뛰었다.

"같이 가자, 마쓰리."

마쓰리는 고개를 끄덕였다.

그리고 또 한 가지.

'사랑해.'라는 말의 행방을 더듬었다.

미유키는 내 지뢰가 뭔지 모른다.

그래서 순순히 제안을 받아들였다.

그런 사람인 척 연기하면 마음까지도 꾸며낼 수 있다.

편했다. 환자가 아닌 나는.

이대로 거짓이 진실이 되면 좋겠다고 아주 잠깐 신에게 빌었다.

9.

마쓰리는 도쿄로 돌아가는 일정을 미루고 반창회에 가기로
했다.

미유키가 알려준 술집까지 기쿄가 데려다주었다.

"늦어도 괜찮은데, 너무 무리하면 안 돼."

운전석에서 얼굴을 내밀며 기쿄가 당부했다.

"괜찮다니까, 데려다줘서 고마워."

"몇 시가 됐든 전화해. 데리러 올게."

"고마워. 갔다 올게."

차가 사라질 때까지 지켜보던 마쓰리는 밤하늘을 올려다보며
숨을 한 차례 내쉬었다. 낮이 길어진 초여름의 하늘은 술집이

붐비는 시간부터 천천히 해가 지기 시작한다. 눈썹 모양의 초승달이 새하얗게 보였다.

술집까지 데려다주고 데리러 온다니, 마쓰리는 스스로 온실속 화초가 된 듯해 짧게 자조적인 웃음을 흘렸다. 하지만 언니가 걱정하는 걸 성가시다고 여겨서는 안 되겠지.

술집 포렴 앞에 서자 더럭 겁이 나서 들어가기가 망설여졌다. 기쿄에게 옷을 빌렸다. 화장이며 네일 아트도 기쿄가 해줬다. 그렇지만 마쓰리는 한 번 더 거울을 들여다보며 매무새를 수정하려던 참이었다.

"안 들어가요?"

등 뒤에서 불쑥 날아온 목소리에 놀란 마쓰리는 어깨를 움찔했다. 뒤를 돌아보니 대학생 같아 보이는 남자가 서 있었다. 헐렁헐렁한 티셔츠에 스니커즈를 가리는 긴 청바지. 다갈색과 검은색이 뒤섞여 구불거리는 기다란 머리카락.

"죄송합니다."

마쓰리는 반사적으로 사과하고 몸을 피하듯 포렴을 걷으며 가게 안으로 들어섰다.

"마쓰리짱…?"

누가 자기 이름을 부른 듯해 돌아보자 뒤에 서 있던 남자가 휘둥그레져 마쓰리를 쳐다보고 있었다. 기억을 총동원하여 그 남자의 모습을 떠올려보려 했지만, 도쿄에서 만난 기억은 없었다. 대학 때도 아니다. 혹시 초등학교? 설마 동갑이라고?

차림새가 대학생 같은 걸 보면 몇 살 아래 후배일까. 얼굴도 동갑이라고 하기에는 어쩐지 덜 의젓해 보이는 동안인 데다 어렸을 적에는 여자애라는 오해를 샀겠다 싶을 만큼 곱상하게 생겼다. 하지만 후배까지 기억의 폭을 넓혀봐도 도무지 짚이는 데가 없었다.

당황한 마쓰리를 보고 남자가 말문을 열려는 찰나, 안쪽 룸에서 문이 열리더니 소란스러운 환영 인사가 들려왔다.

"마쓰리, 여기야, 여기! 오랜만이다. 엇? 혹시 마나베 가즈토? 이야, 왔구나. 가즈토도 왔어!"

마쓰리가 룸으로 들어가자 10년이 훌쩍 넘어 다시 만난 친구들이 열렬히 반겨주었다.

"마쓰리, 오래간만이야. 진짜 반갑다!"

미유키를 통해 미리 소식을 들은 친구들이 차례차례 말을 걸어올 때마다 마쓰리는 기억과 이름을 짜맞추기 바빠 자기가 무슨 말을 하고 있는지 모를 정도로 정신이 없었다.

이야기가 무르익어 갈수록 테이블 위에는 흔한 술집 메뉴들이 빽빽하게 놓였다. 마쓰리 앞에도 주문도 안 한 맥주잔이 놓여 있어서 아까부터 건배를 몇 번이나 했는지 모른다.

"도쿄에서 회사 다닌다면서? 미유키한테 들었어."

"도쿄, 부럽다! 멋져, 멋져."

"넌 촌사람 티 좀 내지 마."

"일반 사무직이니?"

"굳이 말하자면… 패션 쪽…."

여기저기서 몰아붙이듯 말을 걸어오는 바람에 정신을 차렸을
때는 두 번째 거짓말이 입술 밖으로 새어 나오고 있었다.

"와, 좋겠다, 마쓰리. 패션 업계에서 일한다니 드라마 같아."

"그냥 바쁘기만 하지."

"옷도 직접 만들어?"

"아니, 주로 판매 전략 담당이야."

"멋지다!"

코스프레용 의상밖에 만든 적 없으면서 거짓말이 술술 흘러
나왔다. 초등학생 때부터 가정 과목 성적이 좋았던 마쓰리는 체
육복 주머니나 리코더 케이스도 직접 만들었다. 그걸 기억하는
친구 덕분에 순조롭게 역할에 몰입할 수 있었다.

가게가 북적대면서 동시에 반 친구들이 하나둘 나타났다. 휴
일인데도 출근했다는 둥 가게 영업이 이제 끝났다는 둥, 하는
일도 각양각색이었다. 어느새 반가운 얼굴들의 이름을 척척 떠
올릴 수 있게 되었고 대화도 활기를 띠었다.

마쓰리는 방금 들어온 정장 차림을 한 남자 옆으로 자연스레
자리를 옮겼다.

"오랜만이네, 마쓰리."

"다케루, 잘 지냈지?"

웃으며 이야기하고 잔을 부딪치면서 남자의 왼손 약지를 똑
똑히 확인했다.

다케루는 마쓰리의 첫사랑이다. 그때도 밝고 활발한 성격에 멋있는 학급 리더였는데, 매끈한 얼굴에 정장을 차려입은 지금 모습도 근사해서 또다시 새로운 사랑에 빠질 것만 같았다.

"그렇구나. 패션 업계에서 일하는구나. 하긴 너 가방 같은 거 잘 만들었잖아."

"기억나?"

"매번 뽑혀서 복도에 걸려 있었으니까."

그때의 온화함이 그대로 남아 있는 부드러운 미소였다. 다케루와 재회하는 게 목적이었던 마쓰리는 밖에서 따로 만나자고 말할 타이밍을 엿보며 이야기를 이어나갔다.

사랑에 솔직했던 마쓰리가 유일하게 '사랑해.'라고 고백하지 못한 상대가 다케루였다. 서로 다른 중학교에 가는 바람에 결국 말하지 못하고 헤어졌지만, 초등학교 3학년 때 같은 반이 되고 도쿄로 갈 때까지 마쓰리는 다케루를 내내 마음에 담아두고 있었다.

"그런데 너, 만화가가 되고 싶다고 하지 않았어?"

"내가?"

"그래. 나는 올림픽 육상 선수, 넌 만화가가 되겠다고 했잖아. 다 잊었구나."

혹시 자기 마음도 알고 있었나 싶어 마쓰리는 가슴이 덜컥했다. 하지만 다케루가 보여주는 부드러운 미소에 그런 기색은 전혀 없었다.

'알 리가 없지.'

마쓰리는 그러면서 가슴을 쓸어내렸다. 그러고는 방금 생각 났다는 말투로 말을 이었다.

"맞다! 그래, 그랬어. 꿈이 너무 컸네."

"그랬지. 네 꿈은 어떻게 됐어? 이제 그림은 안 그려?"

"안 그려."

마쓰리는 어깨를 움츠리고 대답하며 이런 이야기는 그만하면 좋겠다고 생각했다.

"뭐 마실래?"

태평한 목소리가 불쑥 말을 걸어와서 고개를 돌렸더니 아까 그 남자가 거기 있었다.

스무 명 남짓 모인 친구 중에는 벌써 중간 관리직 같은 용모 로 변한 사람도 있고, 다케루처럼 세련된 직장인으로 성장한 사 람도 있었다. 십인십색이라더니 나이를 먹는 방법은 저마다 달 랐다. 하지만 학생처럼 보이는 사람은 오로지 옆자리에 앉은 남 자뿐이었다.

이름은 마나베 가즈토. 지금 이 자리에서 사람들과 어울리지 못하는 것처럼 초등학교 때도 반에서 물에 뜬 기름처럼 겉돌던 존재였다는 사실을 마쓰리는 어렴풋이 떠올렸다. 여자애들 열 에 아홉이 좋아했던 다케루와는 다른 의미로 관심을 끌던 소년 이었다.

성적은 월등히 좋았고 운동 신경도 뛰어났다. 하지만 인기는 없었다. 성격이 어땠는지 알 만큼 이야기를 해보지는 않았지만 조금 특이한 애였던 건 기억났다. 쉬는 시간이면 책을 읽었고, 수업을 마치면 제일 먼저 교실을 빠져나갔다.

"나는 아직…."

"우롱차 괜찮지?"

메뉴판을 보며 대뜸 그렇게 물었다. 거절하려고 했을 때는 이미 거기 있던 점원에게 우롱차 두 잔을 주문한 다음이었다.

"저기…."

"뭐, 어때, 같이 마시자."

가즈토가 붙임성 있게 웃었다. 가지런한 치아와 눈꼬리가 처진 얼굴이, 미워할 수 없는 어린아이 같아서 마쓰리는 입을 다물었다.

"가즈는 여전히 마이 웨이네."

옆에서 다케루가 웃었다.

"그렇지, 뭐. 난 너와 다르게 사회생활을 하지 않으니까."

"사회생활을 하지 않는다니?"

마쓰리가 되물었고, 가즈토는 얼굴을 가리는 굵게 웨이브 진 머리카락을 손가락빗으로 쓸어 넘기며 어깨를 으쓱했다.

"회사 안 다니거든. 유유자적한 인생이지."

"니트족*이란 건가?"

---

* 일하지 않고 일할 의욕도 없는 청년 무직자.

"아니야, 마쓰리, 기억 안 나? 가즈네 집은 유서 깊은 다도 종가야. 언젠가 가업을 물려받을 도련님이시지."

"맞아. 난 다도가가 될 거야. 그래서 지금은 수련만 하면 자유의 몸이야."

"그런 걸 마이 웨이라고 하는 거야."

"지금은 됐어. 지금은."

마쓰리는 자신을 사이에 두고 대화를 주고받는 두 사람의 모습에 순수하게 한 가지 의문이 들었다.

"두 사람 원래 친했어?"

"같은 고등학교였거든. 사립 중고 일관교*였는데, 가즈토는 중학교 때부터, 난 고등학교 때부터 거기 다녔어."

"난 그대로 올라갔으니까."

"반도 같았고, 육상부에서 도움도 많이 받았어."

"그랬구나."

"의외야?"

가즈토의 물음에 마쓰리는 두 손을 내저으며 부인했다.

"아니, 그게 아니고. 초등학생 때처럼 운동 신경이 좋았구나 싶어서."

"기억나?"

"그럼. 발이 빨랐잖아. 우리 반에서 뜀틀도 제일 잘 넘었고.

---

* 같은 재단의 상급 학교에 별도로 시험을 치르지 않고 진학하는 교육 시스템.

난 5단도 못 넘어서 부러웠거든."

순간적으로 나온 말인데, 가즈토가 깜짝 놀랄 정도로 환한 미소를 지어 보였다. 애교 부리는 강아지 같은 얼굴에 함박웃음이 가득 차올랐다.

"고마워, 마쓰리짱."

"그렇게 부르는 사람은 가즈 너밖에 없어."

"나는 여자 이름을 함부로 막 못 부르겠더라."

다케루가 웃으며 한마디 하자 가즈토는 진지한 얼굴로 대꾸했다. 마쓰리는 초등학교 때 가즈토에게 뭐라고 불렀는지도, 자신은 가즈토를 어떻게 불렀는지도 생각나지 않았다.

"옛날에도 그렇게 불렀어?"

"기억 못 하는구나. 마쓰리짱. 나 좀 울게."

"미안, 미안! 그래도 기뻐. 다들 내 이름을 막 부르는데, '짱'을 붙여서 불러주니까 괜히 기분 좋다."

"정말?"

"응."

수재들만 가는 사립고 학생들의 끈끈한 우정을 다케루가 보여주었다. 마쓰리는 가즈토를 '가즈'라 부르는 사람은 다케루뿐임을 알아차렸다.

"가즈는 난놈이야. 성적도 톱이고, 교실에서는 묵묵히 영어 원서를 읽는 이미지였지."

"문학 소년이구나."

"아니라니까! 집에서 딱딱한 일본어만 쓰니까 영어로 도피한 거지."

"뭐야, 그게. 이유 한번 대단하네."

"그런데 소설은 원서가 훨씬 재미있어."

"난 영어 점수 C 이상 받은 적이 없어."

"제발, 마쓰리. 가즈는 성적이라고는 A밖에 모른단 말이야."

"와, 짜증 나."

두 사람이 마주 보고 웃음을 터뜨리자 가즈토는 못마땅한 듯 닭튀김을 입에 넣더니 마쓰리가 남긴 김빠진 맥주를 벌컥벌컥 단숨에 들이켰다.

"삐지지 마. 미안해, 가즈."

끝내 초등학생 때 가즈토를 어떻게 불렀는지 생각이 나지 않아서 마쓰리는 다케루를 따라 그렇게 불렀다.

"어차피 나는 A 말고는 받은 적 없긴 해."

"뭐야, 재수 없어."

마쓰리가 짓궂게 웃자 가즈토는 어찌할 바를 모르겠다는 듯이 머리를 벅벅 긁었다. 겉모습은 이래도 자세히 보면 등이 곧고 젓가락질도 완벽했다. 손가락이 유난히 가늘고 고와서 인상에 남았다.

2차를 가자며 다들 일어섰다. 마쓰리가 먼저 돌아가는 사람들과 헤어짐을 아쉬워하며 가게 앞에서 연락처를 교환하고 있을 때였다.

"다케루, 오늘 여자 친구는?"

누군가의 목소리에 마쓰리는 무의식적으로 고개를 들었다. 그러다가 거기 있던 가즈토와 눈이 마주치는 바람에 민망해하며 휴대폰 배경 화면으로 눈을 돌렸다.

"오늘은 본가에 갔어. 늦게 들어간다고 미리 말했어."

"언제까지 동거만 할 건데? 슬슬 결혼해야지."

"나는 하고 싶은데, 여자 친구가 좀 더 일하고 싶다고 해서."

"그렇군. 아직 입사 1년 차랬나?"

말소리가 머리 위를 떠다녔다. 느닷없이 폭격을 맞은 마쓰리는 자신이 어색하게 웃고 있다는 걸 알았다. 혼자 세웠던 고백 계획이 무참히 깨져버렸다.

연락처 교환을 마치고 2차로 향하는 걸음이 갑자기 무거워졌다. 미유키가 온다고 하니 안 갈 수는 없었지만, 2차에 가는 목적의 절반은 다케루와 따로 만날 약속을 잡기 위해서였다.

줄지어 걸어가는 무리 맨 앞에 다케루가 있었다. 조금 전까지는 바로 옆에 있었건만 지금은 손이 닿지 않을 만큼 멀어진 듯했다. 기운을 잃고 점점 뒤처지다가 맨 뒤까지 와버린 마쓰리의 얼굴을 가즈토가 불쑥 들여다보았다.

"마쓰리짱, 옷 만들어?"

"응?"

"아까 그랬잖아."

"만들지는 않고 판매 쪽. 기획도 하고."

"그렇구나. 아깝다."

청바지 주머니에 손을 찔러 넣고 터벅터벅 걸어가던 가즈토가 밤하늘을 올려다보며 기억을 더듬듯이 말했다.

"손재주가 남달랐는데."

"기억해?"

"그럼."

"가정 시간에 만들었던 가방?"

"아니. 내 셔츠 단추."

자기보다 머리통 하나는 더 큰 가즈토를 올려다보며 마쓰리는 기억의 실타래를 풀어봤지만 그런 기억은 남아 있지 않았다. 마쓰리가 전혀 모르겠다는 얼굴을 하자 가즈토는 또다시 귀여운 보조개를 보이며 쓴웃음을 지었다.

"기억 안 나? 기억 안 난다고?"

"미안."

"나한테는 초등학교 시절 최고의 추억인데."

"정말?"

"그래. 내 셔츠 단추가 달랑거리는 걸 보고 꿰매줬잖아. 봐봐, 옷을 입은 채로 여기 가슴 부분 단추를. 여자애랑 그렇게 얼굴을 가까이 한 건 그때가 처음이라서 얼마나 떨렸다고."

"…그랬구나. 그런 일이 있었구나."

"진짜야. 나는 기억해."

마쓰리의 가슴이 쿵쿵 뛰었다. 동시에 옆에서 휴대폰 벨이 울렸다. 가즈토는 걸음을 멈추고 전화를 받았다.

다른 사람들은 알아채지 못하고 그대로 계속 걸어갔지만, 가즈토만 두고 갈 수 없었던 마쓰리는 조금 떨어진 곳에 멈춰 섰다. 그러고 나서 가즈토가 말한 추억을 찾으려 필사적으로 머릿속을 파헤쳤다.

"예, 알겠습니다. 죄송합니다, 오늘 밤은… 네. 그건 알고 있습니다. 네. 다음 주에 찾아뵙겠습니다. 알고 있어요. 그건 준비해 뒀습니다. 네… 그렇습니다. 어머니께 들은 대로… 네, 알겠습니다. 감사합니다."

가즈토의 말투가 조금 전과 달리 180도 바뀌어서 마쓰리는 고개를 들었다. 길가에 멈춰 서서 통화하는 가즈토는 말투도 말투지만 자세도 똑바르고 품격이 느껴지는 당당한 표정을 짓고 있었다.

직전까지 밝았던 가즈토의 얼굴에 그늘이 드리워졌다. 전화 상대가 자꾸 말을 가로막는지 하던 말을 끝까지 잇지 못할 때마다 입술을 꽉 깨무는 가즈토를 마쓰리는 불안한 눈빛으로 지켜보았다.

"미안, 고마워."

통화가 끝나자 가즈토는 다시 천진한 미소를 띠며 달려왔다.

"아니야."

"아버지였어."

"아버지? 엄청 깍듯이 대하던데? 누가 들으면 상사인 줄 알겠어."

"상사 맞아."

"응?"

"아버지는 종가의 당주고. 나는 아들이 아니라 제자니까. 사제지간이야, 우리는."

부모님을 '상사'라고 부르는 사람은 처음이었다. 마쓰리는 입이 쉽게 떨어지지 않았다. 통화하는 모습에서 아버지와의 사이가 삐걱댄다는 건 짐작이 갔다. 앞서가던 친구들이 환호하듯 요란스레 웃는 바람에 깜짝 놀라 마쓰리는 더 말을 잇지 못했다.

"넌 얼굴에 다 드러나는구나."

마쓰리가 어쩔 줄 몰라 하는 걸 알아차렸는지 가즈토가 짓궂은 웃음을 머금은 목소리로 말했다.

"아, 미안, 미안!"

"아냐, 괜찮아. 난 익숙하니까."

"익숙하다니…?"

곧바로 묻지 말았어야 했다고 후회했다. 가즈토는 그 순간을 놓치지 않고 마쓰리의 볼을 손가락으로 쿡 찔렀다.

"얼굴에 다 티 나."

"아! 미안해."

"넌 여전하네. 예전 모습 그대로야. 다행이다."

"초등학생 때랑 똑같다는 소리는 하나도 안 기뻐…."

"그래? 난 좋아하는데. 그런 거."

거침없이 받아넘기는 가즈토의 말에 마쓰리는 몸이 뻣뻣하게 굳었다. 비록 의미 없이 내뱉은 말이라 할지라도 마쓰리는 가볍게 삼키지 못하고 당황했다. 억지로 화제를 바꾸려는 마쓰리의 모습이 어색했는지 가즈토가 큰 소리로 웃었다.

2차로 간 술집에서 미유키가 합류하자 여자들끼리 나누는 수다가 무르익었다. 가즈토는 다케루와 대화를 나누다가 여자들이 나누던 수다가 잠시 끊긴 틈에 다시 마쓰리 옆에 와서 앉더니 마쓰리가 술이 약하다는 사실을 눈치챘는지 알아서 달짝지근한 주스를 주문해 주었다.

마쓰리는 좀 전에 나눴던 "좋아하는데."라는 말이 생각나서 가즈토 옆에 앉아 있기가 어색했다.

2차는 육아와 결혼과 일에 관한 넋두리가 이어지면서 분위기가 한껏 달아올랐다. 마쓰리도 가짜 하소연을 덧붙여봤지만, 점점 피로감이 쌓이면서 동시에 체력도 바닥을 드러냈다. 12시가 한계라는 말은 창피해서 못 한다. 하지만 마쓰리의 몸은 쉬게 해달라고, 자게 해달라고 아우성치고 있었다. 알아주는 사람이 아무도 없다. 아무도 모르는 편이 분명 편했는데, 마쓰리는 지금 자신이 처한 상황이 왠지 불안했다.

"마쓰리짱, 어디 불편해?"

옆에서 말을 걸어오길래 얼굴을 돌렸다. 끝까지 하소연 대회에 끼지 않았던 가즈토가 마쓰리를 쳐다보고 있었다.

"왜? 난 괜찮은데?"

"그만 집에 가는 게 좋지 않겠어? 언니 걱정하잖아."

"아, 맞다, 마쓰리! 기쿄 언니! 너네도 들었어? 기쿄 언니가 결혼해서 여기로 돌아왔대!"

미유키의 말에 다들 눈이 휘둥그레졌다. 질문이 시작되자 마쓰리는 간신히 눈가의 긴장을 풀고 밝은 표정을 지으며 대화에 참여했다.

아니나 다를까 1시가 넘어가자 마쓰리의 휴대폰이 울렸다. 사토시였다.

"미안해요. 지금 갈게요."

"그래, 오랜만에 옛날 친구들 만나서 즐겁게 놀고 있을 텐데, 미안. 아무래도 걱정이 돼서."

"괜찮아요. 여기가 어디냐면요…."

가게 위치를 어떻게 설명해야 좋을지 몰라, 마쓰리는 가게 밖으로 나가 상호나 빌딩 이름을 찾아봐야 했다. 친구들이 가는 대로 그냥 따라온 터라 대강 어디쯤인지 감을 잡을 수 없었다. 미유키에게 물어보려고 일단 전화를 끊었는데, 가즈토의 시선이 마쓰리의 얼굴에 닿았다.

"가려고?"

"아, 응. 형부한테 전화 왔는데. 데리러 온대."

"여기로 오신대?"

"그렇긴 한데, 내가 위치를 몰라서. 아, 가즈, 지금 전화 걸 테니까 괜찮으면 네가 설명 좀 해줄래?"

"내가 데려다주면 안 돼?"

어쩐지 그렇게 말할 거라 예상했다. 그런데 막상 그 말을 듣자 마쓰리의 몸이 과잉 반응을 보였다. 처음으로 그런 말을 들은 사람처럼 얼굴이 빨개지고 머릿속에서 시뮬레이션이 시작되었다.

"미나미 중학교 뒤쪽에 있는 아파트지? 어차피 같은 방향이니까, 괜찮지?"

"어… 넌 더 안 마셔도 돼?"

"나야 언제든 마실 수 있으니까."

밤바람이 달아오른 뺨의 열기를 식혀주었다. 기대와 기대를 앗아가는 불안과 망상의 날개를 뿌리치며 마쓰리는 고개를 끄덕였다.

마쓰리가 자리로 돌아와 먼저 가겠다고 알리자 취한 친구들이 못내 아쉬워했다.

"다음에 보자, 또 연락할게."

"도쿄로 돌아갈 때 알려줘. 배웅할게."

"고마워, 가기 전에 차라도 마시자."

"연락해."

미유키에게 고마운 마음을 담아 인사를 하고, 좋아했던 다케루에게 손을 흔들었다.

"결혼식 날짜 정해지면 알려줘."

"그래. 너도."

"난 아직 멀었어! 일이 좋아."

"어렸을 때 이야기할 수 있어서 좋았어. 또 놀러 와."

"나도 좋았어! 그럼 갈게."

결국 '사랑해.'라는 말은 갈 곳을 잃고 말았다. 그렇지만 오랜만에 알차고 보람 있는 시간을 보냈다.

가게 밖으로 나가자 가즈토가 기다리고 있었다.

"괜찮아? 애들이랑 인사도 안 하고."

"응. 상관없어."

죽을힘을 다해 빈말과 거짓말을 늘어놓던 마쓰리와 달리 가즈토는 다케루 말고는 누구와도 제대로 말을 섞지 않았다. 언제든 마실 수 있다고 했지만, 반창회에 얼굴을 내민 건 이번이 두 번째인 듯했다. 첫 번째는 다케루에게 억지로 끌려왔을 때였다고 좀 전에 가즈토가 자기 입으로 말했다.

앞서 걸어가는 가즈토를 뒤따라가며 마쓰리는 옆에서 슬쩍 그의 얼굴을 올려다보았다. 마쓰리의 시선을 알아챈 가즈토가 부드럽게 웃었다.

어릴 때부터 가즈토는 무리에서 살짝 비켜나 있었다. 쉬는 시간에도 무척 조용했고, 뜀틀에서 제일 높은 점수를 받았을 때도 우쭐하기보다 초연한 표정을 짓고 있었다.

"내 생각하고 있어?"

"뭐래, 아니거든!"

"그럼 왜 계속 쳐다보는 건데?"

"안 봤어!"

마쓰리는 황급히 얼굴을 돌렸다.

"너, 남자 친구 없지?"

"네가 뭘 안다고 그래?"

"그냥 느낌이 그래."

"너 예의는 밥 말아 먹었니? 와아, 진짜 없으니까 화도 못 내겠고."

"귀엽게 생겼는데 안됐다."

"내가 귀엽다고?! 귀엽다는 말 오랜만이네!"

두 사람은 보폭을 맞춰 걸었다. 셔터가 전부 내려간 상점가 한복판에서 마쓰리의 목소리가 울려 퍼지고, 가즈토의 웃음소리가 마쓰리의 목소리를 감쌌다. 가즈토는 잘 웃는다. 기분 좋게 웃는 얼굴이 상대방까지 덩달아 웃게 했다.

"넌 없어?"

"없어."

"귀엽게 생겼는데 안됐다."

마쓰리가 그대로 되돌려주자, 가즈토는 한 방 먹은 표정으로 마쓰리를 내려다보나 싶더니, 그 귀여운 얼굴로 토라진 척 다음 말을 이었다.

"어려 보이는 거 콤플렉스야."

"그런 차림을 하고 다니니 더 그렇지. 우르르 몰려다니는 학생 같잖아."

"전문가가 정곡을 찌르니까 아프네."

가즈토가 어깨를 움츠렸다. 마쓰리는 허둥지둥 억지웃음을 띠며 "그래도 아저씨 같아 보이는 것보다는 어려 보이는 게 훨씬 낫지." 빠르게 말을 쏟아냈다. 전문가도 아닌데 '전문가'라는 말을 듣자 마쓰리는 동요했다.

"너도 어른이 다 됐구나."

아무도 없는 상점가에 가즈토의 목소리가 울렸다. 걸음을 옮기며 환하게 미소 짓는 가즈토의 눈동자에서 다정함이 넘쳐흘러, 손끝이 닿지도 않았는데 그 다정함이 온몸을 에워싸는 듯했다. 마쓰리는 부끄러워 얼굴이 간질간질했다.

마쓰리가 입술을 다물자 갑자기 정적에 휩싸였다. 마쓰리는 자신이 만들어낸 침묵이 '남자와 단둘이 있다'는 상황을 강하게 의식하게 만들어버리는 바람에 급작스레 민망해져 가즈토에게서 시선을 돌렸다.

서쪽 하늘로 자리를 옮긴 가느다란 초승달과 눈이 마주치자 생긋 웃어주는 것만 같았다. 상점가 앞쪽에서 불어오는 미지근한 바람이 마쓰리의 스커트 자락을 휘감으며 달라붙었다. 마쓰리는 낯이 간지러워 어금니를 꽉 깨물었다. 바람이 닫힌 셔터를 두드려대자 마치 자신의 감정을 들킨 것만 같아 괜스레 마음이 싱숭생숭해졌다.

조금 전까지는 아무 생각이 없었는데 갑자기 윤곽이 뚜렷한 형체가 나타난 느낌이었다.

가즈토가 돌아보자 가슴이 뛰었다.

"혹시 내일 다른 약속 있어?"

가즈토는 경계심을 사라지게 만드는 목소리로 물었다.

시끌벅적한 클럽 안에서 "레게 최고!"라고 외치던 남자애와 옷차림은 비슷하지만 가즈토는 그들처럼 거칠지 않다. 가즈토의 목소리에서 다른 속셈은 묻어나지 않았다. 남자와 둘이 휴일을 보내는 게 얼마 만인가. 약속을 잡고, 밥을 먹고, 영화를 본다. 아니면 어디 놀러 간다거나.

가즈토는 어떻게 보낼까. 솔직히 마쓰리는 가즈토와 함께 보내는 휴일이 궁금해졌다.

"없는데?"

"그럼, 내일 나랑 놀자."

"뭐 할 건데?"

"오랜만에 우리 다녔던 초등학교에 안 가볼래?"

마쓰리는 헛스윙을 날린 타자처럼 맥이 빠지고 말았다. 느닷없이 발칙한 상상을 한 건 아니지만 지나치게 천진난만한 가즈토의 제안에 웃음이 났다.

"좋아, 가보자."

어린애처럼 좋아하는 가즈토를 보니 마쓰리는 벌써 내일이 기다려졌다.

"사랑해."

때로는 누가 내게 말해줬으면 좋겠다.

그 말만 들어도 내가 살아 있다는 걸 실감할 테니까.

여자에게 들어도 좋을 거 같다.

"사랑해."

얼마나 기분 좋은 말인지.

그 한마디만으로 가슴이 따뜻해지는 것 같다.

나도 누군가에게 말해볼까.

10.

가즈토와는 학교 정문에서 만나기로 했다. 마쓰리는 시간에
맞춰 갔으나 가즈토가 먼저 와 있었다.

그날은 아침부터 햇볕이 쨍쨍 내리쬐는 날이었는데, 가즈토
는 몸에 딱 맞는 흰색 티셔츠와 어제보다 단정한 청바지를 입고
있어서 제 나이로 보였다.

"안녕, 마쓰리짱"

"안녕."

바지 뒷주머니에 손을 넣은 가즈토의 입가에 미소가 어렸다.

"일요일인데, 들어갈 수 있을까?"

"문제없어. 매주 축구부와 야구부가 연습하거든."

"어떻게 알아?"

"여기가 내 산책 코스라서."

"산책 코스라니. 대체 어떤 생활을 하는 건지."

마쓰리가 쿡쿡 웃자 가즈토는 고양이처럼 유연한 손놀림으로 마쓰리의 머리를 마구 헝클어뜨렸다.

정문을 들어서자 운동장에서 아이들 소리가 들려왔다. 두 사람은 수영장 옆을 지나 운동장으로 가볍게 시선을 던졌다가 학교 건물을 올려다보았다. 그때랑 조금도 달라지지 않았다. 그리운 풍경과 추억을 불러오는 냄새. 그네, 정글짐, 구름사다리도 전부 제자리에 있었다. 달라진 게 있다면 철봉이 낮았다. 마쓰리는 저도 모르게 뛰어가서 잡고 돌아봤지만, 예전에는 할 수 있었던 거꾸로 오르기가 전혀 되질 않았다.

"마쓰리짱, 엉덩이가 무거워."

"넌 가능해?"

받아치는 마쓰리 옆에서 가즈토는 가볍게 성공했다. 가뿐히 한 바퀴 돌고 나서 얼굴을 들고 팔을 쭉 뻗은 채 마쓰리를 내려다보며 웃었다. 그 동작이 너무 매끄러워서 마쓰리는 그만 넋을 잃고 바라보았다.

"철봉이 너무 낮다."

"그만큼 키가 큰 거지."

"아, 그럼, 이제는 저것도 할 수 있겠다."

가즈토는 철봉에서 뛰어내리더니 놀이기구 끝에 있는 철봉으로 달려갔다. 제일 높은 철봉도 팔을 뻗으니 쉽게 잡혔다.

"닿았다."

"남자애들은 거기서 턱걸이했잖아."

"그랬지. 체력장 할 때 나랑 다케루가 끝까지 남았는데."

"아, 그거 기억나. 그런데 누가 이겼더라?"

"나지."

"그랬나?! 다케루가 질 때도 있었구나."

"미안하지만, 나 다케루한테 져본 적 없어."

"그래?"

"그렇다니까!"

가즈토는 어릴 때 하늘만큼 높아 보이던 철봉 위로 가볍게 점프하더니 이번에도 거꾸로 오르기를 하고 팔을 쭉 뻗었다. 아까보다 훨씬 높은 곳에서 훨씬 먼 곳을 바라보는 가즈토를 마쓰리가 올려다보고 있었다.

배트가 공을 때릴 때 나는 경쾌한 소리가 네트 너머에서 들려왔다. 뒤를 돌아보니 아이들이 모래 먼지를 일으키며 운동장 여기저기서 축구공을 쫓거나 배트를 휘두르고 있었다. 두 사람은 자신들의 어린 시절을 옆에서 지켜보는 듯한 착각에 빠졌다.

마쓰리는 그때를 회상했다. 오늘 하루가 즐거웠고, 내일은 반드시 찾아오던 때. 돈이 없어도 여기 이 놀이기구들만 있으면 온종일 재미있게 놀 수 있는 신기한 지혜가 있었고, 언제나 무한한 세계가 거기 펼쳐져 있는 듯한 해방감을 느꼈었다.

누가 더 행복할까. 죽음을 아는 사람과 죽음을 모르는 사람. 하지만 시간은 누구에게나 똑같이 흘러간다.

"마쓰리짱."

문득 고개를 들자 철봉 위에서 가즈토가 싱긋 웃고 있었다. 제한 시간을 모르는, 근심 걱정 없고 온화한 얼굴.

"날씨 좋다."

"그러네…."

"하늘만 봐도 행복하지 않아?"

가즈토가 하늘을 우러러보자 마쓰리도 같은 방향으로 눈길을 보냈다.

"예쁘다…."

보고 있기만 해도 행복해지는 하늘빛.

철봉에서 훌쩍 뛰어내린 가즈토가 청바지를 털며 미소를 지었다. 눈이 마주치자 마쓰리도 얼굴 가득 웃음을 보였다.

"가자. 너한테 보여주고 싶은 게 있어."

가즈토가 마쓰리의 손을 잡아끌고 건물 쪽으로 걸어갔다. 마쓰리는 자기 손을 폭 감싼 가즈토의 커다란 손바닥이 방금 본 하늘처럼 예쁘다고 생각했다.

출입구에 늘어선 신발장이 이제는 자그마해 보이고, 신발을 벗고 걷는 복도의 차갑고 딱딱한 감촉이 느껴지는 일도 왠지 신선한 감동이었다. 계단을 올라 3학년 2반 팻말이 걸린 교실로 살금살금 들어갔다.

눈앞에 보이는 광경이 마치 작은 모형 같았다. 책상이고 의자고 책장이고 창문이고 죄다 작았다. 마쓰리는 그리운 공기를 맘껏 들이마시며 어린아이같이 흥분해서는 창가 자리로 가서 앉았다. 캐릭터 정리함이 들어 있는 작은 나무 책상은 손때가 묻어 반질반질했다.

"원래 이랬나?"

"전부 작지?"

"마쓰리짱, 그 자리였어?"

"생각 안 나. 넌?"

"나도 생각 안 나지만, 너랑 옆자리에 나란히 앉은 적이 없었던 건 기억나."

가즈토는 마쓰리 옆에 가서 앉았다. 체격에 맞지 않는 책상에 턱을 괸 가즈토가 마쓰리에게 시선을 보냈다.

"넌 누굴 좋아했어?"

"초등학생 때?"

"내가 맞혀볼게. 다케루였지?"

가즈토가 내뱉은 말에 마쓰리는 가슴이 철렁했다.

"어떻게 알았어?"

"하여간 알기 쉽다니까. 그때도 얼굴에 다 티 났어."

"그랬구나. 그럼 다케루도 눈치챘을까?"

마쓰리는 자리에서 일어나 뒤쪽 선반에 자리한 금붕어 어항을 들여다보다가 아이들이 다채로운 색감으로 칠한 그림으로 시선을 옮겼다. 교실 뒤쪽 칠판에 그리운 계절을 노래하는 가사가 적혀 있어서 허밍으로 따라 불러보기도 하고, 그 위에 붙어 있는 일본사 연표를 확인하다 떨어진 기억력을 한탄하며 한숨을 쉬기도 했다. 가즈토의 시선은 줄곧 마쓰리의 등에 달라붙어 있었다.

"글쎄, 다케루는 둔하니까. 그 녀석은 자기가 인기가 많다는 걸 모르는 타입이잖아."

"그런 점이 좋았어."

"어제 만났을 때도?"

마쓰리는 뒤로 돌아보다가 가즈토와 눈이 마주치자 마음이 불편해서 다시 교실 뒤쪽 연표로 눈을 돌렸다.

"다케루는 옛날 그대로더라. 멋있고 다정다감하고. 어릴 적 내 꿈까지 기억해 줘서 조금 감동했어. 그렇다고 그렇게 쉽게 좋아하진 않지만."

"어째서?"

"첫사랑은 첫사랑이고. 어제는 어제니까."

"어제 다시 사랑에 빠지지 않았어?"

"그렇게 쉽게 빠지지 않거든요."

말은 그렇게 했지만, 다케루에게 여자 친구가 있다는 걸 알고 실망하던 모습을 가즈토에게 들켰을 게 분명했다.

"사랑은 순간이야."

끼익, 의자 끄는 소리가 나서 고개를 돌리자 가즈토가 서 있었다. 책상 사이를 지나 마쓰리가 선 쪽을 향해 걸어왔다. 주변 책상들 크기가 작아서인지 점점 가까이 다가오는 가즈토가 더 크게 보이며 박력마저 느껴졌다. 가즈토의 목에서 금속 펜던트가 딸그랑 부딪치며 흔들렸다.

"다시 좋아하고도 남을 시간이었어."

"난 별로…."

"예전에 좋아했던 녀석이면 더더욱 쉽게 빠지지."

금속 펜던트의 짤랑, 소리와 함께 가즈토의 하얀 티셔츠가 마쓰리의 눈앞을 가렸다. 새삼 가즈토가 남자라는 사실을 의식했다. 마쓰리는 생각을 멈추고 고개를 들었다. 한없이 진지한 눈빛으로 자신을 바라보는 가즈토의 눈동자 속으로 빨려 들어갈 것 같아 몸을 움직일 수 없었다. 웃음으로 얼렁뚱땅 화제를 바꾸려고 했던 자신이 부끄러웠다.

혹시 가즈토에게는 초등학생 시절 이야기가 아니라 현재 진행형인 걸까…? 그러자 서서히 온몸에 열기가 차올라 마음속으로 생각하는 일마저도 힘들어졌다.

표정이 굳어버린 마쓰리의 얼굴 위로 가즈토의 장난기 섞인 목소리가 떨어졌다.

"그렇지만 다케루는 여자 친구가 있으니까. 다행이야."

고개를 들고 쳐다보자 가즈토는 붙임성 좋은 강아지 같은 얼굴로 해맑게 웃고 있었다. 몸도 마음도 힘이 쭉 빠졌다. 가즈토에게 세게 한 방 먹은 것 같아 기분이 상했다. 가즈토 옆을 지나가며 기어이 가시 돋친 말을 내뱉고 말았다.

"뭐가 다행인데? 그래서, 하고 싶은 말이 뭔데?"

헛된 망상에 젖었던 탓에 심장은 아직도 쿵쾅거렸고 등에는
진땀이 흘렀다. 비록 짧은 순간일지라도 긴장했었다는 사실을
가즈토에게 들키고 싶지 않았다.

"네가 다케루만 좋아하니까, 화나잖아."

마쓰리는 반사적으로 깜짝 놀랐다. 가즈토는 냅다 마쓰리의
손을 잡아끌고는 결심했다는 듯이 어딘가로 걷기 시작했다.

"뭐야?"

끌려가듯 교실을 나와 걷다가 3학년 1반 옆에 있는 방으로
들어갔더니 가즈토는 마쓰리의 손을 놓고 안쪽으로 거침없이
걸어갔다. 나무로 된 책상, 물감, 니스와 목재 냄새가 섞인 미술
실이었다. 가즈토는 목적이 있는 사람처럼 분명한 발걸음으로
정면에 놓인 화이트보드 뒤쪽으로 갔다.

주뼛주뼛 다가가자 화구가 천장까지 쌓인 선반이 거기 있었
다. 도화지, 색연필, 물감, 연적, 붓, 접착제, 먹, 조각칼 등이 자
리를 차지하고 있었다. 코를 찌르는 듯한 물감 냄새에 옛 기억
이 새록새록 되살아났다.

가즈토는 선반 위에 놓인 물건들을 차례로 꺼내 바닥에 내려
놓았다.

"여기 봐봐."

가즈토가 맨 안쪽 선반 앞에 털썩 앉았다. 마쓰리는 머리는

얼떨떨한데 마음속에는 이상한 기대가 솟아올랐다.

"여기. 기억나?"

가즈토는 한 손은 선반 끄트머리를 짚고 다른 한 손으로는 그 옆을 가리켰다. 손끝이 가리키는 곳을 들여다보던 마쓰리는 화들짝 놀라 고개를 들고 가즈토를 쳐다보았다. 가즈토는 장난에 성공한 어린아이처럼 생글생글 웃었다.

가장 안쪽 선반 맨 아래 칸에 '마쓰리'라고 새긴 흔적이 남아 있었다. 평소 이 선반에는 합판을 잔뜩 쌓아두어서 절대로 발견될 리 없다는 사실을 미술부였던 마쓰리는 알고 있었다.

초등학생 때 미술부 활동이 끝나고 나면 아무도 없는 걸 확인하고 좀 전의 가즈토처럼 고학년 판화 수업에 쓰는 합판을 몰래 끄집어냈다. 그러고 나서 선반 한편에 자기 이름을 새겼다. 학교 안에서 제일 좋아했던 이 장소를 독차지하는 기분을 만끽하고 싶었다.

"아직 남아 있었네."

"어떻게… 어떻게 알았어?"

놀라움과 부끄러움을 번갈아 느끼며 어찌할 바를 모르는 마쓰리 앞에서, 이번에는 가즈토가 자신의 비밀을 털어놓듯 선반을 짚고 있던 손을 치웠다.

"졸업 작품으로 판화 만들 때 발견했어. 너한테 확인하고 싶었는데, 반이 달라서 물어볼 수가 있어야지. 그래도 굉장히 기뻤어. 너의 비밀을 본 것 같아서. 그래서 나도 팠어."

'마쓰리' 옆에 한자로 '가즈토'라는 이름이 새겨져 있었다.

마쓰리처럼 대충 쓴 게 아니라 정성을 담아 쓴 글씨. 그리고 두 사람 이름 위에는 매직으로 그린 우산이 씌워져 있었다.

"이건 누가 그렸을까."

"가즈, 너 아냐?"

"우산까지는 못 그려. 그때 난 그만큼 용기가 없었거든."

가즈토가 자기 손가락을 우산 그림 위에 올리더니 가만히 따라 그렸다. 마쓰리는 그 손끝을 말없이 쳐다보았다.

자기 혼자만의 비밀 옆에 또 하나의 비밀이 있었으리라고는 상상도 못 했다.

그때는 한 번도 나란히 서본 적 없던 두 사람이 지금은 이렇게 서로의 비밀을 눈에 담고 있다.

마쓰리는 가만가만 '마쓰리'라는 글자를 어루만졌다. 꿈으로 가득했던 그 시절이 떠올라 가슴이 뜨거워졌다. 지금의 자신 같은 어른을 꿈꿨던 건 아니라는 생각이 들자 괜히 눈물이 날 것 같았다.

"내 단추, 달아줘서 얼마나 기뻤는지 몰라. 그날 내 첫사랑이 시작됐어. 난 너를 좋아했어."

가즈토는 순진무구한 아이처럼 반달이 된 눈으로 다정하게 고백했다.

"그래서 네 비밀 옆에 있고 싶었어. 2년 동안 옆자리에 한 번도 못 앉아보고, 5학년 때는 반이 바뀌었으니까. 그렇지만 난 졸업할 때까지 계속 너를 좋아했어."

머나먼 시간을 지나 어렸을 적 가즈토의 첫사랑이 마쓰리 곁으로 다가왔다. 그 감정은 마치 아무도 밟지 않은 눈처럼 때가 묻지 않은 순백색을 하고 있었다. 마쓰리는 첫사랑이란 감정을 두 손으로 부드럽게 감싸 올려 마음속에 담았다. 긴 시간이 흘렀어도 순수한 사랑이 마쓰리의 마음속 깊은 곳을 따스하게 채워주었다.

"만화가가 되겠다는 꿈을 꾸던, 그 시절의 너는 참 빛났어. 네가 부러웠어."

"내가 부러웠다니… 가즈 너, 눈이 너무 낮다."

"그렇지 않아. 나는 이루고자 하는 꿈을 가져본 적도 없고 손재주도 없어서, 너처럼 되고 싶었어."

"그래서 다케루가 얄미웠어?"

"그래, 정말 밉상이었어."

"그래도 지금은 친하잖아."

"중학교에 들어가고 보니까 어느새 네가 사라지고 없었거든. 첫사랑은 이루어지지 않았어."

"나도 안 이뤄졌어."

두 사람은 어깨를 으쓱하며 웃었다.

"맞다."

가즈토가 좋은 아이디어가 떠올랐는지 자리에서 벌떡 일어섰다. 선반에서 조각칼 세트를 찾아 와서는 장난기 가득한 눈빛으로 말했다.

"또 파야지!"

가즈토가 우산을 조각하는 모습을 보며 마쓰리도 각이 진 조각칼을 꺼내 들었다.

"나도 할래!"

두 사람은 함께 희미해진 우산 그림을 따라 조각칼을 쥔 손을 움직였다.

"가즈, 너 너무 못한다!"

"조각칼을 몇 년 만에 잡아보는데. 잘하는 게 이상하잖아!"

"그러네!"

창가에 어지러이 쌓인 화구들 틈으로 비치는 햇빛이 흩날리는 먼지에 반사되어 다이아몬드 더스트Diamond dust*처럼 반짝였다. 과거와 현재가 합체되는 듯한 야릇한 기시감을 느끼며 우산을 새겼다. 신이 난 마쓰리가 우산 주위에 하트까지 그려 넣자 가즈토의 입가에 미소가 어렸다.

"와, 커플이다."

"다음에 이거 본 사람은 깜짝 놀라겠지?"

"전설이 되겠지. 여기에 이름을 새기면 사랑이 이루어진다고 믿으면서."

---

* 공기 중의 수증기가 얼음 결정이 되어 나타나는 현상. 얼음 결정이 햇빛을 반사하여 보석처럼 반짝반짝 빛나기 때문에 이런 이름이 붙었다.

"우아, 진짜 순정 만화 같다."

"그런 거 좋아해?"

"좋아하지! 정말 좋아해! 진짜 어디서 본 거 같아."

깨끗이 쓰레기를 치우고 난 다음 마쓰리가 휴대폰으로 증거 사진을 남기자고 제안했다. 그런데 가즈토가 완곡히 거절했다.

"이건 이대로가 좋아."

"그래도 기념인데."

"나는 계속 기억하고 있었어. 그러니까 이번에는 너도 잊지 않고 기억하면 돼."

마쓰리는 다시 우산을 향해 눈길을 줬다가 휴대폰을 집어넣었다.

"그래, 그럴게."

마쓰리는 죽을 때까지 잊지 않겠다고 다짐했다. 행복한 두 사람의 모습을.

미술실을 원래대로 정리하고 나오는데 바로 옆 계단 밑에서 발소리가 들려와 두 사람은 움찔 놀랐다. 가즈토가 반대쪽 계단으로 가자고 눈짓을 보냈다. 두 사람은 발소리를 죽이고 반대쪽을 향해 걸음을 돌렸다.

"거기 누구냐?"

아래에서 위로 올라오는 고함에 마쓰리는 그 자리에 얼어붙었다. 가즈토가 재빨리 손을 낚아챘다.

"자, 빨리!"

가즈토 손에 이끌려 마쓰리도 달리기 시작했다. 거듭 "거기, 누구야? 누구야?" 외치는 거친 목소리가 가까워지고 있었다.

"어쩌지, 직원이 있었나 봐."

중앙 계단을 향해 뛰어가고 있는데 복도 맨 안쪽 교실에서 교사로 보이는 중년 남자가 얼굴을 쑥 내밀었다. 하도 어수선해서 내다본 듯했다.

"거기! 뭐 하는 거야!"

"이쪽으로!"

가즈토가 힘껏 마쓰리의 손을 잡아당겼다. 뒤에서는 교사가 따라오고, 계단 아래에서는 직원이 두 사람을 바짝 추격했다. 솔직하게 졸업생이라고 말하면 될 텐데. 어쨌든 요즘 같은 세상에 무단으로 학교 건물 안에 들어가는 사람이 잘못이긴 했다.

다시 미술실로 돌아와서 베란다로 나가 죽을힘을 다해 비상용 계단을 내려갔다. 두 사람은 1층에 있는 교실 외부 복도로 뛰어들어 건물 출입구까지 갔고, 거기 벗어둔 신발을 꿰신고 축구장 한복판을 가로질러 숨을 헉헉거리며 긴박하게 학교를 빠져나왔다.

뛰어서 학교 근처 놀이터로 들어가 정글짐 앞까지 가서야 겨우 멈췄다.

마쓰리는 호흡 곤란 증세가 오자, 몸에 산소를 불어 넣으려 정글짐에 매달린 채 입으로 공기를 들이마셨지만, 뜻대로 잘되지 않아 호흡이 점점 거칠어졌다. 몸을 위아래로 빠르게 움직여

심호흡하며 흩어져가는 의식을 붙잡으려고 정글짐 봉을 꽉 거머쥐었다. 온몸의 혈액이 탁류가 되어 심장으로 흘러 들어갔다. 처리 능력을 훨씬 초과한 심장에서 굉음이 들려왔다.

쓰러지지 않기를, 의식을 잃지 않기를, 이 폭풍우를 무사히 통과할 수 있기를, 마쓰리는 애원하는 심정으로 차가운 봉을 움켜쥐었다.

"간 떨어지는 줄 알았네."

놀이터 입구를 살피러 갔던 가즈토가 흐트러짐 없는 목소리로 중얼거렸다. 하지만 마쓰리는 뭐라 대꾸할 수 없었다. 아직은 목소리를 낼 만한 상태가 아니었다.

"너… 괜찮아?"

가즈토에게 뭔가 이상한 낌새를 들키고 말았다. 자신을 살펴보는 가즈토에게 걱정을 끼치지 않으려고 얼굴을 들고 애써 웃어보려 했지만, 마쓰리는 미소를 지을 수 없었다.

"너… 진짜… 괜찮아?"

"…응…."

긴급한 상황이라 약통을 꺼내고 싶었지만, 어리둥절하며 쳐다보는 가즈토 앞에서 약 먹는 모습을 보이면 과연 어떻게 생각할지 마쓰리는 겁이 났다. 분명 거짓말이 탄로 날 거다. 도쿄의 회사원이 아니라 시한부 10년을 선고받은 병자가 되고 만다. 그게 싫어 마쓰리는 가방으로 향하던 손을 되돌렸다.

그러나 멀쩡해 보이려고 하면 할수록 더 부자연스러워졌고,

숨을 크게 들이마시면 목과 몸에서 경련이 일어났다. 마쓰리는 울고 싶었다.

'제발 부탁이니까 원래대로 돌아와, 나빠지면 안 돼.'

마쓰리는 자기 몸을 향해 빌었다. 경련은 금방 멎었지만, 식은땀이 이마와 등을 적셨다. 조금 달렸을 뿐인데 마쓰리의 몸은 이토록 질서가 파괴되고 말았다.

심상치 않은 모습에 가즈토가 손을 뻗었다. 그 손을 피하려는데 갑자기 시야가 흐려졌다. 순간 눈앞이 새하얘지는 바람에 마쓰리는 혈압이 뚝 떨어졌을지도 모른다는 공포에 사로잡혔다. 스스로 몸을 지탱할 수 없게 되자, 가즈토의 팔에 몸을 맡겨야만 했다.

기운을 잃고 쓰러지는 마쓰리를 가즈토가 두 팔로 받았다. 그런데 가즈토가 그만 균형을 잃는 바람에 무릎이 꺾인 상태로 주저앉았다. 그야말로 최악이었다. 마쓰리는 가즈토의 얼굴을 올려다볼 수가 없었다.

흩어졌던 의식이 천천히 돌아왔다. 뿔뿔이 흩어졌던 조각들이 하나씩 제자리를 찾듯 마쓰리는 안정을 되찾았다. 혈액이 원래 속도로 돌기 시작하자 얼굴에도 핏기가 돌아왔다. 천천히 얼굴을 들고 눈을 뜨자 자신보다 혈색이 더 안 좋은 가즈토가 눈에 들어왔다.

그 모습을 본 순간 마쓰리는 큰일 났다고 생각했다. 미소를 잃지 않았던 가즈토가 공포 영화 주인공처럼 두려움에 떠는 얼굴로 마쓰리를 내려다보고 있었다.

"미안해. 이제 괜찮아."

"정말… 괜찮아? 괜찮은 거 맞아? 병원 갈래?"

"아냐. 오랜만에 달려서 그래. 걱정시켜서 미안."

마쓰리가 일어서려고 하자 가즈토가 곧바로 부축해 주었다. 어린아이를 다루듯 조심스러운 손길에 마쓰리는 쓴웃음이 나오고 말았다.

가까운 벤치에 앉고 나서 가즈토는 마쓰리의 몸 상태를 확인하려는 듯 샅샅이 살폈다. 그러더니 "잠깐 기다려." 그 말을 남기고는 부리나케 놀이터 밖으로 달려 나갔다.

우두커니 그 뒷모습을 바라보며 '설마 무서워서 도망가는 건가?' 최악의 상상이 마쓰리의 머릿속에서 확고해지려는 찰나, 가즈토는 또다시 엄청난 기세로 돌아왔다.

가즈토가 연지색 낡은 자전거를 타고 있었다.

숨을 헉헉대던 가즈토는 어리둥절한 마쓰리를 가만히 지켜보다가 마음이 좀 놓였는지 눈이 부드럽게 휘어졌다.

"얼굴색이 원래대로 돌아왔네."

가즈토는 다행스러워하며 자전거 앞 바구니에서 이온 음료를 꺼내 캔 뚜껑을 땄다.

"수분을 섭취하는 게 좋을 거 같아서. 그래도 혼자 두고 가서 미안. 불안했지?"

그러더니 마쓰리 손에 차가운 캔을 쥐여주며 옆에 앉았다.

"고, 고마워…."

고맙단 말부터 하고 마쓰리는 차가운 캔에 입을 댔다. 목구멍을 통과하는 이온 음료는 식은땀을 흘린 몸의 세포 하나하나에 스며들었고, 한결 몸이 시원해졌다. 혈관이 확장되고 피가 순조롭게 흐르는 느낌이 들자 호흡이 훨씬 편해졌다. 몸이 가벼워지는 듯했다. 탈수 증세도 나아진 듯하고. 생명수가 따로 없었다.

"고마워, 가즈. 아주 편해졌어."

"다행이다."

마쓰리의 표정이 말처럼 편안해 보였는지 가즈토도 안심하는 눈치였다.

"그런데… 저 자전거는 뭐야?"

"학교 서문 바로 앞에 막과자 가게 있었던 거 기억나?"

"…아, 주인 할머니가 엄청 무뚝뚝했던 거기?"

"그래, 거기."

초등학생들의 아지트 같은 가게였다. 마쓰리의 기억에도 선명히 남아 있었다.

"그 할머니는 돌아가셨지만, 가게는 아직도 있거든. 거기 아주머니한테서 빌렸어."

"왜?"

"조금 더 진정되면 집까지 데려다주려고. 걷는 것보다는 편하잖아."

꿀꺽꿀꺽 넘어가던 음료수보다도 달고 싱그러운 것이 가슴

안에 퍼졌다. 어슴푸레한 그것이 천천히 몸속 깊이 스며들었다.

벤치에 앉아 충분히 휴식을 취하자 마쓰리의 안색이 원래대로 돌아왔다. 그래서 자전거까지는 필요 없다며 한사코 거절했지만, 가즈토는 물러서지 않았다.

'하긴 갑자기 사람이 쓰러지는 모습을 자주 볼 수 있는 건 아니니까….'

마쓰리는 새삼 부주의했던 걸 뉘우치며 마지못해 가즈토가 하자는 대로 자전거 뒷자리에 앉았다.

"꽉 붙잡아. 조금이라도 어지럽거나 속이 안 좋으면 바로 얘기하고."

"네, 네. 알겠습니다."

가즈토의 허리에 팔을 두르자 자전거 앞쪽에서 "출발!" 힘찬 구령 소리가 들렸다.

비틀거리던 자전거는 조금씩 균형을 찾으며 매끄럽게 달리기 시작했다.

가즈토는 놀이터 옆 그늘을 따라 천천히 달렸다. 봄에는 연분홍으로 물드는 거리가 지금은 초록색이 짙어진 잎사귀마다 태양 빛이 더해져 반짝반짝 빛이 났다. 고개를 들고 하늘을 올려다보자 울창한 잎과 잎 사이로 쏟아지는 햇살이 아른거리며 마쓰리의 이마와 뺨 위로 떨어졌다. 숨을 들이마셨더니 새잎의 향긋한 맛이 감돌았다.

두 사람 위로 내리쬐는 눈부신 태양이 마치 스포트라이트처럼 계속 따라왔다. 주택가에 들어서자 여기저기에서 생활감이 물씬 풍기는 소리가 들려왔다. 청소기 돌리는 소리, 아이를 부르는 소리, 윙윙거리는 텔레비전 소리…. 점심밥을 준비하는지 맛있는 냄새도 났다. 벽돌로 된 담벼락 위에서 졸던 고양이가 하암, 하품하는데, 그 모습에 보는 사람까지 절로 미소가 지어졌다.

자전거는 주택가를 지나 오래된 상점가로 꺾어 들어갔다.

차로 달릴 때와는 달리 직접 와닿는 거리의 분위기는 눈에 보이지 않아도 입자처럼 공기 중에 녹아 있어서 마쓰리의 기억을 잇달아 소환했다.

"저기, 저 반찬 가게 감자 샐러드 맛있었는데."

"아, 나도 좋아해. 멘치카쓰*도 진짜 맛있잖아."

"양배추가 잔뜩 들었지?"

"맞아, 맞아! 그리고 저쪽에 도라야키** 가게는 가봤어?"

"가봤지! 아빠가 가끔 간식으로 사다 줘서 좋아했어. 아, 그런데 그 옆에 다코야키 가게는 문 닫았더라고."

"한참 전에 할머니가 돌아가셔서 이제 안 해."

"그렇구나. 맛있었는데."

"너, 먹는 건 잘도 기억하는구나."

---

* 잘게 다진 소고기나 돼지고기와 감자, 양파 등 채소를 섞고 뭉쳐서 튀긴 음식.

** 밀가루, 달걀, 설탕을 한데 반죽하여 둥글납작하게 굽고, 두 쪽을 맞붙인 사이에 팥소를 넣은 일본 전통 과자.

앞쪽에서 킥킥거리는 가즈토의 웃음소리가 들리자 마쓰리는 민망했다. 하지만 뒤엉켜 있던 기억의 실타래 한 마디를 풀었더니 나머지도 술술 잘 뽑혀 나와서 여기저기서 어린 시절의 자신을 발견할 수 있었다.

"지금은 역 앞에 대형 슈퍼가 생겨서 여기까지 사러 오는 사람이 없어. 그리고 차로 조금만 가면 쇼핑몰도 있고."

"그렇구나…. 괜히 섭섭하네."

"어릴 땐 이 상점가가 원더 랜드 같았는데."

가즈토의 말에 마쓰리는 고개를 아래위로 움직였다.

그리운 추억의 시간을 빠져나오듯 상점가를 나오자 기쿄네집 바로 옆에 있는 중학교 건물이 눈에 들어왔다.

마쓰리는 문득 깨달았다.

'오늘은 이걸로 끝…? 모레면 도쿄로 돌아가는데?'

옛날 영화가 갑자기 멈췄을 때처럼 눈앞이 새까매졌다. 바로 직전까지 넘실거렸던 물이 썰물처럼 빠져나가자 고요가 찾아왔다. 한여름 바닷가에 늘어섰던 임시 상점들이 철거되는 모습을 차가운 바람을 맞으며 지켜보는 듯한 불안감이 마쓰리의 가슴속에 퍼져나갔다. 끝이라는 말 한마디의 무게가 마쓰리를 못 견디도록 외롭게 했다.

그때, 학교에서 나는 종소리가 드높이 울려 퍼졌다. 그 소리를 따라 시청인가 어딘가에서 사이렌을 닮은 소리를 내보냈다. 정오를 알리는 신호였다.

"있잖아, 가즈."

마쓰리가 뒤에서 가즈토의 티셔츠를 잡아당겼다. 가즈토는 곧장 자전거를 세우고 뒤를 돌아보았다.

"다시 몸이 안 좋아졌어?"

"아니. 이제 그건 걱정 안 해도 돼. 있잖아, 왠지."

머뭇머뭇하다가 조심스럽게 말을 꺼냈다.

"배 안 고파? 밥, 같이 먹자."

가즈토는 무슨 소린지 모르겠다는 듯이 마쓰리의 얼굴을 멀뚱멀뚱 쳐다보다가 "그래, 먹자!" 큰 소리로 외쳤다.

가즈토는 마쓰리를 근처 신사에 내려주고 나서 자전거를 타고 점심거리를 사러 갔다.

마쓰리의 입에서 흘러나온 뜻밖의 말에 가즈토가 당황했지만, 마쓰리도 자기가 내뱉은 말이 당황스럽기는 마찬가지였다.

상주하는 관리인이 없는 신사 안은 초등학생들의 방과 후 놀이터였고, 그 애들이 돌아가고 나면 동아리 활동을 마치고 돌아가는 중학생들의 집합소였다. 마쓰리도 저학년 때는 자주 여기서 고무줄놀이를 하며 놀았다. 숨바꼭질도 하고, 깡통 차기도 했다. 이곳도 아이들의 '원더 랜드' 중 하나였다.

신사 안에 심어둔 은행나무의 녹색 잎이 살랑살랑 흔들렸다. 그 소리에 귀를 기울이며 바람에 몸을 맡기고 있자니 이윽고 가즈토가 돌아왔다.

앉은 두 사람 사이에 반찬과 주먹밥이 놓였다.

"상큼한 거 먹고 싶으면, 편의점에서 젤리라도 사 올게."

"아냐. 이런 게 좋아."

마쓰리는 그립던 맛을 가리키며 흐뭇하게 웃었다.

그런데 희한하게도 어릴 땐 세상에서 제일 맛있었던 감자 샐러드와 양배추가 듬뿍 든 멘치카쓰가 생각보다 맛이 없었다.

"주인이 바뀌었나."

"그만큼 네가 어른이 됐다는 뜻이야. 더 맛있는 걸 먹어 버릇해서 그래."

"그런가…."

"그렇다니까."

마쓰리는 입을 크게 벌리고 주먹밥을 덥석 베어 물었다.

"식욕도 있고, 이제 괜찮은 모양이네."

"완전 괜찮아. 걱정해 줘서 고마워."

마쓰리가 고마움에 고개를 깊이 숙이자 가즈토는 만족스러운 미소와 함께 멘치카쓰를 입으로 가져갔다. 바싹바싹 튀김 씹는 소리가 났다. 추억을 교환하고 옛날 이야기를 나누다 밥을 다 먹고 나니 가즈토의 입에서 '그만 가자.'라는 말이 나올 것만 같아, 그를 조금 더 붙들어두고 싶은 마음에 마쓰리는 아까부터 계속 떠들었다.

"그건 그렇고, 아까는 안 붙잡혀서 다행이었어. 요즘은 초등학교에 함부로 들어가면 안 되잖아. 무서운 사건도 많고."

"휴일에는 항상 야구부 옆에 붙어 있거든. 그래서 들어가도 안 들킬 줄 알았지."

"직원 동선까지 파악하고 있어?"

"말했잖아. 산책 코스라고."

마쓰리가 어이없어하며 웃자 가즈토가 진지한 얼굴로 혼잣말 하듯 나지막이 말했다.

"정신없이 도망치지 말고 제대로 설명하면 좋았을걸. 그러면 너를 힘들게 하지 않았을 텐데. 정말 별거 아닌데, 내가 당황하고 놀라서 판단력이 흐려졌어."

그러고는 침묵을 지켰다. 마쓰리는 묵직하게 내려앉은 공기를 어떻게든 풀어야 한다는 생각에 애가 탔다.

골똘히 생각에 잠긴 가즈토의 옆모습은 오늘 일이 열쇠가 되어 그의 내부에서 평소와 다른 문이 열린 듯 보였다.

"가즈, 나는 정말 괜찮으니까 신경 쓰지 마."

"아니, 그래⋯."

"밥도 엄청 많이 먹는 거 봤지? 맛이 떨어졌니 어쩌니, 그래 놓고 감자 샐러드랑 멘치카쓰도 다 먹고, 디저트로 도라야키까지 싹 먹어 치우고, 만약 다코야키 가게가 아직 있었으면 그것도 날름 집어 먹었을 거야."

"식욕이 왕성하네."

"나, 식탐 장난 아니야."

어깨를 으쓱하며 웃자 가즈토도 기운을 차린 듯 웃는 얼굴을 보여주었다. 가즈토를 우울하게 만들고 싶지 않았다. 그래서 결심이 무너지기 전에 충동적으로 질문을 던졌다.

"뭐 마음에 걸리는 거라도 있어?"

그 말에 가즈토의 분위기가 미묘하게 달라지는 게 느껴졌다. 가벼워지고 있던 공기가 다시 고요히 가라앉는 듯했다. 하지만 이번에는 가즈토 혼자 가라앉게 내버려두지 않았다. 마쓰리가 그 손을 꼭 잡고 있다. 언제든 끌어올리겠다는 의지가 담긴 눈빛으로 가즈토를 바라보았다. 마쓰리는 가즈토의 망설임이 사라질 때까지 차분히 기다렸다.

이윽고 가즈토가 하나둘 풀어내기 시작한 이야기는 지극히 개인적인 내용이었다.

"가족들한테 주변 사람을 좀 보라는 소리를 자주 들어. 이번에도 네 상태가 어떤지 전혀 몰랐잖아. 하나를 보면 열을 안다는 말이 딱 맞아."

거칠게 긁어대던 머리카락으로 얼굴을 가린 가즈토가 괴로운 듯이 말을 이었다.

"나 어렸을 적에는 '천재' 소리를 듣고 자랐어."

다도 종가의 장남으로 태어난 가즈토는 주위의 기대를 한 몸에 받으며 자랐다. 그중에서도 그런 재능을 각별하게 아꼈던 사람이 당주인 아버지였다.

"그런데 열 살이 되기 직전에 끝났어. 공황 장애라나. 천재가

155

무너져버린 거지."

가즈토는 자조적인 웃음을 띠며 내뱉듯이 말했다.

정신 건강 의학과 의사의 권유로 도시를 떠나 외가가 있는 이 동네로 온 게 초등학교 2학년 때였다고 했다. 그리고 지금도 가즈토는 여기에 있다.

"다도는 그만둔 거야?"

마쓰리가 조심스레 물었다.

가즈토는 무의식적으로 손으로 턱 끝을 만지며 시선을 멀리 돌렸다. 이윽고, 기억 속을 헤매는 듯한 어조로 입을 열었다.

"그래서 그림에 푹 빠져 있던 마쓰리가 부러웠어…. 나는 차 공부할 때조차 그런 애정은 한 자락도 느낀 적이 없거든."

눈앞에 초등학생 시절의 자신이 끌려 나온 듯해서 마쓰리는 부끄러웠다.

"그래서 말이지, 다른 일에는 몰두할 수 있을까 싶어서 지금 껏 이것저것 해봤어. 웬만한 운동은 다 손을 대봤고. 대학 때는 전공을 넘어서 의욕적으로 공부했어. 어느 정도 성과를 낼 만한 능력은 있었지만, 결국 다 그만둬버린 건, 그 시절의 너처럼 빠 져들지 못했기 때문이야."

"어린아이를 기준으로 삼으면 안 되지."

마쓰리는 기가 막혔다. 하지만 가즈토는 굽히지 않고 당당하 게 대답했다.

"동경했다니까."

작품을 인정받지 못했던 기억이 떠올라 마쓰리는 시선을 아래로 내렸다. 나뭇잎 사이로 스며든 햇빛이 발밑에서 반짝반짝 경쾌하게 춤을 추고 있다. 가즈토에게 거짓말하고 있다는 죄책감에 가슴이 답답했다.

"그렇게 열중할 만한 대상을 찾고 싶어, 나도."

"그게 차라면 좋았을걸."

별생각 없이 말을 내뱉고 나서야 아차 싶었다. 한순간 깊은 슬픔과 고뇌가 뒤섞인 표정이 가즈토의 얼굴에 떠올랐다. 마쓰리가 사과하기도 전에 가즈토는 벤치에서 일어나 크게 기지개를 켜며 하늘로 얼굴을 돌렸다.

'피하는 걸까? 내가 화나게 해서? 무신경하다고 생각할까? 나를 원망할까?'

마쓰리는 온몸에 전율이 감돌았다. 흰색 티셔츠를 입은 가즈토의 등을 차마 보고 있을 수가 없어 고개를 숙이자 코끝이 시큰해졌다.

눈시울이 뜨거워지는 자신에게 놀라 재빨리 코끝을 꾹 눌렀다. 눈물이 날 만한 일은 일어나지 않았다며 전력을 다해 자신을 타일렀다.

가즈토의 다정함에 마음이 풀리고, 거기다 동경했다는 소리까지 듣자 그만 기고만장해지고 말았다. 그건 잘못했다. 그렇다고 울 일은 아니지 않은가. 같이 있던 여자가 갑자기 눈물을 보인다면 가즈토에게도 민폐가 이만저만이 아니다. 그랬다가는 다시는 만나주지 않겠지.

거기까지 생각하다가 마쓰리는 깨달았다.

어차피 자신은 도쿄로 돌아간다. 이러나저러나 가즈토와 이렇게 만나는 건 오늘이 마지막이다.

반창회니 초등학교니 하며 과거의 시간에 빠졌던 탓에 망각하고 있었지만, 현실을 놓고 보면 서로 다른 지역에 살면서 서로 다른 길을 걷고 있다. 지금 가즈토와 함께하는 시간도 과거의 한때를 맞춰보는 것에 불과하다.

코끝을 잡고 있던 손을 뗐다. 더는 마음도 시리지 않았다.

"미안, 내가 너무 장황하게 이야기했지?"

가즈토가 돌아보며 아무 일 없었다는 듯 다시 벤치로 와서 앉았다. 마쓰리는 눈을 마주 바라보지 못하고 무릎 위에서 가볍게 손을 내저었다.

"아니야, 여러모로 얘기해 줘서 좋았어."

"이해하기 어려울 거야, 천재가 어쩌고 종가가 어쩌고 하는 이야기들이."

"전혀 다른 세계라서 잘은 모르지만… 조금이나마 공감하는 부분도 있었어."

뜻밖의 말을 들은 사람처럼 가즈토가 마쓰리의 얼굴을 빤히 쳐다보았다. 시선을 느끼며 옆으로 돌아보자 이루 말할 수 없이 진지한 표정을 한 가즈토가 눈빛을 던지고 있었다. 마쓰리는 허둥지둥 머릿속에 흩어져 있던 말들을 가다듬었다.

"…나는 천재가 아닌 보통 사람이지만, 어정쩡하게 나 자신이 있을 곳을 찾지 못했다는 말에는 공감했어."

"넌 네 자리가 확실히 있는 거 아냐?"

"넌 없어?"

마쓰리가 되묻자 가즈토는 입을 다물었다.

생각에 잠긴 가즈토의 옆얼굴을 물끄러미 바라보며 지금 헤어지면 다시는 못 만나겠다 싶었다. 하지만 차라리 그러는 편이 낫다. 어린 시절의 추억이 전부 이곳에 남아 있듯이, 오늘의 만남도 이곳에 두고 돌아가는 게 낫지 않을까. 그리고 다시 평소처럼 일상을 살아가는 거다.

마음의 부품을 갈아 끼운 사람처럼 힘차게 얼굴을 들었다. 나뭇잎 사이로 반짝이는 햇빛이 마쓰리의 뺨을 타고 춤을 추었다.

"에라, 모르겠다, 다 귀찮아."

가즈토는 말을 내뱉듯 몸도 내던지며 벤치에 기대어 앉았다.

"될 대로 돼라?"

"넌 좋겠다. 지금 하는 일, 재밌다고 했지? 그거 굉장한 거다. 진짜 행운이야. 가진 사람들은 죄다 자신이 축복받았다는 걸 모르더라."

"그러게."

거짓 없는 진심이었다.

여름으로 향하는 바람이 두 사람을 기분 좋게 감쌌다. 하지만 마음까지 가뿐하게 해주지는 못했다.

도대체 무엇을 손에 넣어야 뭔가가 부족하다는 조바심이 사라질까. 초조한 마음은 사춘기 시절과 똑같은데, 그때와 지금은 완전히 다르다. 누구도 스물다섯 살짜리를 동정하지 않는다. 한참 전에 어른의 대열에 합류한 탓에 무한할 것 같았던 선택지도 어느새 손에 꼽힐 정도밖에 남아 있지 않았다. 그중에서 앞으로 자신이 살아갈 길을 스스로 선택할 수밖에 없다.

"괴롭다⋯."

무심코 흘러나온 목소리에 가즈토가 눈을 동그랗게 떴다.

마쓰리는 끝끝내 자기 이야기는 꺼내지 않았다.

그러고는 이틀 후 도쿄로 돌아왔다. 돌아오는 날은 비가 내렸다. 차창 밖에 보이는 건물들은 도쿄가 가까워질수록 점점 높아졌다. 초록은 서서히 사라지고 풍경은 무채색으로 옷을 갈아입었다.

여느 때였으면 훨씬 노골적으로 드러났을 풍경의 변화가 오늘은 비가 내려 부예진 탓인지 물기를 잔뜩 머금은 수채화처럼 흐릿했다. 그 동네에 비해 도쿄가 월등히 익명성이 보장될 테지만, 빗물이 튀는 유리창에 비치는 얼굴에서 가면이 벗겨지더니 주르르 흘러내렸다.

마쓰리는 도쿄의 회사원 역할을 끝냈다. 젖은 승강장에 내려서자 마쓰리의 몸에서 허무함이 쓱 빠져나갔다. 그 위에 안도감이 사뿐사뿐 내려앉았다.

더는 가즈토와 만나지 않겠다. 만나지 말았어야 했다.

내가 누군가와 사랑에 빠지는 일은 없을 테니까.

눈을 감으면 또렷이 떠오른다. 지금은 그런 것들이 불편하다.

미술실 추억 말고는 아무것도 필요하지 않은데.

만나지 말았어야 했다.

하지만 이미 만나고 말았다.

11.

사소한 호기심이었다. 하지만 그런 호기심으로 가즈토의 고뇌를 엿보려 했던 자신이 부끄러워서 마쓰리는 얼굴이 화끈거렸다.

도쿄로 돌아온 마쓰리는 천을 사러 가는 김에 가보는 거라고 자신을 설득하며 인터넷으로 찾아본 가즈토의 본가를 보러 가고 말았다.

가즈토의 본가는 '간다'라는 도심에 있으면서도 그곳만 시간이 다르게 흐르는 듯한 엄숙한 분위기가 감돌았다. 초록빛 정적에 둘러싸인 일본풍 저택은 위풍당당했고, 그 자리에 새겨진 역사와 사는 사람의 품위마저 느껴졌다.

중후한 문기둥에 걸린 '도안류'라는 간판을 올려다본 순간, 마쓰리는 의기소침해 보이던 가즈토의 옆얼굴이 떠올랐다. 잠시 그 앞에 서 있는데 여자들의 말소리가 들려와 부랴부랴 지나가는 사람인 척했다. 방금 사 온 천을 두 손으로 꽉 쥔 마쓰리 옆으로 기품 있게 차려입은 부인들이 지나갔다.

부인들은 나직나직한 톤으로 이야기꽃을 피우며 도안류 대문 안으로 빨려 들어갔다. 문하생들일까. 마쓰리는 발걸음을 멈추고 다시 한번 돌아보았다.

언젠가 가즈토는 저런 사람들의 스승이 되는 걸까. 혼자서 이렇게 큰 집을 이끌어갈 수 있을까. 다도의 세계는 잘 모르지만, 대저택이 발산하는 위엄만으로도 쉽지 않으리라는 걸 충분히 짐작할 수 있었다.

마쓰리는 휴대폰 문자를 확인했다. 수신 불가 지역이 아니므로 문자가 오면 바로 알 수 있을 테니 알림음이 울리지 않는 이상 문자가 왔을 리가 없다. 애초에 답장을 보내지 않은 건 자신이다. 연락이 오지 않도록 행동해 놓고 안 오면 안 온다고 섭섭해하는 건 모순이다.

도쿄로 돌아오자마자 미유키의 주소를 찾으려고 꺼내놨던 졸업 문집을 제일 먼저 확인했다.

가즈토는 어렴풋한 기억 속에서보다 훨씬 날렵한 얼굴을 하고 있었다. 언젠가 마쓰리가 단추를 달아줬을지도 모르는 하얀 셔츠에 검은색 바지를 받쳐 입은 사립학교 도련님 같은 복장은 시골 초등학생들 사이에서 확연히 눈에 띄었다. 귀를 가리는 길고 까만 생머리의 소년은 그런 외모만으로도 이단아 느낌을 자아내고 있었다. 문집에는 커서 우주 비행사가 되고 싶다고 적혀 있었다. 우주 비행사가 되기 위한 분명한 계획도 세워져 있었고, 왜 되고 싶은지 묻는 문장에는 힘차고 단정한 글자로 하늘을 날고 싶어서라고 답변을 적어놓았다.

마쓰리는 천재의 기록을 눈으로 확인하자 웃음이 터져 나와 가즈토와 함께 있었을 때처럼 소리 내어 웃었다.

당돌하고 어른스러운 이 아이가 첫사랑이었던 다케루보다 사랑스럽게 다가왔다.

군마에서 보낸 며칠은 마치 발병하기 전의 추억처럼 눈부신 기억으로 남았다.

또다시 여름이 찾아오고 마쓰리는 스물여섯 살이 되었다.

시간은 눈 깜짝할 사이에 흘러갔다.

해마다 생일이면 기쿄가 구워주는 달콤한 케이크 냄새가 집 안에 가득했으나 올해는 그 냄새도 없고 활기찬 목소리도 사라져 온 집 안이 절처럼 조용했다.

이벤트에 낼 동인지 원고가 어느 정도 마무리되었을 때 집 전화가 울렸다. 시계를 보니 벌써 7시였다. 전화기 화면에 뜬, 군마 지역 번호를 보고 친척일 거라 짐작하며 마쓰리는 얼른 수화기를 들었다.

"여보세요, 다카바야시입니다."

"저는, 마나베라고 합니다만, 마쓰리 씨 계십니까?"

광고 전화 매뉴얼을 읊는 듯한 어조였지만 가즈토 목소리라는 걸 바로 알았다. 휴대폰 번호를 알고 있으면서 집 전화로 거는 건 반칙이다. 도망칠 길이 없다.

"혹시… 가즈토?"

"마쓰리야?"

가즈토였다. 세 달 만에 자신의 이름을 부르는 가즈토의 목소리에 가슴이 바싹 조였다.

"잘 지내? 미안, 전화해서."

"아냐. 집 전화는 어떻게 알았어?"

"얼마 전에 우연히 네 언니를 만났어. 그래서…. 아무튼 그게 중요한 게 아니라! 생일 축하해."

우연히 만난 언니에게 집 전화번호를 물어봤나 보다. 언니는 경계심이라고는 모르는지라 초등학교 친구라고 하면 바로 번호를 알려주고도 남을 사람이다.

가즈토는 휴대폰으로 걸면 받지 않을 걸 알고 일부러 집 전화번호를 알아내어 걸었을 테고.

초조한 듯 빠르게 말하는 가즈토에게서 불안과 당혹감이 전해지자 마쓰리는 양심의 가책을 느꼈다.

"오늘 생일 맞지? 아, 이건 기억하고 있었던 건 아니고. 초등학교 문집을 뒤적이다가 본 거야."

"…그래. 그랬구나. 고마워."

"그래."

"넌 칠석날이 생일이던데? 장래 희망은 우주 비행사가 되고 싶다고 쓰여 있더라."

"봤어? 맞아, 지금부터 훈련받아 볼까?"

"너라면 해낼 것 같아서 무섭다."

마쓰리가 키득키득 웃자 수화기 너머 가즈토도 소리 높여 웃었다.

"아닌 게 아니라 넌 만화가가 되고 싶다고 나와 있던데?"

"봤어?"

"응. 아, 퇴근하고 왔겠네, 피곤하겠다."

"아, 아냐. 오늘은 일찍 마쳤어."

"생일날 무리하면 안 되지."

"그러게."

가즈토는 마쓰리가 하는 거짓말을 의심 없이 받아들였다. 가즈토도 회사나 조직에 관해서는 어둡다. 생일날 저녁 7시에 집에 있는 회사원의 외로움은 생각하지 못하는 걸까.

"지금 뭐 해?"

"그게… 나는…. 방금 퇴근하고 집에 왔어."

"그랬구나. 이제 가족끼리 생일 파티 하겠네?"

"이제 그런 파티 할 나이 지났잖아. 나이 먹는 게 축하할 일도 아니고."

"그런가. 스물여섯 번째 생일은 한 번뿐이잖아. 케이크 꼭 먹고, 맛있는 음식도 만들어 달라고 해. 선물은 받았어?"

지금은 돌아가셨을지도 모르지만, 분명 가즈토는 할머니가 준비해 준 케이크와 맛있는 음식을 먹고 선물도 받았으리라. 그 당돌한 꼬맹이가 과연 기뻐하긴 했을지 상상하니 웃음이 났다.

"친구가 DVD 선물해 줬어. 그리고, 언니가 반지랑 꽃을 보내줬고."

"아. 어떤 건데?"

"내 탄생석인 페리도트가 달린 반지랑 재스민."

"와, 좋겠다. 자상한 언니구나. 잠깐 만났을 때도 굉장히 느낌이 좋았는데."

"그렇지? 나도 언니 생일에는 도라지꽃을 선물해. 이제 연례 행사처럼 돼버렸어."

"그거 좋은데? 자매끼리 사이가 좋네."

가즈토의 목소리가 귓가에 닿았다. 귀가 간질간질해져서 목소리가 들뜨고 가슴이 설렜다.

에어컨을 켜지 않은 거실은 열기로 가득해서 그냥 서 있기만 해도 땀이 비 오듯 쏟아졌다. 마쓰리는 그 자리에 쪼그리고 앉아 무릎을 껴안고 얼굴을 묻었다.

"마쓰리, 오봉 휴가* 지나고 만날래?"

---

* 우리나라의 추석과 비슷한 일본의 명절.

가즈토가 던진 말에 화들짝 놀란 마쓰리는 얼굴을 들었다.

"오봉 때 도쿄 가거든. 내내 집에 있어야 하지만, 18일 이후에 만날 수 없을까? 그때쯤이면 휴가 끝났으려나."

"괜찮아! 연휴 때 일하니까 오히려 더 나아…."

"정말? 다행이다. 그럼 다시 연락할게."

"문자 보내. 기다릴게."

"알았어, 고마워."

만나지 않는 게 좋다고 경계하던 마음을 시원스레 날려버린 마쓰리는 죄책감을 느꼈다. 그렇지만 만날 수 있다는 감미로운 기쁨이 죄책감보다 훨씬 더 컸다.

"전화 줘서, 정말 고마웠어."

"생일은 한 번뿐이니까."

"그러게. 고마워. 다음에는 칠석날 내가 전화할게."

"진짜? 기대할게."

'1년 뒤 우리 둘 사이가 어떻게 되더라도 생일 축하한다는 말은 꼭 해줘야지. 앞으로 네 번 축하해 줄 수 있으면 좋겠다.'

마쓰리는 통화를 끝내고 잠시 생각했다.

덕후들에게 둘러싸인 채 마쓰리는 이날을 위해 몇 날 며칠 걸려 완성한 의상을 선보이며 이벤트를 즐겼다. 실컷 웃고 사진도 많이 찍었다.

"마쓰리, 너 요즘 컨디션 최고더라."

이벤트 뒤풀이를 마치고 마쓰리는 사나에와 함께 집으로 돌아가기 위해 전철을 탔다.

"동인지도 꾸준히 내고, 코스프레 의상 만드는 솜씨도 좋아졌어."

"그게 다 사랑의 힘이지, 사랑의 힘."

"너도 이제 덕후 다 됐구나."

"제발 그 말만은 하지 말지."

마쓰리가 미간을 찌푸리자 사나에가 깔깔 웃어댔다.

"에이, 몰라. 내가 즐거우면 그만이지 뭐."

"그래, 인생은 즐기는 사람이 이기는 거니까."

"사나에, 넌 지금까지 진로 때문에 고민한다든가, 뭐 재밌는 일 없나 하면서 초조했던 적 없어?"

거의 막차인 전철 안에는 피곤함에 찌든 회사원들, 놀다 지친 학생들이 축 늘어진 몸을 의자에 기댄 채 앉아 있었고, 그들이 풍기는 나른한 공기가 전철 안에 가득했다.

옆에 앉은 사나에가 눈을 끔뻑거리며 대답했다.

"나도 있지."

"그렇구나."

"당연하지. 나도 고민 많이 해. 슬럼프에 빠지면 헤어 나오지 못해서 허우적댈 때도 있고. 코스프레 의상이 내 생각대로 안 만들어지면 초조하고 그래. 또, 이렇게 살아도 될까 싶은 생각도 자주 하고."

알딸딸하게 취한 사나에의 입에서 야릇한 한숨이 새어 나왔
다. 사나에는 미니스커트를 입고 다리를 꼬고 앉아 발끝에 대롱
대롱 걸린 샌들을 흔들며 계속 말했다.

"우리도 벌써 스물여섯이잖아. 다른 애들은 결혼하고 애도
낳는데, 즐겁다는 이유로 언제까지 이대로 있어도 되나 싶기도
하고."

"확실한 걸 원해?"

마쓰리의 물음에 사나에가 눈빛으로 되물었다. 마쓰리는 너
무 심각해지지 않으려고 조심스레 말했다.

"결혼이나 취업 같은 거…."

"글쎄. 경제적으로는 자립했지만, 지금 내가 어떤 위치에 있
는지는 잘 모르겠어. 즐겁긴 한데, 혼자 있으면 항상 뭔가 불안
해져. 넌?"

"난 매일 그래."

마쓰리가 웃자 사나에는 그 의미를 이해하고서 살며시 웃어
주었다.

차창에 비치는 서로의 얼굴을 바라보며 사나에가 마쓰리의
어깨에 머리를 기댔다.

"만약에 사귀는 사람이 생기면 결혼하는 게 편하겠다고 생각
할지도 모르겠어. 결혼하면 일단 이런 고민에서는 해방되잖아.
그렇지만 편하겠지 싶어 결혼했다가도 그게 막상 현실이 되면
똑같이 괴로워져서 도망치고 싶어질 테니까, 자유롭게 지내는

지금이 나은가 싶기도 해."

"흔들리네."

"흔들리지. 어디까지나 만약이긴 하지만. 그래도 흔들려."

사나에는 페디큐어를 칠한 발가락으로 시선을 떨구며 혼잣말하듯 중얼거렸다. 확증은 없지만 묘하게 사나에의 말투가 마음에 걸렸다.

"혹시, 누구 있어? 진짜 그냥 하는 소리 맞아?"

마쓰리가 다그치듯 묻자 햇볕에 타지 않은 사나에의 얼굴이 발그레해졌다.

집 근처 역에서 내린 두 사람은 승강장 벤치에 다시 앉았다. 아무도 없는 깊은 밤, 승강장에는 낮 동안 땡볕에 달궈진 콘크리트 바닥에 평온을 돌려주려는 듯 시원한 바람이 불고 있었다. 대낮의 소란스러움은 아득히 먼 곳으로 날아가고 정적에 휩싸였다.

"아직 사귀는 건 아니야. 그렇지만 고백을 받으면 고민돼. 좋은 사람이고, 컴퓨터도 잘 알아서 말도 잘 통하고, 같이 밥을 먹을 때도 안 피곤하고."

"그런 게 중요하지."

"사귀어도 괜찮을 것 같아?"

사나에가 웨이브를 넣은 머리카락을 귀 뒤로 넘기며 마쓰리에게 눈길을 보냈다. 낮에는 자신감이 넘치고 눈부시게 웃으며 여주인공 의상을 입고 있더니 지금은 아예 딴사람처럼 수줍게 말하는 사나에는 연약한 어린아이의 얼굴을 하고 있었다.

"같이 있으면 즐거운 사람은 좋아하게 될 확률이 높지. 만나도 괜찮을 것 같은데?"

"연애하면서 원고 쓸 수 있을까?"

애처로운 사나에의 눈빛을 보며 마쓰리는 소리 내어 웃었다.

"팬심이잖아! 크로보를 사랑하면 쓸 수 있어!"

"그럴까."

"그렇지! 일단 해봐야 알겠지만. 안 되면 내가 도와줄게!"

"마쓰리! 넌 너무 착해!"

"넌 내 스승이니까."

사나에는 고민으로부터 해방된 듯한 얼굴을 하고서 마쓰리를 힘껏 껴안았다. 밤바람이 두 사람의 발밑을 빠져나갔다. 조금 차가워진 바람에서 가을이 오고 있음을 느꼈다.

"사나에."

"응?"

"힘내."

짧은 재킷을 입은 사나에의 등을 토닥이며 마쓰리는 조용히 말했다.

벤치에서 일어난 두 사람은 어린아이처럼 손을 마주 잡았다. 다정한 사나에의 사랑이 이루어지기를. 샌들 바닥으로 부러운 마음을 밟아 뭉개며 마쓰리는 사나에의 손을 더 꽉 쥐었다.

항상 지금, 이 순간, 모든 일이 이루어지기를 빈다.

매 순간 스스로 선택하고 개척해 나가야 한다는 건

수많은 아픔과 그때 입은 상처로 깨달아 알지만,

그런데도 마음은 늘 개운하지가 않다.

모든 걸 가진 사람의 눈에는 뭐가 보일까.

내가 원하는 건 뭘까?

아, 시간인가.

제일 필요 없다고 생각했던 시간이 맨 먼저 떠올랐다.

동시에 가즈토의 웃는 얼굴도 함께.

목숨에 연연하지 말자.

죽음이 두려워지면 더는 웃지 못할 테니까.

12.

　오봉 연휴가 끝나고 다시 일상으로 돌아왔을 즈음, 마쓰리와
가즈토는 도쿄에서 재회했다.

　흰색 티셔츠를 입고 물빛 메시 캡을 눌러쓴 가즈토는 머리를
짧게 잘라 단정한 턱선이 그대로 드러났다. 역이 혼잡하건 머리
스타일을 바꿨건 마쓰리는 가즈토를 한눈에 알아볼 수 있었다.
여전히 불필요한 지방이 1그램도 붙지 않은 날씬한 가즈토의
몸은 햇볕에 그을려 늠름해 보였다.

　"오래간만이야!"

　가즈토의 새하얀 치아가 가지런했다. 마쓰리는 치아를 드러
내며 웃는 이 보조개가 보고 싶었다.

마쓰리는 잡지에서 모델이 입고 있던 원피스와 뮬을 그대로 사서 똑같이 따라 입었다.

"너무 덥다!"

"어디 들어갈래?"

"뭐 좀 마시자. 그러고 나서 도쿄 관광하자."

"관광이라니, 너 원래 도쿄 사람이잖아."

"넌 아사쿠사 사찰이나 도쿄 타워나 신주쿠 교엔 공원 같은 데 여러 번 가봤어?"

"아니…."

"그럼 가자."

가즈토가 천진하게 웃어 보였다.

오봉 연휴는 지났어도 여름휴가 기간이 이어져 거리는 엄청나게 붐볐고, 두 사람은 사람들을 피해 붙었다 떨어졌다 반복하면서 걸었다.

"군마에서는 언제 왔어?"

"음, 10일쯤."

"계속 집에 있었어?"

"응. 본가에 큰 다회茶會가 있었거든. 뒤에서 이것저것 거들었는데, 허드렛일만 해서 따분했어. 어차피 아직은 할 줄 아는 게 없어서 별수 없지만."

가즈토의 본가인 중후한 저택이 머릿속에 그려졌다. 또 가즈토가 스트레스로 건강을 해치면 어쩌지. 저택을 눈으로 봐버린 탓에 마쓰리는 가즈토의 말만 듣고도 과잉 반응을 하게 된다. 역시 가지 말 걸 그랬다며 뼈저리게 후회했다.

두 사람은 아사쿠사에 가서 메밀국수를 먹고, 수학여행 온 학생처럼 기념품 가게를 구경하고, 센소지 사찰의 화로에서 피어오르는 연기를 쐬었다. 도쿄 타워에 올라가 미니어처처럼 보이는 거리를 내려다보고, 시선과 같은 높이에 있는 하늘도 함께 바라보았다. 군마에서 올려다볼 때보다 한결 탁 트이고 새파란 한여름의 하늘에는 구름이 한 점도 없었다. 시원하게 트인 한여름의 파란 하늘이 마쓰리의 마음을 조금씩 맑게 해주었다. 그리고 하늘보다 더 청명한 가즈토의 미소가 마쓰리의 마음을 어루만져주었다.

가즈토는 들뜬 목소리로 재밌는 이야기를 이어가며 마쓰리를 웃게 했다.

'같이 있으면 즐거운 사람은 좋아하게 될 확률이 높지….'

사나에에게 해줬던 말이 귓가에 되살아났다.

가즈토와 함께 있으면 어느새 가즈토만으로 가득해진다. 가즈토만 보여 마쓰리는 자기 자신조차 잊어버린다. 곧 사라져 버릴 듯한 자신을 마쓰리는 온 힘을 다해 붙잡고 있었다.

신주쿠 교엔 안을 느긋하게 걷자니 나무 그늘 아래에서 그림을 그리는 남자아이가 보였다. 화판과 노란색 물통, 파란색 물감 가방. 푸르디푸른 나뭇잎을 열심히 그리는 아이의 얼굴에 굵은 땀방울이 맺혔다.

"잘 그리네. 여름 방학 숙제?"

가즈토는 무릎을 굽히고 편하게 말을 걸었다. 아이는 경계하는 표정을 짓다가 온화한 가즈토의 미소를 보더니 순순히 고개를 끄덕였다.

"열심히 그려."

"고맙습니다."

"물도 마셔 가면서 해야 한다."

어머니에게도 같은 말을 들었는지, 소년은 문득 생각났다는 듯이 옆에 놓인 물병을 집어 들며 한 번 더 고맙다고 인사했다.

"사생 대회 생각나."

"가끔 했었지. 동물원도 간 것 같은데…."

"맞아! 나는 기린을 그렸어."

"마쓰리 넌 잘 그렸잖아. 네가 그린 그림은 매번 복도에 걸려 있었어."

"나 계속 미술부였거든."

"그렇구나! 역시 그랬었구나!"

자연 속을 거닐며 가즈토가 달뜬 목소리로 유쾌하게 말했다.

"실은, 만화를 그렸어. 그런데 출판사에 원고를 가져갔더니 마음에 안 든다고 하더라고. 내 만화는 상품성이 없다나."

"그랬어?"

"응, 참 냉정하더라. 지난번에 다케루가 만화 얘기했을 때는 얼떨결에 거짓말이 나와버렸지만, 사실은 그려봤어."

177

"대단해!"

가즈토가 걷던 발을 멈췄다. 잔디밭 한가운데에서 마쓰리도 발을 멈췄다.

"뭐, 잘 안됐지만."

"이제 안 그려?"

강렬한 가즈토의 눈빛에 사로잡혀 마쓰리는 입술이 떨어지지 않았다.

"그만두지 마. 여기까지 왔는데, 쉽게 그만두면 안 되지. 좋아하는 일은 그만두면 안 돼."

가즈토가 진지한 목소리로 단호하게 말했다.

"…고마워."

그러지 않으려 해도 자꾸만 끌렸다.

마쓰리는 뒤꿈치가 뻥 뚫린 뮬을 신은 불안한 발에 힘을 주었다. 빠져서는 안 되는 곳에 마구 빠지지 않기를 바라며.

해가 기울고 제법 선선해지자 공원을 빠져나와 길가의 근사한 카페에서 한숨 돌리고 있는데, 가즈토가 불쑥 생각났다는 듯이 물었다.

"아, 너, 내일 시간 돼?"

"내일? 이렇게 갑자기? 넌 참 뜬금없는 데가 있더라."

"미안. 내가 날짜 감각이 없어서, 그만…."

"괜찮아. 무슨 일인데?"

"내일, 바다 같이 갈래?"

작은 테이블에 팔꿈치를 괴고 가즈토가 얼굴을 빛냈다.

"서핑하러 가거든. 고등학교 때부터 같이 노는 서핑 친구가 가마쿠라에 살아서. 같이 갈래?"

"나 서핑 못 해!"

"아니! 그냥 바다에서 같이 놀자고. 다 좋은 애들이니까 금방 친해질 거야."

마냥 신난 어조였다. 마쓰리는 복숭아 스쿼시가 담긴 잔을 달그락달그락 휘저었다.

"수영복 없는데…."

"정말?! 그럼 지금 사러 가자! 내가 골라줄게!"

"싫어!"

"귀여운 걸로 골라줄게."

특유의 살인 미소에 마쓰리는 거절할 말을 찾지 못했다.

"안 돼?"

'그런 얼굴로 묻지 마, 바보!'

마쓰리는 남아 있던 복숭아 스쿼시를 단숨에 비우고 고개를 끄덕일 수밖에 없었다.

백화점 수영복 매장은 여느 매장들보다 북적북적했다. 가즈토는 장난감 가게 안을 헤매는 아이처럼 이것저것 신나게 살펴보고 있었다. 신이 나 있는데 자신이 다른 데로 가버리면 가즈토가 민망해할까 싶어 마쓰리는 가즈토 뒤를 졸졸 따라다녔다.

"이건 어때?"

"별로."

"그럼, 이건?"

가즈토가 고른 수영복은 하나같이 글래머러스한 디자인이었고, 마쓰리는 그런 건 소화할 수 없다며 일일이 퇴짜를 놓느라 좀처럼 결정이 나지 않았다.

"이건? 예쁘지?"

산뜻한 하늘색 비키니는 마쓰리가 좋아하는 색인 데다 흰색 끈도 귀여웠다. 마쓰리가 손을 내밀자 가즈토의 얼굴에 웃음이 떠올랐다.

하지만 바로 다음 순간 마쓰리는 뒤에서 누가 잡아당기기라도 한 듯 손을 도로 넣었다. 그러고 나서 가즈토를 남겨둔 채 수영복 매장을 뛰쳐나왔다. 느닷없이 돌아서는 마쓰리를 가즈토가 바쁘게 쫓아갔다.

"마쓰리? 왜 그래, 마쓰리!"

가즈토의 목소리에서 도망치듯 종종걸음으로 에스컬레이터까지 온 마쓰리는 북적대는 인파를 뚫고 빠르게 뛰어 내려갔다. 1층의 화장품 매장을 단숨에 가로질러 백화점을 나서려는 찰나 가즈토가 마쓰리를 붙잡았다.

가즈토는 어이없어하기보다는 초조한 눈빛으로 마쓰리를 쳐다보았다. 자신이 또 무슨 잘못을 저질렀나 싶어 필사적으로 머리를 쥐어짜는 눈치였다. 마쓰리는 멍한 머리로 어떻게 이 상황을 모면할지 열심히 궁리했다.

"미, 미안….'

"괜찮아. 무슨 일 있어? 내가….'

"아냐, 너 때문이 아니고. 갑자기 급한 볼일이 생각났어. 집에 가봐야 할 거 같아.'

"아… 그럼 내일….'

"미안, 내일도 안 되겠어. 내가 깜박했어, 미안해.'

누가 봐도 낙담한 듯한 가즈토를 달랠 말을 찾아봤지만, 자기 일로 머리가 터질 것 같은 마쓰리는 가즈토를 위로할 그 어떤 말도 찾을 수 없었다.

갈팡질팡하는 마음을 억누르며 입술을 악물었다. 차오르는 눈물을 억지로 집어삼키고 나자 예리한 칼날에 찔렸을 때처럼 격심한 통증이 가슴 한복판을 달렸다.

"데려다줄게.'

"됐어….'

"아냐, 데려다줄게.'

가즈토는 꽉 붙잡은 손을 잡아끌 듯하며 백화점을 나섰다. 한 마디도 하지 않아 어색한 공기가 흐르는 가운데, 가즈토는 승차 권을 사서 같은 전철에 올랐다. 마쓰리는 좌석 끝에 가서 앉고 가즈토는 문 앞에 섰다.

조심스레 고개를 들자 가즈토는 팔짱을 끼고 차창으로 스쳐 가는 불빛을 물끄러미 보고 있었다. 굳은 얼굴에서 평소 짓던 온화한 표정은 찾아볼 수 없었다. 마쓰리는 원피스 위로 뜨거운 물방울이 툭 떨어지자 재빨리 손으로 닦았다.

전철을 내려 개표소 밖으로 나왔다. 어느 쪽이냐고 묻기에 손가락으로 방향을 가리키자 가즈토가 앞서 걸었다. 마쓰리는 터벅터벅 가즈토 뒤를 따라갔다.

역 앞 작은 상점가는 벌써 고요 속에 잠겨 있었다. 어머니가 자주 가는 옷 가게 옆길로 들어서면 어둑한 가로등만 늘어선 길이 이어진다. 문득 고개를 들자 가즈토의 등이 보였다. 늘 혼자 걷던 그 길에 가즈토가 있었다. 어쩐지 묘하면서 아주 특별한 풍경으로 다가왔다.

"이제 됐어. 거의 다 왔어."

"아냐. 집까지 바래다줄게."

"골목이 복잡해서 돌아갈 때 헤맬지도 몰라."

"그러면 네가 역까지 다시 바래다줄 거지?"

가즈토는 굳은 표정을 풀고 눈웃음을 지으며 돌아보았다.

"걱정하지 마. 나, 길치 아니니까. …걱정해 줘서 고마워."

그 천진하고 다정한 마음이 지금은 잔혹하게 느껴졌다.

대문 앞에 서서 가즈토는 흐릿한 조명이 켜진 마쓰리의 집을 바라보았다.

"네 방은 어디야?"

"뭐야, 스토커처럼."

"앗. 미안."

"2층에 베란다 딸린 방."

마쓰리가 손가락으로 가리키는 방향을 따라 가즈토의 시선도 움직였다.

"넌 쭉 여기서 살았구나."

"응?"

"군마에서 이리로 왔잖아. 방금 그 길을 걸어서 집으로 돌아오고."

"가즈토, 진짜 스토커 같아."

마쓰리가 폭소하자 가즈토는 아차 하는 표정을 지었다.

"순수하네. 말하는 게 꼭 중학생 같아."

"아, 창피하게. 그런데 원래 나 이런 사람은 아니야. 방이 어딘지 묻지도 않고. 아, 나 왜 이러지?"

"어릴 때 모습을 알고 있으니까, 그때로 돌아간 거 아냐?"

마쓰리가 계속 놀려대자 가즈토도 어색하게 웃으며 어깨를 으쓱해 보였다.

잘 가라며 인사하고 헤어졌다가 내일 학교에서 다시 만날 수 있으면 좋을 텐데. 마쓰리는 스물여섯 살이 된 자신이 원망스러웠다. 다음에 만날 약속을 해도 될까. 하지만 두 사람 다 말이 없었다.

"내일, 재밌게 놀아."

"그래. 다음에 기회가 되면 같이 가자."

"그러기 전에 여름 끝날걸?"

"나는 가을까지 서핑하거든, 겨울에는 스노보드도 타고."

야외 스포츠를 즐기는 사람은 곤란하다. 난제뿐이구나. 산 넘어 산이라며 마쓰리는 헛웃음을 쳤다.

"오늘 고마워. 덕분에 재밌었어."

"나도. 처음으로 도쿄의 멋진 곳들을 구경했어."

"여기 살 생각은 없어?"

"여기 있었으면 좋겠어?"

가즈토의 눈동자가 장난꾸러기 소년처럼 빛났다.

"오늘은 본가로 돌아가?"

"아니, 친구 집에서 잘 거야."

"괜찮아?"

"엄마랑 똑같이 말하네."

가즈토가 머리를 긁적였다.

"혼날 때보다 더 괴로워. 괜찮냐고 물어보면."

"…그렇구나. 미안해."

"아냐. 그냥, 내가 믿음직하지 못하구나 싶어져서."

"난 그런 의미로…."

"응, 알아."

가즈토의 옅은 미소가 어째 낯이 익었다. 병원에서 괜찮지 않다고, 울부짖고 싶었던 자기 모습과 겹쳐 보였다. 마쓰리는 소리치고 싶지만, 그 누구 앞에서도 큰 소리를 낼 수 없어서 항상 이렇게 웃어넘겼다. 그래서 더 가즈토를 꼭 안아주고 싶었다.

"…다음엔, 언제 만날 수 있을까."

"그러게, 언제일까."

"군마에 사는 언니 집에는 안 와? 그렇게 자주 올 수는 없겠구나."

가즈토는 무심히 말했다. 마쓰리는 힘없이 웃어 보였다.

"또 와. 다케루도 보고 싶다더라."

"응."

"그럼."

"오늘은 정말 고마워. 또 연락하고."

돌아서는 가즈토에게 미련이 가득 담긴 목소리로 뒷말을 자아낸 자신을 깨닫자 몸이 굳었다. 그런 마쓰리를 보는 가즈토의 입매에 웃음기가 걸렸다.

"그런 말 하면 고백한다?"

"아니…."

"오늘 같이 놀아줘서 고마워. 또 보자."

가즈토는 능청스레 둘러대고는 등을 돌려 어두컴컴한 골목길을 잰걸음으로 걸어 나갔다. 마쓰리는 그 뒷모습을 물끄러미 바라보았다.

집에 들어가자 어머니가 잘 다녀왔냐며 맞아주었다. 목욕물을 받아놨다고 해서 그대로 욕실로 갔다.

탈의실에서 옷을 벗었다. 오늘을 위해 특별히 장만한 큐프라 원단의 원피스는 지퍼를 내리자 그대로 바닥까지 떨어졌다. 마쓰리는 브래지어만 걸친 거울 속 자신과 눈이 마주쳤다.

거울 속에 비친 몸에는 가슴골에서 복부까지, 그리고 왼쪽 겨드랑이에서 등까지, 칼로 벤 듯한 흉터가 남아 있었다. 속옷을 벗고 실오라기 하나 걸치지 않은 모습이 되자 보기 흉한 몸이 그대로 드러났다.

분위기에 휩쓸려 비키니를 손에 들었던 자신을 비웃으며 마쓰리는 그만 쓸쓸해졌다.

처음 수술을 받았을 때 병세가 조금도 호전되지 않은 상황보다 몸에 난 커다란 수술 자국이 더 충격이었다. 두 번째 수술 이야기가 나왔을 때는 마쓰리가 완강하게 거부하는 바람에 처음으로 가족들을 난처하게 만들었다. 예전에 누군가에게 사랑받았던 몸을 난도질하는 걸 더는 견딜 수 없었다.

그런 마쓰리를 다독인 건 베테랑 간호사였다. 병이 나으면 그까짓 수술 자국은 대수도 아니다. 당시 막 스물한 살이 된 마쓰리에게 흉터가 남더라도 병이 나으면 그만 아니냐며 설득했다.

마침내 마쓰리는 수술을 받기로 결심했다. 하지만 병마에는 전혀 타격을 가하지 못하고 몸에 큰 상처만 더해졌다.

다시는 가슴골이 드러나는 옷도, 비키니도 입을 수 없다. 아무리 스타일에 신경을 써도 한 번 자신감을 잃은 몸은 생기 가득한 여성의 아름다움을 되찾지 못했다.

황급히 욕실로 뛰어 들어가 샤워기를 틀었다. 마쓰리는 머리 위로 쏟아지는 뜨거운 물을 맞으며 소리를 죽이고 흐느꼈다.

즐거웠던 하루였는데….

마지막에 와서 나는 왜 울어야 하는 걸까.

인생은 즐기는 사람이 이긴다던데,

가즈토와 있으면 즐거움 뒤에 꼭 괴로움이 찾아온다.

즐거웠던 만큼 괴로움도 크다.

괴롭지만 그래도 또 보고 싶다.

분명 맨 먼저 없애버린 게 연애 감정이었는데.

제발 죽기 싫다는 마음이 들게 하지 말아줘.

13.

"어? 이 원고는… 마쓰리, 오리지널 만화 그리기 시작했어?"

낮은 테이블에 차를 내려놓는 사이, 컴퓨터 책상 위에 있던 원고를 사나에가 보고 말았다.

"안 돼! 보지 마!"

"뭐야, 좀 보면 어때."

"안 돼! 완성하면 읽어."

"흠, 뭔가 되게 비장하네."

마쓰리는 사나에에게 돌려받은 원고를 껴안고 "그냥." 하며 고개를 끄덕끄덕했다.

어린아이처럼 좋아하는 일은 그만두면 안 된다던 가즈토의 말에 마쓰리는 다시 오리지널 만화를 그리기 시작했다. 이번에는 쓰키노의 도움 없이 일반 공모전에 낼 계획이다. 어릴 적 자신과 미유키가 동경했던 만화 잡지 출판사에 보내기로 마음먹었다.

그 후로 가즈토와는 도쿄에서 몇 번 더 만났다. 가즈토는 늦여름에 접어들고 나서도 파도가 그립다면서 쇼난까지 나갔다.

그날 이후 가즈토는 같이 바다에 가자는 말은 꺼내지 않았다. 반창회에서 마쓰리가 술이 약하다는 사실을 알아차렸을 때처럼 바다를 거부한다는 사실도 은연중에 느낀 듯했다. 그렇지만 사람들에게 마쓰리를 소개하고 싶었는지 단골 서핑 가게에 데려가 햇볕에 얼굴이 까매진 남녀 무리와 한 잔씩 하고는 했다.

레이코가 죽고 나서부터 여름은 좋아할 수 없었는데, 올해 여름은 가즈토 덕분에 사람들도 많이 만나고 뜻깊게 보냈다.

이윽고 길었던 늦더위가 물러가고 짧은 가을이 찾아왔다.

코스프레 친구들과 아키하바라에서 쇼핑하고 오차노미즈에 있는 카페에 가려고 한적한 거리를 느긋하게 걷고 있을 때였다. 역 앞에 붙은 한 장의 포스터가 마쓰리의 시선을 사로잡았다.

'도안류'라는 글자에 마쓰리는 정신이 번쩍 들었다. 가즈토네 집이었다.

"마쓰리? 왜 그래?"

신호가 파란불로 바뀌자 앞서 걸어가던 사나에가 마쓰리를 불렀다. 휴대폰으로 재빨리 포스터를 촬영하고 사나에 뒤를 따라갔다.

돌아오는 전철 안에서는 사나에의 달달한 연애담을 들어야 했기에 역에서 헤어지고 나서야 휴대폰을 꺼냈다. 서둘러 찍었는데도 카메라 성능이 좋아서 작은 글씨까지 선명하게 보였다. 다회 체험 교실 포스터였다.

가즈토의 사생활을 제멋대로 들여다보는 것 같아 떳떳하지 못한 마음이 들었다. 그러면서도 마쓰리는 가즈토에게 전화가 왔을 때 혹시라도 본가에 올 예정이 있는지 넌지시 물어보았다. 당분간은 없다는 가즈토의 대답을 듣자 다음 날 바로 체험 교실을 신청했다.

분명 또다시 같은 후회를 하게 될지도 모른다. 집을 보러 갔을 때보다 더 세게 자기 목을 죄는 결과가 기다리고 있음이 틀림없다. 그래도 괜찮다. 아니, 이렇게 해서 가즈토를 단념할 수 있다면 그게 더 낫지 않을까.

간다의 대저택 앞에 서서 위풍당당한 대문과 '도안류'라 적힌 간판을 보며 마쓰리는 숨을 삼켰다.

전쟁터로 향하는 병사가 된 기분으로 발을 들였다. 다실로 가려면 건물 두 채를 지나야 했다. 하나는 고풍스러운 서양식 건물이고, 다른 하나는 억새와 갈대 따위로 지붕을 엮은 일본식 건물이었다. 양쪽 다 세월이 느껴질 만했다.

녹음에 둘러싸인 저택 안은 시간이 외부와 다른 방식으로 흐르는 듯했다. 아득히 먼 옛날로 시간 이동한 듯한 착각. 아니면, 여기만 시간이 멈춘 걸까. 마쓰리는 멋스럽게 손질된 정원의 징검돌 위에 서서 가만히 눈을 감고 숨을 들이마셨다.

이끼가 돋은 땅에서 눅눅한 냄새가 났다. 아침 이슬을 머금고 피어난 꽃향기. 향수를 불러일으키는 나무 냄새. 나뭇잎 사이로 술렁이는 햇살, 바람이 지나는 길, 차가운 공기.

눈을 뜨자 옆에서 하얀 셔츠를 입은 소년이 달려가는 듯했다. 과거를 현재로 불러오는 장소였다. 이 정원은 오랫동안 변함없이 이 자리를 지켜왔고 앞으로도 계속 이 자리에 있을 것 같았다.

오래된 정원이 저택의 품격을 드높였다.

솔직히 마쓰리는 입이 쩍 벌어질 정도로 감탄했다. 전통을 이어가는 집의 무게를 피부로 이해했다.

이날을 위해 기모노도 갖춰 입었다. 진달래색부터 연분홍색까지 농도가 자연스럽게 바뀌는 바탕에 작은 꽃이 물결처럼 핀 후리소데였다. 그나마 엄마가 옷을 입혀줘서 다행이었다. 머리 모양과 화장 때문에 아침부터 온 집 안을 휘저으며 한바탕 소동을 벌였다.

신청할 때 접수 담당자가 "가능하면 기모노를 입고 와주세요."라고 해서 순순히 따르는 게 아니었다. 시작도 하기 전부터 피곤했다.

느닷없이 기모노를 입혀 달라고 하자 부모님은 영문을 몰라 어리둥절했다. 하지만 기모노를 입은 마쓰리를 보더니 부모님 모두 흐뭇해하며 눈웃음을 활짝 지었다.

성인식 날, 마쓰리는 몸 상태가 나빠져 심장 집중 치료실에 있었다.

눈이 내리는 창가에서 아버지는 무슨 생각을 했을까. 화려한 꽃무늬 기모노를 선택한 어머니는 튜브가 여럿 달린 딸의 몸을 어떤 심정으로 지켜봤을까.

끝까지 최선을 다하자며 마음을 고쳐먹었을 때, 등 뒤에서 갑자기 "체험하러 오셨나요?"라는 목소리가 들려와 마쓰리는 허둥지둥 뒤를 돌아보았다.

고운 동백나무 그늘에서 중년 여성이 얼굴을 내밀었다. 점잖은 보라색 기모노를 차려입은 여성이 마쓰리 앞까지 걸어와 "안녕하세요." 인사하며 예의를 차렸다. 마쓰리도 부랴부랴 상체를 숙였다.

"다실로 안내해 드릴게요."

여성은 옷맵시며 자세가 몸에 배어 있었다. 한 발 한 발 어색하게 걸음을 떼는 마쓰리와 달리 걸음걸이에서도 품격이 느껴졌다.

"저기…."

"네?"

"저는, 아무것도 모르는데, 괜찮을까요?"

"그럼요. 괜찮고말고요. 다들 초보자세요. 기모노를 입고 와 주셔서 기뻐요. 요즘 아가씨들은 기모노를 잘 입지 않아서…."

"아. 제가 잘못 입었나요?"

화들짝 놀라며 되묻자 여성은 걸음을 멈추고 부드럽게 웃었다. 볼우물이 파인 그 미소를 본 마쓰리는 설마 하며 눈을 크게 떴다. 가즈토의 얼굴과 똑 닮아 있었다.

"아뇨, 아주 잘 입었어요. 참 우아하고 아름다워요. 저도 정성을 다해야겠네요."

"저… 혹시, 선생님…이세요?"

"유카리라고 합니다. 오늘 잘 부탁드립니다."

허리를 깊숙이 숙이는 유카리를 향해 마쓰리는 사죄하듯 고개를 숙였다.

가즈토의 어머니가 틀림없다. 아름답고 온화한 이 여성 앞에서 마쓰리는 흠칫 몸이 움츠러들었다.

마쓰리는 지붕에 기와를 얹은 일본식 독채로 들여보내졌다. 안내를 받으며 평범한 현관을 지나 연회장처럼 널찍한 다다미 방으로 들어갔다.

"오늘은 차를 맛있게 즐겨보세요."

가즈토의 어머니로 보이는 유카리라는 여성이 차분한 목소리로 말했다. 넓은 방에 앉아 있던 참가자들은 종가의 안주인을 따라 등장한 마쓰리를 향해 대체 누구냐는 눈빛을 던졌다.

전부 여자들이었는데, 중년부터 고등학생까지 스무 명 정도가 앉아 있었다. 우아하게 호몬기*를 차려입은 중년 여성들을 보자 화려한 후리소데가 조화를 깨는 것 같아 부끄러웠다. 기죽은 마쓰리는 자신의 옷차림이 조금이라도 눈에 덜 띄도록 입구 바로 앞에 몸을 웅크리고 앉았다.

잠시 후 시작할 시간이 됐는지 바쁘게 움직이던 제자들이 일제히 툇마루 쪽 장지문을 활짝 열었다. 그러자 참가자들의 입에서 탄성이 터졌다.

마치 풍경화와 같은 가을 정원이 그곳에 펼쳐져 있었다. 단풍잎이 예쁘게 흩날리는 모습에 마쓰리도 마음을 빼앗겼다.

다회는 천천히 진행되었다. 관심 있는 사람들만 모인 터라 모두 선생님이 하는 말에 귀를 기울였다. 자기소개 때 다도부라고 했던 맞은편 여고생은 나이가 어림에도 설명을 듣는 내내 똑바르게 정좌를 하고 있었다.

유카리가 힘들면 편하게 앉아도 된다고 했지만, 누구 하나 자세를 고쳐 앉는 사람이 없어 마쓰리도 편히 앉을 수가 없었다.

익숙하지 않은 자세에 신경을 쓰느라 족자가 어떠니 도구가 어떠니 하는 이야기는 하나도 귀에 들어오지 않았다. 전부 낯선 명칭뿐이라 외울 수도 없었으며, 도코노마**에 걸린 족자가 얼

---

* 여성들이 외출용으로 입는 기모노.

마나 멋진지 설명한들 거기 적힌 글씨조차 판독하지 못하는 마쓰리에게는 아무런 의미가 없었다.

예의범절에 관한 이야기가 끝나자 안쪽 방으로 안내되었다. 이제야 차를 마실 수 있는 모양이다. 기모노 차림이 어색하고 발도 저린 탓에 처음에는 감동해서 바라봤던 가을 풍경에 눈을 돌릴 여유도 없었다.

모두 두 평 남짓한 작은 방으로 들어갔다. 가르쳐준 대로 도코노마의 족자를 한 번 보고 나서 차례대로 나란히 앉았다. 눈앞에 놓인 화로가 다실의 분위기를 더했다. 종이를 나눠준 다음, 유카리가 화로 옆에 앉았다. 제자가 들어오더니 맨 앞에 앉은 사람 앞에 과자 그릇을 내려놓았다.

그릇 안에 붉은색을 띤 귀여운 만주가 사람 수만큼 든 걸 보며 녹초가 된 마쓰리는 숨을 길게 내쉬었다.

유카리가 움직이자 분위기가 확 바뀌더니 그녀가 내뿜는 엄숙한 정적 속으로 빠져들었다. 참가자들은 유카리의 손끝에 시선을 빼앗긴 채 시간과 장소의 감각이 멀어지는 걸 느꼈다. 완전무결한 움직임에는 군더더기 없는 궁극의 세계관이 존재했다. 몇천 년을 흔들림 없이 계승되어 온 그것이 유카리 안에서 숨 쉬고 있었다.

'시간의… 마법사 같다.'

**일본식 방의 윗목에 바닥을 약간 높게 만든 곳.

유카리의 손끝은, 마치 어릴 때 봤던 애니메이션 속 마법사처럼 신비한 힘이 넘쳐흘렀다.

유카리의 손은 마법사의 손이다. 평범한 다기들은 유카리의 손끝이 닿자마자 생기가 돌고 빛이 났다. 도코노마에 걸린 족자가 환영 인사를 속삭이고, 정원의 가을 들꽃들이 빙글빙글 웃는다. 비취색 다기는 차를 맛있게 만들어주겠다며 기합을 넣는 듯했다. 다실 안에 손님을 극진히 모시고자 하는 유카리의 마음이 퍼져나갔다.

'따뜻하고 자상한 어머니시구나….'

마쓰리에게 전해지는 유카리의 온기는 어쩐지 기쁘고도 애처로웠다.

유카리의 설명에 따라 모두 차를 마시기 시작했다. 색이 진한 말차는 걸쭉한데도 뼛속까지 고루고루 스며드는 맛이었다.

다기를 정리하고 다 같이 한 번 더 인사를 나누면서 다회는 끝이 났다.

참가자들은 하나같이 만족스러운 얼굴을 보이며 해산이라는 말에도 좀처럼 자리를 뜨려고 하지 않았다. 이대로 입문할 사람은 등록하거나 제자에게 설명을 더 들었다. 정원을 둘러보거나 다기를 살펴보는 사람도 있었다.

마쓰리는 툇마루 기둥에 기대어 살랑살랑 떨어지는 단풍잎을 바라보았다. 피로가 절정에 달했다. 하지만 좀처럼 여기서 나갈 타이밍을 정하지 못했다.

빨리 집에 가고 싶다. 당장 기모노를 벗어 던지고 싶다. 그런 생각만이 머릿속을 빙빙 돌았다. 숨을 깊이 들이마시자 시원한 공기가 뜨거운 몸속으로 파고들어 기분이 좋아졌다.

'가즈토는 여기서 태어났구나.'

생각은 가즈토에게까지 다다랐다. 이곳에서 자라고, 이곳에서 헤매고, 이곳을 두려워하고 있구나. 조금 전에 봤던 차를 우리는 모습이 눈앞에 되살아나자 도망치고 싶어지는 마음을 조금은 이해할 수 있었다.

그렇더라도 태어날 때부터 둘째였던 마쓰리로서는 가업의 무게란 감히 상상도 할 수 없는 것이었다.

"다카바야시 마쓰리 씨, 어떠셨나요?"

유카리가 불쑥 말을 걸어와 마쓰리는 재빨리 자세를 고쳤다. 그 순간 시야가 일그러지는 걸 느꼈다. 간신히 자세를 유지하며 억지웃음을 지어냈다. 과도한 스트레스와 긴장은 몸에 큰 부담을 줄 수 있으니 조심하라던 의사의 말이 머릿속에 되살아났다.

"아. 굉장히 즐거웠어요. 전부 새로운 경험이었고, 말차도 정말 맛있었어요."

"그래요. 다행이네요."

"정말 감사합니다."

이 정도면 돌아갈 수 있겠다며 안도하길 잠시, 고개를 숙인 순간 급격히 빠르게 뛰는 맥박 소리가 귓가에 울렸다.

버선을 신은 발이 미끄러지는 걸 막지 못했다. 힘껏 버텼으나 발이 꼬이는 바람에 휘청거리는 몸을 유카리의 손이 떠받쳐주었다. 온몸에 소름이 끼쳤다. 한시바삐 이곳을 벗어나지 않으면 보여서는 안 되는 모습을 보이고 만다. 마쓰리는 이마에 식은땀이 솟아났다.

"괜찮아요? 다카바야시 씨?"

"괜찮아요, 고맙습니다."

"안색이 안 좋아요. 잠깐 앉을래요?"

"아뇨, 괜찮습니다."

"장시간 정좌로 앉아 있느라 힘들었죠? 무리하면 안 돼요, 좀 쉬어야지."

"하지만…."

유카리는 사람들에게 안 보이도록 조심하며 주저하는 마쓰리를 부축해 좀 전까지 머물던 다실로 데려갔다.

"여기 잠깐만 누워 있어요. 가서 덮을 거 가져올게요."

유카리는 재빨리 방석을 깔고 마쓰리의 어깨를 감싸며 거기 앉히고 나서 조용히 방을 나가더니, 얼마 후 다시 돌아와 얌전히 누워 있는 마쓰리에게 홑이불을 덮어주었다. 이미 그때 마쓰리는 저항할 힘도 없고 의식도 몽롱했다.

고맙다고 인사하고 유카리가 익숙한 손놀림으로 기모노를 풀어준 데까지는 기억나지만, 그다음부터는 모호해지더니 어느샌가 의식이 끊겨버렸다.

해가 떨어지고 나서야 마쓰리는 눈이 떠졌다.

너무 깜깜해서 자기가 어디에 있는지 알 수 없었다.

얼떨떨한 머리로 손을 더듬어 장지문을 열었다.

'장지문? 웬 장지문이?'

서늘한 바람이 방 안으로 들어오자 돌연 생각이 정리되었다. 그러면서 동시에 뒤에서 얻어맞은 듯한 심한 충격을 받았다.

마쓰리는 스스로 한심해서 죽고 싶었다. 스파이 노릇을 하러 왔다가 정체를 들킬 뻔하다니. 말을 듣지 않는 자기 몸에 화가 나고 기가 막혀서 눈물이 터질 것 같았다.

"일어났어요?"

건너편에서 목소리가 들리더니 복도에 오렌지색 불빛이 켜졌다. 마쓰리는 어떤 표정을 지어야 할지 몰라 가만히 입술을 깨문 채 불빛을 향해 고개를 끄덕여 보였다.

다실에서 큰 방으로 건너가자 유카리가 뜨거운 차를 내왔다.

눈에 띄지 않으려고 조심했는데 이렇게 마주 보는 상황을 맞닥뜨리게 되니 더더욱 울고 싶어졌다.

"신경 안 써도 돼요. 피로가 쌓여서겠죠."

"네에…."

"한창 일할 나이잖아요."

가즈토의 어머니가 가즈토와 꼭 닮은 표정으로 웃었다. 어머니가 이런 얼굴로 "괜찮아?" 물으면 아들은 자신의 모자람을 마주하며 견딜 수 없어지겠지. 유카리의 자상함을 경험하고 나니 가즈토가 자기 자신을 혐오하는 모습도 상상이 갔다.

"저는, 직업이 없어요."

이유는 모르지만 그런 말이 튀어나왔다.

"몸이 안 좋아서 일을 못 하거든요."

"저런, 그랬구나. 딱해라⋯."

"제가 그렇게 가여워 보여요?"

마쓰리가 희미하게 웃어 보이자 유카리가 대답하기 난처한 듯 시선을 떨구었다.

"괜찮아요. 자주 듣는 말이니까요⋯. 젊은 사람도 병에 걸릴 수 있잖아요. 그렇지만 초조해요. 무직이 자랑은 아니니까, 남들과 비교하면 우울해지고. 그래서 초조해져요⋯."

마쓰리의 목소리가 큰 방 안에 울렸고, 잠시 후 유카리는 차를 다시 내와서 마쓰리 앞에 내밀며 혼잣말하듯 나직이 말했다.

"남들과 다르다는 건, 참 힘들어요."

말속에 가즈토가 있었다. 손님을 대접하던 얼굴에서 어머니의 눈빛으로 바뀐 걸 마쓰리는 놓치지 않았다. 그렇기에 마쓰리는 뒷말을 이었다. 가즈토에게는 할 수 없는 말, 그 누구에게도 하지 못한 말이 자연스레 흘러나왔다.

"다르다는 게 이렇게 무서운 건지 몰랐어요. 10대 때는 방황하더라도, 방황하는 방식은 모두 같았거든요⋯. 지금은 너무 자유롭고, 가로막는 틀이 없는 게 무서워요⋯. 이제 와서 이런 몸으로 내 자리를 찾을 수 있을지도 모르겠고⋯ 그래서 조마조마

하고. 남들과 같지 않다는 사실이 너무 무서워요."

"…그렇죠. 나도 옛날에는 그런 불안한 마음을 이해하는 사람이었는데, 언제부터인지 모르게 틀 안에서만 바깥을 바라보게 되었어요…."

유카리는 가느다란 손을 무릎 위에 포개며 작게 숨을 내쉬더니 말을 이었다.

"다카바야시 씨는, 스물여섯 살이랬죠?"

"네."

"우리 아들도 스물여섯이에요."

볼에 보조개가 쏙 들어가는 미소를 보며 마쓰리는 웃음으로 답했다.

"차기 종가 당주 교육을 받았더라면, 오늘 같은 자리에는 그 애가 제격이었을 테지만. 아들은 여기 없어요. 벌써 스물여섯이나 됐는데, 아직 사람들 앞에 세울 수가 없어요."

"실력이 부족하다는 말씀이에요?"

"그렇죠… 실력도 마음가짐도, 전부."

"아드님이 꼭 이 집을 이어야만 하나요?"

마쓰리의 물음에 유카리는 잠시 멍해 있다가 가냘픈 미소를 머금었다. 조금 전까지는 위대한 마법사 같았는데, 지금 눈앞에 앉아 있는 유카리는 아까보다 한층 작아 보였다.

"제자 중에 유망한 사람이 있어요. 하지만 아들에게 그 말을 했다가는 두 번 다시 여기로 돌아오지 않을 거예요…. 그 아이도 안간힘을 쓰고 있거든요. 종가의 압박을 극복하려고 애쓴다는 건 부모로서 인정해 주고 싶어요…. 우리도 잘못이 있거든요. 어릴 때부터 뭐든 남들보다 잘하던 아이라 처음부터 무리하게 기대하면서 밀어붙였고, 어느 날 갑자기 아이가 쓰러졌을 때는 아무도 거들떠보지 않았죠…. 상처 입은 아들에게 더 노력하라는 말밖에 하지 못한 저는 엄마 자격이 없어요."

자조 섞인 미소의 유카리가 애처로웠다. 어머니의 이런 얼굴을 보면 가즈토는 또다시 무너지고 말 거다.

'가즈토가 무너지면 내가… 내가 힘이 되어주고 싶다….'

무릎 위에 올린 손을 꼭 쥐었다. 할 수 있는 일이 없다는 건 잘 알고 있다. 알면서도 망설이는 마쓰리의 심정을 알 리 없는 유카리가 다음 말을 이어나갔다.

"아들이 스무 살쯤에, 결혼하고 싶은 사람이 있다고 했어요. 좋아하는 사람을 위해서 노력하겠다고, 학업과 수련 둘 다 잘해보겠다고…. 그때는 재기할 수 있을 거라고 믿었어요. 그 애도 그 어느 때보다 진지했으니까요. 그런데 사귀던 사람한테 차였어요. 종가를 책임져야 하는 남자랑은 결혼 못 한다며 거절당했는지, 충격이 컸었나 봐요. 또다시 다기에 손도 못 대는 상태가 돼버렸고…. 남편도 그 정도 일로 무너지는 아들에게 많이 실망한 모양이에요."

장지문 너머로 단풍잎이 바람에 흔들리며 바스락거리는 소리가 들려왔다. 마쓰리는 시야에 비치는 것이 무엇인지 바로 이해되지 않아 당황했다. 전율이 심장의 중심을 관통하며 지나갔다.

마쓰리는 안절부절 어쩔 줄을 몰랐다. 그렇다고 갑자기 일어설 수도 없었기에 그러고 나서 무슨 말을 하고 그 자리를 벗어났는지 잘 기억나지 않았다.

불현듯 정신이 아득해졌다. 그리고 정신을 차렸을 때는 어두운 방 안, 침대에 누워 있었다. 어떻게 집에 돌아왔는지, 어떻게 이 상황을 부모님에게 들키지 않았는지, 어떻게 기모노를 벗고 목욕을 했는지, 하나도 기억나지 않았다.

하루가 온통 흐릿했다. 다만 부드러운 목소리만이 망치질하듯 머릿속에서 쾅쾅, 울렸다.

이불 속에서 몸을 웅크리자 심장의 전율이 상처를 더욱 깊게 후벼 팠다. 베개에 얼굴을 묻은 채 숨죽이고 울어도 봤지만, 그 목소리는 사라지지 않고 계속 고막을 뒤흔들었다.

당연히 가즈토도 연애를 여러 번 해봤겠지. 그냥 여자 친구가 아니라 결혼하고 싶을 만큼 사랑했다는 게 충격인 걸까.

아니다, 그런 순수한 이야기가 아니다. 얼굴도 본 적 없는 가즈토의 전 여자 친구를 펑펑 울 정도로 샘내고 있었다. 가즈토가 결혼까지 생각했다는 사실보다 가업을 물려받을 남자라는 이유로 가즈토의 손을 놓아버린 여자가 눈물이 날 만큼 부러웠던 거다.

기쿄의 결혼식 날 고모들이 이야기하던 모습이 시간차로 마쓰리를 덮쳐와 이불을 뒤집어쓰고 엉엉 소리 내어 울었다.

대체 며칠 밤이나 누군가의 목소리에 매질을 당해야 하는 걸까.

못 견디게 보고 싶었다.

내가 좀 더 강하고 건강해서

계속 옆에 있어 줄 수 있는 사람이라면

지금 당장 달려가서 무너질 듯 위태로운 너를

안아주고 싶고, 지켜주고 싶은데.

그렇지만 지금 내 두 손은 너무나도 미덥지 못하고 불안정해서

너를 안아줄 수도 없다.

나는 부족하다.

너에게는 너무 부족하다.

14.

바람이 뺨을 찌를 듯한 계절에 두 사람은 재회했다.

역 개표소를 나와 보조개를 보이며 웃음 짓는 가즈토의 미소에 이끌려 마쓰리도 어색하게 웃었다. 가즈토의 천진한 웃음이 괜히 얄밉고 짜증이 났다.

"오늘은 어디 갈래? 디즈니랜드라도 갈까?"

검은 니트 모자에 야구 점퍼로 반창회 때처럼 한껏 개성을 뽐낸 가즈토가 마쓰리의 얼굴을 살피며 웃었다. 예전에 다른 사람을 향했던 눈빛은 언니에게 물려받은 원피스만큼이나 매력이 없어 보였다.

"아니, 오늘은 쇼핑하러 가자. 겨울옷을 보고 싶어."

"업무의 연장이네."

아무런 의심도, 아무런 타격도 없는 가즈토의 입가에 미소가 어렸다. 마쓰리는 짜증에 조바심이 더해졌다. 저런 여유가 싫다. 의심하지 않는 눈이 싫다.

"그건 아니고. 그동안 쇼핑을 전혀 못 한 데다, 모처럼 쉬는 날이니까."

"그럼 오늘은 내가 짐꾼이 되어줄게."

비꼬는 말투로 쏘아붙여도 가즈토는 즐거운 표정으로 야마노 테선 방향으로 걷기 시작했다. 혼자 남은 마쓰리는 노골적으로 얼굴을 찌푸렸다.

"마쓰리? 빨리 가자."

돌아보며 말하는 가즈토의 해맑은 얼굴이 마쓰리의 조바심을 더욱 부채질했다.

온종일 가즈토를 이리저리 끌고 다녔다. 백화점을 들락날락 오가며 브랜드 매장을 하나하나 살펴봤다. 남성 매장은 죄다 그냥 지나치고 자기 옷을 입어보느라 몇십 분을 할애했다.

사람을 진심으로 열받게 하는 방법을 모르는 마쓰리는 자신이 당했을 때 기분 나쁠 만한 짓을 계속 이어갔다. 어느 정도 예상은 했던 일이지만, 가즈토는 짜증을 내거나 기분 나쁜 표정도 짓지 않았다. 마쓰리가 홧김에 산 옷과 가방을 보고는 "마음에 드는 걸 찾아서 다행이네."라며 기뻐했다.

주인을 잘 따르는 강아지처럼 어느 매장에서나 미소를 잃지 않는 얼굴로 "넌 이 색이 어울려."라며 즐겁게 말했다. 점점 늘어나는 쇼핑백을 당연하다는 듯이 전부 들어주었다. 그래서 쇼핑하면 할수록 마쓰리만 피곤해졌고, 상처와 분노도 마쓰리의 몫이 되었다.

날이 저물 무렵이 되자 가시 돋친 짜증도 냉장고 구석에 넣어 놓고 까맣게 잊어버린 쑥갓처럼 시들어버렸다. 선명한 빛깔과 향긋한 내음을 잃어버린 그 감정들은 자기혐오로 바뀌었다.

"엄청 많이 샀다."

"그러게…."

'그렇게 산뜻한 표정으로 웃지 마, 바보야.'

녹초가 된 몸으로 자허토르테*를 찔러대는 마쓰리 앞에서 가즈토는 기분 좋게 커피를 마셨다. 스트리트 패션 스타일로 입은 가즈토와 단정한 정장 차림을 한 마쓰리는 입은 옷만큼이나 표정도 달랐다.

카페를 나와 차가운 바람을 쐬자 홍차로 따뜻해졌던 몸이 단번에 식었다. 시부야, 신주쿠, 긴자까지 많이도 걸은 터라 마쓰리는 이미 기력도 체력도 한계에 이르렀다. 신호등 앞에 서자 소중한 하루를 엉망으로 만들어버렸다는 공허함이 밀려와 두 눈에 눈물이 그렁그렁했다.

---

* 오스트리아에서 많이 만드는 초콜릿 스펀지케이크의 일종.

"마쓰리, 안 추워?"

가즈토가 물은 순간 콧물을 훌쩍였더니 가즈토가 따스한 눈
길로 내려다보며 살며시 마쓰리의 손을 잡았다. 신호가 파란불
로 바뀌고 마쓰리는 가즈토의 손에 이끌리듯 하며 걸음을 뗐다.

얄밉지만, 그래도 가즈토가 좋았다. 레이코가 죽던 날을 잊은
건 아니지만, 그래도 가즈토가 좋았다.

마주 잡은 손에 힘을 주자 가즈토도 꾹 맞잡아주었다.

신발을 사고 싶다고 말해놓고서는 아까부터 신발 가게를 몇
군데나 그냥 지나쳤다. 발을 멈추면 가즈토가 손을 놓아버릴 것
만 같아서 마쓰리는 묵묵히 걸음을 옮겼다.

이윽고 상점가 끝이 보이기 시작해서 둘러댈 말을 찾고 있는
데, 누가 가즈토를 불러 세웠다.

"가즈토?"

두 사람은 동시에 걸음을 멈췄다. 온화해 보이는 초로의 남자
가 가게 안에서 나왔다. 움찔 놀란 가즈토가 먼저 손을 놓았다.

"안녕하세요? 잘 지내시죠?"

"잘 지냈나? 본가로 돌아온 건가?"

"아뇨…. 오늘은 그냥."

"데이트로군."

남자는 껄껄 웃었고, 가즈토는 눈꼬리만 살짝 들고 웃었다.
남자가 서 있는 가게 쇼윈도에는 다기가 장식되어 있었다. 다기

전문점인 모양이었다. 옆에 선 가즈토의 표정을 훔쳐보자 몸이 딱딱하게 굳어서는 필사적으로 미소를 만들어내고 있었다.

"아버님께 안부 전해주게."

"예. 세타 씨가 건강해 보여서 다행입니다. 얼마 전에 어머니께 몸이 안 좋으시다는 말을 듣고 걱정했습니다…."

"자네가 걱정했다니, 이거 기쁘군."

"아닙니다…. 그럼 건강 잘 챙기세요. 저는 이만 실례하겠습니다."

가즈토가 예의 바르게 허리를 숙이자 마쓰리도 덩달아 허둥지둥 고개를 숙였다. 가즈토는 일분일초라도 빨리 그 자리에서 도망치고 싶은 사람처럼 빠르게 걸음을 옮겼다. 마쓰리는 남자와 엇갈리듯 한 번 더 고개를 숙이고 나서 가즈토를 쫓아갔다.

주상복합 빌딩의 어둑어둑한 형광등 불빛만이 사람들의 발길이 끊긴 거리를 비추고 있었다. 희미한 노랫소리와 병이 부딪치는 소리만 새어 나오고 인기척은 없었다. 가즈토는 한참 뒤에야 마쓰리의 존재를 떠올린 듯이 뒤를 돌아보았다.

"마쓰리, 가고 싶다는 가게가 어디야? 혹시 위치가 생각 안 나는 거야?"

하하 소리 내 웃는 가즈토를 보며 마쓰리는 발을 멈췄다.

"아까 거기, 다기 전문점이지?"

"아, 응…. 오래된 거래처야. 그건 됐고, 큰길로 돌아갈까? 여긴 영 아닌 거 같아."

"그 아저씨도 네가 집에 없다는 걸 아시던데. 거래처 주인까지 안다는 건 거의 다 알고 있다는 거잖아. 넌 그래도 아무렇지 않아?"

"왜 그래, 마쓰리."

되묻는 표정이 그와 똑 닮은 어느 여성과 포개지며 시든 줄 알았던 짜증이 되살아났다.

"앞으로 어쩌려고? 계속 집에서 도망칠 거야? 그렇게 하기 싫으면 그만두는 게 어때? 아버지께 확실히 말씀드리고 그만두면 되잖아. 너를 대신할 사람은 얼마든지 있을걸?"

"…뭐야, 갑자기. 이상하게."

"이상한 건 너야. 이제 결정해야지. 계속 도망칠 수 없다는 건 너도 알 거 아냐?"

그날 처음으로 가즈토가 노골적으로 불쾌감을 드러냈다.

아, 이렇게 하면 가즈토를 화나게 할 수 있구나 싶어 마쓰리는 그를 향해 도발적인 눈빛을 던졌다. 한순간 가즈토는 미간에 주름을 새기나 싶더니 곧바로 원래의 부드러운 표정으로 돌아왔다.

"그만하자. 너랑 이런 이야기는 안 하고 싶어."

대화를 끝내려는 가즈토를 마쓰리는 나무라듯 말했다.

"결혼하고 싶었던 사람과는 이런 이야기까지 했어? 아니면, 이렇게 도망만 치다가 결국 차인 거야?"

"뭐…? 네가 어떻게…?"

"생각 좀 해. 네 인생이잖아! 네가 결단을 못 내리니까 주변 사람들까지 휘둘리고. 네가 계속 도망만 치니까 답을 못 내리는 거라고! 뭐든지 두루뭉술하게 넘어갈 수 있을 것 같아? 그렇게 억지웃음으로 빠져나갈 생각이나 하고, 바보 아냐?"

"잠깐만, 마쓰리, 뭐야! 대체 왜 그래!"

마쓰리는 가즈토가 뻗은 손을 뿌리치며 자신이 들게 했던 옷이며 가방이 든 봉투를 빼앗다시피 잡아챘다.

"분명 그 사람은 너의 그런 우유부단함이 싫었던 거야. 여자에게 차였다고 어린애처럼 쫄지 마! 이 겁쟁이야!"

"겁쟁이⋯?! 마쓰리 네가 뭘 알아? 내가 어떤 마음으로 살아왔는데!"

"몰라, 어차피 나는 평범한 사람이니까! 나한테는 그만두지 말라고 하고, 혼자 도망치는 거, 비겁하다고 생각 안 해?"

"비겁⋯."

"난 만화 다시 그리고 있어. 이번에도 형편없다는 소리 들을까 봐 무섭지만, 네가 그만두면 안 된다고 해서 그리기 시작한 거야. 넌 이대로 괜찮아? 지금 이대로 정말 괜찮아?"

"⋯."

"서핑하고, 스노보드 타고, 친구들과 놀면서 즐겁기만 하면 그만이야? 넌 언제까지 애처럼 굴면서 좋아하는 일을 못 찾겠다고 징징거릴 건데? 어른인 거 몰라? 우리 이미 한참 전부터 어른이라고!"

"나도 알아! 다 안다고! 다 알지만, 나는 너처럼 간단하지가 않아."

가즈토는 시선을 피하더니 발끝을 노려보며 입술을 깨물었다. 건드리지 말았으면 하는 데를 건드리자 갈 곳 잃은 분노를 가라앉히려 무척 애를 쓰는 눈치였다.

"넌 그냥 실패가 두려운 거야. 뭐든지 남보다 뛰어나서, 누구와도 경쟁해 본 적이 없어서, 그래서 겁을 먹은 거라고. 너 바보 아냐? 나는 늘 실패만 하면서 살았어. 꼬이고 끊어지고 막혀서 돌아가야만 하는 인생이었다고. 언니와 비교당하고, 매번 언니한테 지면서도 속상하다는 말도 한번 못 해봤어. 그렇지만, 인생은 원래 그런 거 아냐? 삶은 대부분 실수의 연속이지만 그래도 거기에는 뭔가가 있고, 수렁에 빠진 것 같은 순간에도 빛 하나쯤은 존재하고, 불행 속에도 가끔 행복이 찾아오고, 그럼 된 거 아냐? 어쩌다 좋은 일도 있으니까 보람을 느끼며 사는 거 아냐? 이리저리 도망만 치면 아무것도 못 찾아! 기대에 못 미치든, 여자에게 차이든, 그게 뭐 어때서. 네 실패 같은 건 나와 비교하면 가벼운 찰과상일 뿐이야, 이 바보야!"

"자꾸 바보, 바보 할 거야?"

"바보한테 바보라고 하는 게 뭐 어때서! 도망만 치는 남자는 진짜 답답하고 짜증 나, 속 터져서 못 봐주겠어!"

"내가 왜 너한테 이런 소리를 들어야 하는데? 가벼운 찰과상? 넌 뭔가 짊어진 적 있어? 도망치고 싶어도 도망치지 못하는 심정을 네가 알아?! 난 뭐 이렇게 되고 싶어서 된 줄 알아? 내가 원해서 이런 종갓집에서 태어난 게 아니라고! 그렇게 쉽게 짊어질 수 있는 게 아니란 말이야!"

"그러니까 싫으면 싫다고 말하면 되잖아! 부모님께 확실히 말을 하란 말이야!"

"그게 쉬운 줄 알아? 이을 사람이 나밖에 없는데."

"그럼 네 핏줄을 원망해. 평생 이런 팔자를 타고난 자신을 원망하면서 살면 되겠네. 죽을 때까지 도망 다니고 적당히 즐기면서 살아. 그렇게 해서 너네 종파가 사라지면 가즈토 넌 행복할 거 같아?"

"…제발 그만 좀 해줄래? 난 이런 이야기가 나올까 봐 도쿄에 오기 싫었어. 그래도 네가 보고 싶어서 오는 거니까, 제발."

가즈토가 얼굴을 돌렸다. 마쓰리는 기억 속 누군가를 보는 듯한 착각에 사로잡힌 채 중얼거렸다.

"…이렇게 되고 싶어서 된 게 아니라는 말, 나도 잘 알아."

"뭐?"

"난 평범한 사람이지만."

마쓰리의 뺨이 살짝 풀어졌다.

"오늘은 고마웠어. 나 먼저 갈게. 넌 찬 바람 쐬면서 머리도 식히고 생각도 좀 정리하는 게 좋겠어."

"아니, 잠깐만…."

"갈게."

마쓰리는 발길을 돌렸다. 짐이 무거워서 싹 다 던져버리고 싶은 심정이었다.

그때 처음으로 긴 시간을 살아가야 하는 사람도 괴롭겠다고 생각했다. 제한 시간을 아는 자신이 제일 불행하다고 한탄했었지만, 이정표 하나 없이 막막한 시간 속을 걸어가야 하는 사람도 불안하긴 마찬가지이지 않을까.

그날 후로 가즈토에게는 연락이 없었다. 솔직히 서운했지만, 한편으로는 마음이 놓였다. 자기 안에 잠들어 있던 아이를 깨우는 듯한 가즈토라는 존재를 그리 쉽게 안고 갈 수는 없는 노릇이었다.

앞으로 영영 만날 수 없다면 적어도 가즈토가 행복했으면 좋겠다…. 그런 감상에 빠질 때도 있었지만 한 달쯤 지나자 가즈토를 떠올리는 일조차 바보처럼 느껴졌다.

어수선한 12월이 시작됐을 무렵, 마쓰리는 대학 친구들을 다시 만났다. 나오가 결혼한다고 해서 미야네 가게에 모인 것이다.

나오의 남자 친구를 알고 있는 사오리가 시종일관 흥분을 감추지 못하고 두 사람의 연애사부터 시작해 나오 남자 친구의 특징까지 자세히 들려주었다.

기괴한 가게 장식은 손님을 편안하게 해주기는커녕 심하게 텐션을 높이거나 우울하게 만드는 색채를 띠었고, 테이블 위에 놓인 요리는 변함없이 기름기가 많아서 식욕을 감퇴시켰다. 또

한 사오리의 목소리는 카랑카랑해서 때때로 무슨 말인지 알아듣기 힘든 탓에 마쓰리는 따뜻한 우롱차를 홀짝이며 이야기에 귀를 기울이는 척했지만 실은 전혀 듣고 있지 않았다.

친구의 결혼을 이토록 무관심하게 바라보는 걸 보면 자신은 감정이 메마른 사람일까, 아니면 나오의 행복이 자신과 상관없는 영역에 들어가 있는 걸까. 마쓰리는 고약한 사람이라는 말도 지금이라면 순순히 받아들일 수 있을 것 같았다.

"사오리 넌 남자 친구와 어떻게 돼가?"

"난 결혼하고 싶은데. 내 마음처럼 안 되네. 이렇게 된 거 확 임신이나 해버릴까, 혼자 계획 중이야."

"와, 계획적 범행이네!"

세 사람은 마쓰리가 평생 할 수 없는 이야기를 하며 큰 소리로 웃었다. 오늘은 저번처럼 가게를 통째로 빌린 게 아니어서 가게 안에 다른 손님이 몇 팀 더 있었는데, 그쪽 웃음소리까지 귀에 들어와 박히고 미야가 눈앞에서 왔다 갔다 하는 통에 시끄럽고 정신도 사나웠다.

사오리가 남자 친구 이야기를 꺼낼 즈음부터 마쓰리는 원인 불명의 두통에 시달렸다. 딸그락딸그락 그릇 부딪치는 소리가 머릿속에서 메아리치며 콕콕 쑤셨다. 관자놀이를 눌렀더니 통증이 더 심해졌다.

건너편 테이블에서는 대학생으로 보이는 남자가 맥주잔을 들어 벌컥벌컥 들이켜고는 저속하게 웃고 있었다. 복장은 가즈토와 비슷했지만, 그쪽 무리에게 없는 타고난 기품이 가즈토에게는 있다는 사실은 말해봤자 입만 아플 뿐이다.

어떤 차림을 해도 가즈토는 절대로 경박해 보이지 않았다. 가즈토가 짓는 부드러운 미소가 눈앞에 떠오르고 우롱차에 감도는 온기까지 한몫한 탓에 마쓰리는 코를 훌쩍였다.

가즈토는 저렇게 시끄럽게 술을 마시지 않겠지. 어떤 옷을 입고 있든, 어떤 장소에 있든, 가즈토라는 사람 안에는 마치 그의 본가인 대저택의 정원처럼 마음을 편안하게 하는 고요가 깃들어 있었다. 이 나라의 아름다운 사계절처럼 조화로운 공간이 있었다. 가지런히 정돈된 편안함이 흐르는 사람이었다.

그런 사람은 처음이었다. 손을 잡았을 뿐인데도 몸을 포갰을 때보다 더 뚜렷하게 파고드는 감각. 가즈토의 깔끔한 손끝이 가슴에 되살아나 또다시 코를 훌쩍이고 말았다.

"그런데, 마쓰리, 듣고 있어?"

"응, 듣고 있어."

여자의 전략에 쉽게 빠질 만한 남자 이야기 따위는 궁금하지 않았다.

'아아, 가즈토가 보고 싶다.'

마쓰리는 머리가 지끈지끈했다. 이렇게 여러 목소리가 주변을 날아다니는데도 가즈토는 여기에 없다. 온갖 이야기가 오가는데도 가즈토는 여기에 없다. 마쓰리가 속한 곳 어디에도 가즈토는 없다.

"마쓰리도 슬슬 남자 친구 만들어야지. 도망치면 안 돼. 마쓰리, 내가 소개해 줄까?"

"마쓰리, 나도 소개할 사람 있어! 내 남자 친구의 친군데, 만나볼래?"

"…아냐. 별로 관심 없어…."

"안 돼, 마쓰리! 대학 다닐 때를 생각해 봐! 너 연애하니까 좋았잖아."

"그래도 됐어…."

"마쓰리, 앞으로 쭉 연애 안 할 거야?"

갑자기 목소리 톤이 진지해져서 고개를 들었다. 사오리와 나오가 이맛살을 찌푸리며 이쪽을 쳐다보고 있었다. 심드렁한 마쓰리의 태도에 화가 난 듯 보였다. 마쓰리는 알면서도 얼굴색을 바꾸지 않았다.

"남자 친구는 필요 없어. 남자가 없으면 안 돼?"

"안 된다기보다, 의지가 된달까… 마쓰리, 요즘 뭐 하고 지내? 밖에는 나가? 남자 친구 있으면 훨씬 생기가 돌 거야."

"나 그렇게 시들시들해 보여?"

자조적인 웃음을 흘리자 나오가 난감한 표정으로 시선을 돌렸다.

다음 이벤트에 낼 원고와 의상을 만드느라 며칠째 잠을 못 잤다. 옷 사러 가기도 귀찮고 그럴 기운도 없었던 마쓰리는 건너편 대학생처럼 후드 티에 청바지를 입고 있었다. 모든 게 다 짜증스러웠다. 어떻게 되든 상관없었다. 오로지 만화만은 손에서 놓고 싶지 않아서 피부 관리와 패션 잡지를 훑어볼 시간까지 죄다 작화지에 쏟아부었다. 온종일 만화만 그리고 싶었다. 한번 펜을 놓으면 만화를 그리는 일마저 귀찮아질 것 같았다.

"마쓰리, 무슨 일 있어?"

"아무 일도 없어."

"그럼 우리가 자리를 만들어볼 테니까⋯."

"됐다니까. 난 필요 없어."

"병 때문에 그래?"

사오리의 목소리가 시비조로 들렸다. 머리가 깨질 듯 아팠다. 어금니를 깨물고 얼굴을 찡그리자 옆에 있던 나오가 사오리를 말렸다.

"그만해, 사오리. 그렇게 말하면, 마쓰리가 불쌍하잖아."

행복한 사람들은 타인의 불행을 보면 순순히 그 고통을 나누어 가지려 한다. 달콤한 깔루아 밀크 향이 풍기는 다정한 목소리를 들으며 마쓰리는 어금니를 더 세게 깨물었다. 가시지 않는 두통 때문에 이 자리를 벗어날 변명도 웃음도 생각나지 않았다. 어물쩍 넘기기도 귀찮아졌다.

"몸이 아파서 아무도 안 만나겠다는 건, 도망치는 거야! 난 네가 그런 사람으로 전락하는 게 싫어! 지금까지 잘 버텨왔으니까 꼭 행복해졌으면 좋겠어!"

"시끄럽네, 정말⋯."

바람직한 우정을 토로하는 사오리의 주장을 가로막듯, 마쓰리는 거의 무의식적으로 중얼거렸다.

직접 보지 않아도 사오리와 나오가 경악하는 모습이 눈앞에 그려졌다. 지금까지 마쓰리는 누구에게도 이런 말을 한 적이 없었다.

감정 억제를 무엇보다 중요시하며 살아왔다. 반항이나 말대꾸를 해서 미움을 받고 싶지 않았다. 모두에게 사랑받는 언니처럼 되지는 못하더라도 다른 사람을 한숨 쉬게 만드는 사람은 되지 않도록 신경 쓰며 살았다.

"뭐가 도망이라는 건데? 네가 나에 대해 뭘 안다고 그래?"

"뭐냐니… 넌 항상 사랑하는 사람이 있었잖아. 적극적으로 연애하던 애가 아프고 나더니 달라졌으니까…."

"어떻게 안 달라져? 10년 넘게 산 사람이 없는 병이라는 소리를 들었는데. 달라지는 게 당연한 거 아냐? 나 같은 여자를 누가 좋아하는데? 대체 뭐라고 소개할 건데? 얘는 병이 있는데, 하면서 소개하려고? 너네들 주위에는 그런 여자라도 괜찮다고 할 남자가 차고 넘치니?"

"잠깐만, 마쓰리… 10년 넘게…라니 무슨 말이야?"

"말 그대로야. 나랑 같은 병에 걸린 사람 중에, 10년 이상 살았던 사람이 없대. 발병하고 6년 지났으니까 이제 4년 남았나. 길어봤자 4년밖에 살 수 없는데, 그런 날 누구한테 소개하려고? 도망치는 게 아니라, 알아서 사양하는 거야."

코웃음을 치며 말을 쏟아내자 두 사람의 얼굴이 딱딱하게 굳었다. 와장창 그릇 깨지는 소리가 나서 뒤로 돌아보니 미야가 창백한 얼굴로 서 있었다.

"못 산다는 게 무슨 말… 마쓰리가 죽어…?"

미야가 유리잔을 떨어뜨린 채 덜덜 떨고 있었다. 부리나케 주방에서 뛰쳐나온 료가 손님들에게 고개를 숙이고 미야의 발치에 무릎을 꿇고 앉아 깨진 유리 파편을 빠르게 주워 담았다. 여자들의 경악한 표정과 말라빠진 남자의 조급한 움직임, 그들의 속이 빤히 보여 마쓰리는 기분이 상했다.

"미안, 먼저 갈게."

"마쓰리, 기다려줘…, 미안해, …우리 같이 앉아서 이야기 좀 더 하자, 응?"

"그만하자. 더 있다가는 너희들한테 더 큰 상처를 입히고 말 거야."

"기다려. 마쓰리, 그런 중대한 일을 지금까지 왜 말 안 했어? 우린 친구잖아, 어째서… 아, 우리, 여행이라도 갈까?"

사고가 정지된 미야가 어색한 미소와 함께 손을 내밀었다. 거스러미가 잔뜩 일어난 그 가느다란 손끝에서는 학생 때 꼼꼼하게 네일 아트를 받았던 흔적을 찾아볼 수 없었다.

"…미안, 오늘은 그냥 갈게. 말을 안 한 이유는, 말해봤자 소용없는 일이라서 그랬어."

"소용없다니…."

"방법이 없어. 치료법이 없거든. 기적이 일어나서 4년 안에 특효약이라도 발명하면 모를까. 끝이 보이니까 시작하지 않기로 마음먹었어. 그러니까 연애는 안 해. 병 때문이긴 하지만, 도망친다고 정리될 만큼 그렇게 간단하지는 않아."

자리에서 일어나 코트를 걸치고 나니 더는 아무도 붙잡지 않았다.

"먼저 갈게."

서둘러 가게를 나오자 차가운 겨울바람이 얼굴을 할퀴었다. 한참을 걸어도 기다리라며 쫓아오는 목소리는 들리지 않았다. 현실성 없는 드라마 같은 일은 사랑에도, 우정에도, 인생에도 찾아오지 않는다.

마쓰리는 인파 속을 걸으며 힘껏 기지개를 켰다. 내내 하지 못했던 말을 토해내고 나니 가슴이 뻥 뚫리는 기분이었다. 이제 이 친구들은 내게 전화하지 않겠지. 문자도 안 보내고. 청첩장도 안 보내려나. 그래도 그게 속은 더 편할 거야.

"아! 후련하다."

팔을 크게 흔들며 다리를 뻗었다. 거리의 쇼윈도로 눈을 돌리며 내일은 오랜만에 쇼핑이나 가야겠다고 생각하니 한결 기분이 나아졌다.

미안.

미안.

미안.

모두 미안해.

누구라도 책임지라며, 내팽개치고 싶었던 적도 있었지만,

원래 아무도 대신 책임져줄 수 없는 게 각자의 인생이잖아.

가즈토를 만나고 그걸 이해하게 됐어.

그래서 미안해.

미야의 손이 굉장히 거칠더라. 일하는 사람의 손이었어.

힘내, 미야. 가게가 번창하기를 지금은 진심으로 응원하고 있어.

나오가 행복하기를, 사오리가 행복하기를, 진심으로 바랄게.

상처를 입히고 나서야 비로소 깨닫게 되었어.

내가 너희 모두를 좋아한다는 사실을.

너희에게는 아무 잘못이 없다는 사실을.

미안해.

미안해.

미안해.

15.

이벤트에서 입을 의상이 완성되었다. 옷을 입어보니 자신이 봐도 잘 만들었다 싶어, 마쓰리는 거울 앞에서 빙그르르 한 바퀴 돌았다. 이번에는 쓰키노와 사나에가 입을 의상까지 만들었다. 오늘은 두 사람이 집에 와서 옷을 입어보며 같이 놀기로 했다. 오디오 볼륨을 조금 크게 해놓고 기분 좋게 노래를 흥얼거렸다. 화창한 일요일 오후라, 마쓰리의 부모님은 나란히 쇼핑하러 나가고 없었다.

초인종 소리에 마쓰리는 방을 나갔다. 약속 시간보다 조금 이르긴 했지만, 마쓰리는 아무 의심 없이 "네." 대답하며 문을 열어주러 계단을 뛰어 내려갔다.

"사나에, 어때, 어때?"

머리 모양까지 애니메이션 캐릭터와 똑같이 포니테일 스타일로 묶은 마쓰리는 대문을 열고 나가 한껏 들뜬 목소리로 사나에의 반응을 기다렸다.

그런데 사나에와 쓰키노는 거기 없고, 멋스럽게 색이 바랜 구제 가죽 재킷을 입은 가슴이 눈앞에 있었다.

천천히 눈을 들어 올려다보자 가즈토가 마쓰리를 내려다보고 있었다.

거기 서 있는 사람은 틀림없는 가즈토였다.

"아… 마쓰리…."

눈이 마주치자 대체 왜 가즈토가 여기 있나 싶다가, 마쓰리는 뒤늦게 그보다 더 중대한 사건이 일어났음을 알아차리고는 있는 힘껏 문을 닫았다.

"미, 미안해, 갑자기!"

"뭐, 뭐야? 왜 여기에…?!"

들켰다. 코스프레한 모습을 가즈토에게 보이고 말았다.

가즈토가 눈앞에 있다는 사실보다 그게 훨씬 더 경악스러웠던 마쓰리는 쥐구멍이 있다면 숨고 싶은 심정이었다.

"저기, 문 좀 열어줄래? 우리 잠깐 얘기 좀 해. 연락도 안 하고 찾아와서 미안한데. 하지만."

전화도 문자도 내내 무시한 건 마쓰리였다. 가즈토는 큰맘 먹고 여기까지 왔을 거다.

거기까지 생각이 미치고 나서야 마쓰리는 가즈토가 자기 집 대문 너머에 있다는 사실이 실감 났다.

살며시 문을 열고 얼굴만 내밀었다.

"잠깐만 기다려."

그러고는 문을 닫고 계단을 뛰어 올라가 입고 있던 의상을 벗고 옷장을 열었다. 머리가 혼란스러워서 어떤 옷을 입어야 할지 결정을 내리지 못했다.

가즈토가 왔다. 나를 만나러 와주었다. 한겨울 강추위가 연일 이어지는 탓에 밖에 오래 세워두면 안 될 것 같아, 닥치는 대로 기쿄에게 받은 스웨터를 걸치고 청바지 벨트를 조이며 후다닥 계단을 내려갔다.

문손잡이를 잡고 흐트러진 호흡을 가다듬으려 두세 번 심호흡하고 나서 문을 열었다.

보물 상자를 열 듯이 조심조심 문을 열자 애타게 기다리던 그 사람이, 꿈이 아님을 알리며 확실히 마쓰리 앞에 서 있었다.

"갑자기 찾아와서 미안."

"아냐. 들어와."

"실례할게."

자기 방은 덕후의 왕국 같은 꼴이어서 마쓰리는 가즈토를 거실로 안내했다. 좀 전까지 아버지가 앉아 있던 소파에 가즈토가 앉았다. 커피잔을 꺼내놓은 다음에야 "커피 괜찮아? 아니면, 홍차?" 하고 묻자 안절부절 두리번거리던 가즈토가 깜짝 놀라며

"커피면 돼." 대답하고 고개를 끄덕였다.

청명한 겨울날 오후, 히터를 켜서 서서히 온기가 돌기 시작한 거실에 진한 커피 향이 떠돌았다. 대면식 주방에 선 마쓰리는 좀처럼 얼굴을 들지 못했다. 맞은편에 가즈토가 있다. 슬쩍 곁눈질하자 가즈토도 어색한 듯이 어깨를 웅크리고 앉아 있었다.

커피와 우유와 설탕을 테이블에 내려놓고 마쓰리는 마주 보며 앉았다. 둘 다 빌려 온 고양이같이 가만히 앉아 무료함을 달래려 커피를 입에 갖다 댔지만, 뜨거워서 마실 수가 없었다.

"너, 크로스 보드 좋아해?"

무슨 말을 해야 할지 고민하던 가즈토가 겨우 생각해 냈다는 듯 고개를 들었다. 가즈토가 내뱉은 말에 마쓰리는 그만 커피잔을 엎을 뻔했다.

"왜, 왜 그런 말을…"

충격에서 벗어나지 못하고 되묻자 가즈토의 눈이 둥글게 휘어졌다.

"좀 전에 메로노 옷, 아니었어?"

현기증이 났다. 세상에 종말이 찾아온 것처럼 크나큰 절망감이 마쓰리를 사로잡았다.

"머리 모양도 똑같고. 너, 메로노 같아."

허둥지둥 머리를 풀었다. 그런 행동이 더욱더 의혹을 짙게 만드는 바람에 마쓰리는 극심한 자기혐오에 빠졌다. 마음의 동요를 숨기려 느긋한 동작으로 커피를 마셨다. 머리로는 다른 이야

깃거리를 열심히 찾았지만, 불쑥 다른 말을 꺼내기도 이상해 보였다. 자기도 마찬가지면서 왜 나이 먹고 애니메이션 같은 걸 보냐며 가즈토를 나무라고 싶은 심정이었다.

"그게… 너도 크로보 좋아해?"

맙소사. 크로스 보드라고 해야 했는데 줄여서 말해버렸다. 즐겨 본다는 사실이 들통났겠지.

"응. 어릴 때부터 로봇 만화 좋아했거든. 어른이 봐도 재미있잖아."

"…그렇지…."

마쓰리는 마치 웃는 얼굴로 고문을 당하는 기분이었다. 가즈토도 자신이 마쓰리의 목을 죄고 있다는 사실을 아는지 어깨를 들썩이며 웃었다.

"넌, 역시 솜씨가 좋더라."

"…그래…."

"내 옷도 만들어주면 안 돼? 릴리야나…."

"…너랑은 안 어울려…."

"그런가."

"그래…."

마쓰리의 미간에 깊은 주름이 잡히자 가즈토는 못 참겠다는 듯이 소리 내어 웃었다. 긴장감으로 얼어붙었던 거실 분위기가 그제야 풀리는 듯했다.

"너, 정말! 뭐 어때서! 자꾸 참견할래!"

"난 아무 말도 안 했는데?"

"덕후라고 말하고 싶어서 입이 근질근질했잖아."

"덕후였어?"

"그게 뭐, 좋으면 그만이지!"

"나도 좋아해, 크로보."

"너도 덕후구나."

"코스프레는 안 하지만."

말문이 막힌 마쓰리를 보며 가즈토는 또다시 웃었다.

"다른 옷도 있어?"

"몰라."

"나도 입고 싶어. 군복이나 약간 그런 멋진 옷으로."

"너한테는 작다니까."

"정말 있구나, 군복."

또다시 받아칠 말을 찾지 못해 쩔쩔매는 마쓰리를 보며 가즈토가 자지러지게 웃어댔다.

"이따가 친구가 집으로 올 거야. 할 말 있어서 온 거면 빨리 말할래?"

"덕후 친구?"

탁, 소리를 내며 커피잔을 내려놓자 가즈토는 웃음을 멈추고 나긋나긋한 얼굴로 여러 번 미안하다며 사과했다.

"싸우러 온 거면 성공했네."

"미안, 그게 아니라. 오늘은 화해하러 온 거야."

"어?"

"그땐 미안했어. 정말 미안. 계속 사과하고 싶었는데, 네가 한 말이 다 사실이라서 아픈 데를 바늘로 푹 찔린 기분이었어… 다시 시작하기 힘들어서…."

"남자가 왜 그렇게 못났니?"

"남녀는 평등해."

"그럼 나도 사과할게. 내가 말이 지나쳤어, 미안해."

"넌 잘못 없어."

"남녀는 평등하다며?"

마쓰리가 얼굴을 찌푸리자 가즈토는 안도하며 웃었다. 이제야 답답했던 가슴이 뚫렸다는 표정이다.

그런 얼굴로 웃는 건 비겁하다. 울다가도, 화를 내다가도, 이 얼굴을 보면 반사적으로 미소를 짓게 된다. 웃는 얼굴이 아기 같다고 생각하자 우스워진 마쓰리는 한 번 더 웃고 말았다. 하지만 그 웃음과는 반대로 울고 싶어졌다.

가즈토는 역시 얄밉다. 순식간에 감정이 리셋되고 만다. 죽을 것처럼 고통스럽고 쓸쓸했는데, 한순간에 전부 원래대로 돌아와 버렸다.

"그럼, 화해하자."

"그래."

"화해한 기념으로 같이 보드 타러 안 갈래?"

"보드?"

"크로스 보드 말고. 스노보드."

"너, 또 싸울래…?"

"농담이야 농담, 미안. 같이 가자. 여름에는 서핑도 못 했잖아, 응?"

고개를 갸웃거리며 미소 짓는 가즈토의 모습을 보면 가시가 사라져 버린다. 마쓰리는 커피를 다시 끓이며 주방에 걸린 달력을 들여다보았다.

일단 주치의의 허가를 받아야 한다는 생각에 외래 진료 날짜를 확인했더니 다음 주에 동그라미가 쳐져 있었다.

주방에서 가즈토에게 말을 걸려다가 문득 깨달았다.

휴일 오후에 거실에서 좋아하는 사람과 마주 앉아 커피를 마시는 건 참 행복한 일이구나. 꿈같은 현실이 가슴속에 감춰둔 진실을 한층 더 무겁게 만들었다. 행복이라는 빛이 강해질수록 그 아래에 있는 불행이라는 그림자도 더욱 짙어지기 마련이다.

"마쓰리?"

"좀 기다려줄래? 다음 주에는 대답할 수 있을 것 같아."

"물론이지! 회사 스케줄도 있을 테니까. 기다릴게."

"고마워. 참, 자고 오는 건 아니지?"

"외박해도 돼?"

"…안 돼."

"와, 지금 망설인 거지? 너, 엉큼하다."

"아냐! 못살아, 정말! 외박은 절대 안 돼! 무조건 당일치기!"

"예에."

"어린애 같은 얼굴 하지 말라고!"

"알았어, 알았어. 너랑 여행을 같이 가다니. 신난다!"

"나 잘 못 타는데. 몇 년이나 안 갔거든."

"괜찮아, 내가 잘 타니까. 프로로 나가보라는 말까지 들은 사람이니까, 나만 믿어."

"또 시작이네, 천재…."

마쓰리는 어이없다는 듯이 중얼거리다가 환하게 웃었다. 오랜만에 실컷 웃어본 것 같다.

"기대할게!"

가즈토를 보내고 거실로 와서 커피잔을 치웠다. 싱크대에서 바라보는 거실에 가즈토는 없었다. 커피잔도 온기를 잃었다. 가즈토에게 달려가고 싶은 충동을 억누르느라 다리에 힘을 주고 버텼다.

정적을 끊어내듯 커피잔이 싱크대로 떨어졌다. 세차게 흐르는 물이 잔에 닿아 물방울이 사방으로 튀었다. 평상시에는 신경도 쓰지 않던 벽시계의 째깍거리는 소리가 귀에 들어왔다. 갑자기 뜨거운 눈물이 걷잡을 수 없이 흘러내려 힘을 잃고 그 자리에 주저앉았다.

처음으로 살아 있다는 사실이, 생명이 소중해졌다. 일분일초가 안타깝고 애달팠다.

너무 빨리 흘러가지 마. 조금만 더 이 세상에 있게 해줘.

그다음 주에 담당 의사와 상담했더니 추가 합격자 발표처럼 허락해 주었다. 처음에는 달가워하지 않다가 마쓰리가 계속 매달리자 마지못해 승낙한 것이다.

"그런데, 선생님… 더 나빠지지는 않았죠?"

"네, 그렇습니다. 이번 달도 이상 없군요."

"좋아지지는, 않았나요?"

약간 당황한 의사가 마쓰리의 얼굴을 보며 미안하다는 눈빛으로 대답했다.

"회복될 조짐은 안 보이네요. 그래도 현상을 잘 유지하고 있는 걸 보니 마쓰리 씨가 많이 노력하고 있다는 걸 알겠어요. 잠깐만 방심해도 단번에 나빠지거든요."

"…다이어트 같네요."

마쓰리가 농담하며 웃자 의사도 엷은 웃음을 지어 보였다.

진료가 끝나자마자 곧바로 가즈토에게 문자를 보냈다. 이어서 알림음이 울렸고, 가즈토의 환호성이 들릴 듯한 답장을 보며 마쓰리는 자기도 모르게 웃고 말았다.

살다 보면 확실한 행복을 마주하는 순간이 있다. 그런 기억이 언젠가 자신을 힘들게 할 양날의 검이라는 사실을, 마쓰리도 안다. 하지만 지금은 나중 일은 뒤로하고, 입안에 넣은 사탕을 굴릴 때처럼 가즈토가 주는 행복을 음미하고 싶었다.

생명이 사랑스럽고 시간이 애달파서 미칠 것 같다.

사랑하는 사람과 헤어지는 일이야말로 죽음이라 생각했다.

하지만 가여운 나 자신과 이별하는 일도 죽음이다.

이럴 줄 알았다면 나 자신을 좀 더 소중히 여길걸.

나를 가장 소중히 여길 수 있는 사람은 나밖에 없는데.

좀 더 일찍 이런 사실을 깨달았으면 좋았을 텐데.

16.

　새해가 밝은 지 얼마 안 돼 마쓰리와 가즈토는 스노보드를 타
러 갔다.

　친구에게 빌렸다는 사륜구동 차량에 보드와 신발을 실었다.
서투르다고 하면서도 마쓰리가 개인 보드를 갖고 있다는 사실
에 가즈토가 대단히 기뻐했다.

　지난주에 마쓰리는 아버지와 함께 스포츠 매장에 가서 보드
를 정비했다. 보드복도 새로 샀다. 등산이 취미고 겨울이면 어
릴 때부터 아이들을 데리고 스키며 보드를 타러 다녔던 아버지
는 마쓰리가 친구와 보드를 타러 간다고 하자 걱정스러운 표정
을 지으면서도 어쩐지 기뻐 보였다.

병에 걸리고 나서는 할 수 없는 일이 늘어났다. 등산도 그중 하나였는데 마쓰리는 일찌감치 단념했지만, 꽃 이름으로 딸들의 이름을 지을 만큼 활동적인 부모님은 내려놓지 못했나 보다. 자기 혼자만 포기하고 혼자만 참으면 되는 줄 알았는데, 가족들도 무언가를 포기하고 무언가를 참아왔음을 정성껏 보드를 손질하는 아버지를 보며 마쓰리는 그제야 깨달았다.

가즈토가 활주 자국을 남기며 유유히 미끄러져 내려갔다. 경지에 이른 듯한 매끈한 움직임을 넋을 잃고 보았다. 마쓰리는 가즈토를 따라가며 요란스레 넘어졌다가 재빨리 일어났다.

"괜찮아?"

"안 괜찮아!"

마쓰리가 짜증스레 외치자 아래쪽에 있던 가즈토가 장난스럽게 웃었다.

오랜만에 본 은백색 세상은 온갖 것들이 반사되어 반짝반짝 눈이 부셨다. 드넓은 하늘은 기막히게 쾌청했다. 정상까지 눈이 소복이 쌓인 산, 코안까지 얼어붙게 하는 차가운 공기, 온 세상을 비추는 희고 거대한 태양까지 전부 반가운 풍경이었다. 같은 흰색이라도 좁은 병실에 있을 때 비하면 마치 우주에 뛰어든 듯한 해방감이 충만했다.

제대로 착지를 못 하고 느리게 돌격해 온 마쓰리를 가즈토가 받아준 순간, 두 사람의 얼굴이 닿을락 말락 가까워졌다.

"너, 진짜 못 탄다."

"오랜만이라고 했잖아."

"초등학교 스키 교실에서도 심하게 넘어졌었지."

"자꾸 옛날 이야기 꺼낼 거야!"

새파란 하늘과 새하얀 태양, 눈과 가즈토. 그 풍경은 마치 완성된 행복의 결정체 같았다.

"가즈토, 너도 날 수 있어?"

리프트 위에서 점프대를 가리키며 물었다.

"당연하지. 나 하프파이프* 선수였어."

"하프파이프면 이런 거?"

마쓰리가 손을 진자처럼 왔다 갔다 해 보이자 가즈토가 끄덕끄덕했다.

"그걸로 선수를?"

"응. 한때는 올림픽에 나가볼까 했었어."

"천재는 인생이 우습구나….."

마쓰리가 아래에서 쏘아보자 가즈토는 "그러게." 대답하며 웃었다.

'가즈토는 스스로 길을 찾기만 하면 훨씬 더 높이 날 수 있을 텐데.'

---

* U자형 구조물 위에서 좌우를 오가며 점프하고 회전과 플립 등의 다양한 기술을 선보이는 프리 스타일 스키 종목 중 하나.

마쓰리는 가즈토를 보며 잠깐 그런 생각을 했다.

"그럼, 날아봐."

"어?"

"봐! 방금 저 사람처럼. 더 높이 날 수 있어?"

"이래 봬도 내가 엄청나거든?"

은백색에 비친 파란 하늘로 물든 가즈토가 자신만만하게 웃었다.

가즈토가 출발 위치에 서서 손을 흔들자 마쓰리도 점프대 위쪽을 향해 똑같이 손을 흔들었다.

마쓰리는 두 손으로 손 그늘을 만들고 민트 초코 같은 색 조합의 보드복이 활주해 오는 모습을 올려다보았다.

활주 자국 위로 눈가루가 흩날렸다. 여세를 몰아 가즈토의 몸이 공중에 날아오른 찰나, 마쓰리는 절로 감탄이 터져 나왔다.

시간이 천천히 흐르기 시작한 듯 슬로 모션으로 하늘에 녹아든 가즈토는 태양을 독차지하며 그 찬란한 빛 속에서 몇 번이고 회전했다.

중력에서 해방된 파란색 보드가 허공에서 춤을 췄다. 그 순간 새하얀 두 날개가 가즈토의 등을 뚫고 나와 드넓은 하늘에서 날갯짓하는 모습이 뚜렷이 보였다. 하늘을 날고 싶다던 어린 가즈토가 머릿속을 스쳐 갔다.

하늘로 올라가 온몸으로 빛을 받아내던 가즈토가 포물선을 그리며 다시 눈 위로 되돌아왔다.

"어때? 멋있었어?"

"응."

가즈토는 자기가 그렇게 물어놓고도 마쓰리가 고개를 끄덕이자 괜히 무안해했다. 마쓰리는 가즈토의 얼굴을 반달이 된 눈에 담았다.

두 사람은 눈 위에 앉아 하늘을 우러러보았다.

마쓰리는 오늘을 위해 유급 휴가를 받았다며 거짓말을 했다. 연말연시 성수기를 지난 평일의 스키장은 한산했다.

"하늘이 예쁘다."

"스키장에서 보는 하늘은 참 투명해."

맑디맑은 하늘을 올려다보며 숨을 깊이 들이마셨다. 공기에서도 명료한 맛이 났다.

"가즈토, 날았어. 초등학교 문집에 적었던 꿈을 이뤘네."

"우주 비행사는 못 됐지만."

가즈토는 손이 닿았던 하늘을 올려다보며 생각에 잠긴 듯이 말했다.

"넓은 하늘에 비하면 인간의 고민 따위는 아주 보잘것없다고들 하지만, 난 그렇게 생각 안 해. 대자연 속에 있을 때도, 하늘을 바라보고 있을 때도, 내 고민은 작아지지 않았어. 그래서 한번 날아보고 싶었어. 올려다보지 않고, 내가 그 속에 들어가면 뭔가 바뀌지 않을까, 꼬맹이 때부터 줄곧 그런 생각을 했었어."

"그 속에 들어가 보니 어땠어? 뭔가 바뀌었어?"

가즈토의 시선이 하늘에서 마쓰리에게로 옮겨왔다. 보드가 착지하듯 가즈토의 마음도 여기, 마쓰리가 있는 곳으로 돌아온 듯했다.

"…내가 깨달은 건, 뭘 하든, 어디에 있든, 고민은 작아지지 않을 뿐 아니라 아무리 하찮은 고민도 버릴 수 없다는 거였어. …난 뭐든지 진심으로 했어. 보드, 서핑, 육상, 테니스, 농구, 축구, 체조, 대학 연구까지. 매번 최선을 다하고 나서 느끼는 건 하나였어. 여기는 내가 있을 곳이 아니구나. 여기가 내 자리가 아니라는 사실만 절실히 깨달았어."

"…그래서 네 자리는 어딘데? 이제 찾았어?"

"응. 긴자에서 혼자 버려지고, 태어나서 처음으로 바보 소리를 듣고서야 겨우."

"바보에서 시작해 보는 것도 나쁘지 않을지 몰라. 천재야."

가즈토가 웃었다. 더는 방황하지 않겠다는 의지가 담긴 미소였다.

야간에도 보드를 탈 예정이었는데 저녁때부터 눈발이 거세지고 리프트가 일찍 멈추는 바람에 두 사람은 돌아갈 채비를 시작했다. 탈의실을 나와 로비로 갔더니 후드 점퍼에 헐렁한 청바지를 입은 가즈토가 걱정스러운 표정으로 로비에 있던 구형 텔레비전을 보고 있었다.

"무슨 일 있어?"

마쓰리가 말을 걸자 가즈토는 조건 반사처럼 웃었지만, 곧장 텔레비전을 가리키며 긴장된 목소리로 대답했다.

"큰일이네. 통행 금지래."

"뭐?"

"돌아갈 길이 없어졌어."

가즈토는 너무 심각해지지 않으려고 대수롭지 않다는 투로 말했지만, 서로 얼굴이 마주치자 '어쩌지?' 하는 당혹감밖에 생기지 않았다.

리프트가 멈추면서 슬로프 조명도 꺼졌다. 물품 보관함이 일렬로 늘어선 라커룸도 어느덧 인기척이 사라졌다. 가즈토가 일단 라커룸 주인에게 교통 정보를 물어봤지만, 주인 입에서도 텔레비전과 똑같은 말밖에 나오지 않았다. 주인은 차라리 호텔을 알아보는 편이 낫지 않겠냐고 했다. 가즈토는 근처 호텔을 알아볼 테니 여기에서 기다리라고 했지만, 라커룸 주인이 빨리 문을 닫고 싶어 하는 기색이 고스란히 느껴져 마쓰리는 같이 가겠다며 버텼다.

"안 돼. 밖에 눈보라가 엄청나."

"괜찮아. 갈래."

"안 된다니까."

가즈토는 진지한 얼굴로 단호하게 말했다. 그렇지만 마쓰리의 불편한 마음도 모르지 않았는지 고개를 떨군 마쓰리의 짐을 받아 들며 타이르듯 말했다.

"그럼 우선 차 안에서 기다려줄래?"

마쓰리는 얼굴을 들고 그제야 살았다는 듯 고개를 끄덕끄덕했다.

가즈토는 마쓰리의 짐까지 어깨에 둘러메고 눈보라 속을 걸어 주차장으로 향했고, 마쓰리도 그 뒤를 따라갔다. 얼굴을 도려낼 듯한 차가운 눈을 맞고 있자니 점점 더 불안해졌다. 가즈토는 마쓰리를 차에 태우고 히터를 최대한 올리더니 또다시 휘몰아치는 눈보라 속으로 달려갔다.

마쓰리는 자꾸자꾸 하얘지는 자동차 앞 유리를 멀거니 바라보며 이다음 일을 생각했다. 아무래도 돌아갈 방법은 없는 듯싶다. 호텔에 빈방이 있는지 알아본다고 했는데, 설마 둘이 한방을 쓰는 건 아니겠지.

"우선 전화부터 하자."

제멋대로 날뛰는 망상에서 벗어나고자 휴대폰을 꺼내 집에 전화를 걸었다. 어머니는 마쓰리의 몸 상태를 걱정하면서도 날씨 탓이니 도리가 없다며 이해해 주었다.

"아무 데서나 자지 말고 제대로 된 호텔에서 자. 몸이 얼면 안 되니까. 약은 갖고 있지? 사나에와 함께라니 걱정은 안 하는데, 그래도 조심하고."

친구와 같이 간다고만 했다. '친구'라고 하면 어머니가 무조건 사나에를 떠올리리라는 사실을 알면서도 마쓰리는 그렇게 말했다.

'엄마, 미안해.'

마쓰리는 마음속으로 사죄하며 전화를 끊었다.

가즈토는 친구지만 이성이고 마쓰리는 가즈토를 좋아한다. 그럼 가즈토는? 첫사랑이 아니라 지금 여기 함께 있는 마쓰리를 어떻게 생각할까.

휴대폰을 만지작거리며 가만히 앉아 있자니 차 문이 벌컥 열렸다. 운전석으로 강풍이 들이닥쳐 차 안 실내 온도가 단번에 내려갔다.

"와, 진짜 장난 아냐!"

가즈토가 바람을 맞받으며 눈을 털고 문을 닫자 냉기는 히터가 내뿜는 열기 속으로 녹아들었다. 곡성처럼 들렸던 바람 소리가 잦아들며 창밖으로 멀어졌다. 가즈토는 까만색 니트 모자에 쌓인 눈을 털며 "눈이 장난 아냐, 바람이 장난 아냐."라는 말만 되풀이했다.

"호텔은 단체 손님이 있어서 만실이래. 여기저기 알아봤지만 전부 다 찼어."

"어쩌지."

"스키장 아저씨한테 물어보러 갔는데, 이미 문도 다 닫았고, 아무도 없었어."

"그래….."

"어떻게 할까?"

가즈토가 모자를 고쳐 썼다. 마쓰리는 휴대폰을 꼭 거머쥐었다. 차 안에 중저음의 바람 소리가 울렸다.

"내가 덮칠까 봐 긴장돼?"

갑자기 조수석으로 얼굴을 들이미는 가즈토의 입가에 야릇한 미소가 번졌다. 긴장했던 몸에서 뼈가 삐걱거리는 소리가 나자 마쓰리는 황급히 두 손을 휘저었다. 그러면서도 마쓰리는 창문 쪽으로 몸을 바짝 붙여 앉았고, 그걸 본 가즈토가 폭소를 터뜨렸다.

"진짜 다 보인다니까, 넌."

"아냐! 난, 그냥, 아무것도⋯."

"그럼, 덮쳐도 돼?"

"헉!"

이번에도 뼈에서 소리가 났다. 가즈토는 긴장한 마쓰리의 모습을 부드러운 눈빛으로 바라보았다.

"오늘은 화해하려고 만났으니까. 또 미움받을 짓은 안 해."

"네 눈에는 내가 아직도 초등학생으로 보여? 난 그런 일로 미워하거나 겁먹지 않아. 나, 어린애 아냐."

최대한 센 척하며 웃어넘기려고 했는데, 그 순간 가즈토의 손이 조수석 쪽 창문을 탁, 짚더니 얼굴을 맞부닥뜨릴 만큼 마쓰리에게로 가까이 다가왔다. 충격을 피하려고 무의식적으로 눈을 꼭 감았다. 몸속 혈액이 확 끓어오른 듯 마쓰리는 몸이 뜨거워지고 심장 박동도 빨라졌다.

"안 해, 아무것도."

"아….."

"안 해. 네 마음을 듣기 전까지는."

가즈토는 살짝 코끝만 맞대고는 바로 몸을 떨어뜨렸다. 마쓰리가 가만히 눈을 뜨자 운전석에 앉은 가즈토가 특유의 애교 넘치는 얼굴로 히죽거리고 있었다.

"화해하자며! 이상한 짓 하지 마."

"다 큰 어른이 겨우 키스 정도로 야단법석이라니."

"나는 좋아하는 사람 아니면 안 해!"

"내가 싫어?"

마쓰리는 말문이 턱 막혔다. 가즈토의 눈빛은 진심이라기보다 끙끙대는 강아지의 그것 같았다.

"그런 얼굴은 반칙이야!"

손가락으로 가즈토의 이마에 딱밤을 때렸다.

"아파!"

"아프라고 때린 거야."

차 안에 웃음소리가 흘렀다.

좋아하는 마음을 멈출 수 없다. 가즈토를 좋아하는 마음이 몸속에 뿌리를 내리고, 아무리 발버둥 쳐도 거역할 수 없을 만큼 자라나 버렸다. 가즈토가 좋았다. 어떻게 해야 할지 모를 정도로. 단념하기를 단념할 정도로.

"왜 그렇게 봐?"

"좋아하는 것 같아서."

"뭘?"

"너를 좋아하는 것 같다고."

시선이 맞부딪치자 가즈토가 당황했는지 눈을 동그랗게 떴다가 이윽고 당혹감과 충격과 놀라움과 기쁨과 흥분이 전부 뒤섞인 듯한 얼굴을 내밀며 부르짖듯이 물었다.

"내가 좋다고?!"

"응."

"정말? 이런 장난은 절대로 용서 안 한다?"

"장난삼아 키스도 못 하니까 장난으로 고백도 안 해."

"나도 좋아해. 네가 좋아."

"초등학생 때가 아니라?"

"지금 여기 있는, 마쓰리 네가 좋아."

가즈토가 조심스레 손을 뻗어왔다. 기다란 손가락이 마쓰리의 머리를 안으며 목덜미를 끌어당겼다. 마쓰리는 가즈토의 가슴에 얼굴을 갖다 댔다. 두 좌석 사이가 거치적거렸는지 가즈토가 조수석에 올라타더니 마쓰리를 안아 올려 제 무릎에 앉혔다.

오랜만에 안긴 다른 사람의 품은 포근하고 편안했다. 몸은 말랐지만, 힘은 센 가즈토가 마쓰리의 목덜미를 힘껏 빨아들이자 마쓰리는 그의 냄새에 온몸이 평온함으로 가득해졌다.

"더 일찍 말할걸."

"그랬으면 도망갔을지도 몰라."

"그래? 다행이다."

가즈토는 뺨을 갖다 대며 천진하게 말했다. 마쓰리는 그의 무릎 위에 앉아 한 번 더 시선을 정면으로 받으며 가즈토의 목덜미를 두 팔로 안았다.

"도망가지 마."

"도망 안 가."

"첫사랑은 안 이뤄진다더니. 이뤄졌다."

"천재에겐 불가능이란 없나 봐?"

마쓰리의 얼굴에 미소가 피어오르자 가즈토는 수줍게 웃으며 입술을 포갰다. 짧은 키스를 반복하다 세게 끌어당겨 안으며 깊고 강하게 입술을 빨아들였다.

가즈토의 체온이 여과 없이 전달되어 마쓰리의 이성이 위태로운 외줄타기를 했다. 마쓰리는 달콤하고 진한 키스를 주고받다가 가즈토의 손이 옷 안으로 미끄러져 들어온 순간 스리슬쩍 그 손을 피한 자신이 우스웠다.

"안 돼?"

"안 돼."

"하고 싶어."

"지금은 안 돼."

"그럼, 언제 되는데?"

"그렇게 재촉하지 마."

"어떻게 재촉을 안 해? 계속 기다렸는데."

마쓰리의 목덜미에 얼굴을 묻은 채 가즈토가 응석을 부리듯 매달렸다. 마쓰리는 가즈토의 머리를 다정하게 어루만지며 그의 목에 키스했다.

"사랑해, 마쓰리."

"응….."

"계속 좋아했어, 너를. 반창회 때 만나고 다시 너를 좋아하게 됐어."

"응, 고마워…."

가즈토는 계속 속삭였다. 내내 참았던 만큼 감정을 억누르지 못했다.

"정말… 정말 네가 좋아."

"알아, 안다니까."

"진짜 하늘을 날게 되면, 너도 데리고 갈게."

"응….."

가즈토가 문득 고개를 들었다. 목덜미에 떨어진 물방울을 알아차렸을까. 눈물이 마쓰리의 볼을 타고 흘러내렸다.

"왜 울어?"

"…그게."

"슬퍼?"

가즈토가 손끝으로 눈물을 닦아주자 마쓰리는 엷은 미소를 지었다.

"바보… 기뻐서 울어본 적 없어?"

"…없어."

"너 진짜 천재 맞아?"

"네 앞에서는 난 그냥 바보잖아…."

다시 한번 깊게 입술을 포갰다. 끝이 없던 마음이 이윽고 겹친 듯했다.

마쓰리는 시트를 젖히고 잠든 가즈토를 내려다보며 몸을 일으켰다. 몸을 떨어뜨리자 히터가 꺼진 차 안이 조금 추웠다. 보드복이며 수건과 코트를 있는 대로 꺼내 덮고서 가즈토와 꼭 껴안고 잠이 들었다.

바깥 상황이 궁금했지만, 눈이 창문을 덮고 있어 아무것도 보이지 않았다. 어느덧 손목시계는 새벽 4시를 가리키고 있었다.

마쓰리는 발밑에 뒀던 파우치에서 약통을 꺼냈다. 대시 보드에서 초콜릿을 꺼내 한 알 먹었다. 손바닥 위에 수북이 쌓인 약을 조금 남겨뒀던 차와 함께 입안으로 흘려 넣었다. 이런 모습을 보이고 싶지 않아서 가즈토가 잘 때까지 기다렸다.

방금까지 들뜬 얼굴로 목소리를 자아내던 가즈토는 편안한 숨소리를 내며 자고 있다. 가즈토의 평온한 얼굴이 마쓰리의 마음을 강하게 압박했다.

언제 말을 꺼내면 좋을까, 솔직히 털어놓은 다음에 시작해야 했던 게 아닐까, 정답을 모르겠다. 가즈토는 본가로 돌아오기로 결심했다. 가즈토는 결정을 내렸는데, 정작 가즈토를 부추겼던 자신은 여전히 망설인다는 사실이 떳떳하지 못했다.

"…마쓰리…."

"아, 미안, 나 때문에 깼어?"

"추워…."

"아, 미안해."

마쓰리가 옆에 가서 눕자 가즈토는 이불을 끌어당기듯 마쓰리를 끌어안고 다시 잠이 들었다. 마쓰리는 밤이 새도록 잠든 연인의 얼굴을 물끄러미 바라보았다.

가즈토가 좋다.

하지만 이걸로 끝은 아니다. 물론 끝낼 수는 있겠지만.

이제 막 시작했을 뿐인데.

17.

그해 봄에 가즈토는 도쿄에 있는 본가로 돌아왔다.

지금껏 도망만 다니던 장남을 반갑게 맞아주는 사람은 하나
도 없었지만, 가즈토는 방황했던 시간을 되찾으려는 듯 죽을힘
을 다해 수련에 임했다. 가즈토가 도쿄로 돌아와 물리적인 거
리는 가까워졌어도 이전처럼 시간을 낼 수 없게 된 탓에 만나는
횟수는 거기서 거기였다.

그래도 마쓰리는 만족스러웠다. 가즈토는 만날 때마다 생기
가 넘쳤고, 등이 조금씩 꼿꼿해지고 조금씩 더 듬직해졌다.

"오늘도 수고했어."

짠, 하고 잔을 부딪쳤다.

오늘 데이트 장소는 오다이바에 있는 퓨전 술집이다. 술을 한 모금 들이켜고 나자 가즈토가 여기 들어오기 전까지 했던 이야기로 말머리를 돌렸다.

"만화가 입상하면 좋겠다."

"그러면 꿈꾸던 인세 받는 인생!"

"혼자 김칫국부터 마시지 말고. 그래도 고생했어. 대단하다, 정말."

가즈토가 머리를 쓰다듬자 마쓰리 마음속 성취감이 한결 고조되었다.

"너도 잘됐어. 수련받을 수 있게 돼서."

"응. 완전 기초부터지만. 다실에 들어갈 수 있게 허락해 줘서 다행이지. 오늘 오랜만에 다기를 만졌는데 신기하게도 마음이 편안해지더라. 꽉 막혔던 가슴이 뚫리는 기분이랄까… 뭔가, 힘내자는 마음이 생기더라고."

"잘했어, 우리 힘내자."

마쓰리가 머리를 쓰다듬어주자 가즈토는 수줍게 얼굴을 붉혔다. 구불구불했던 갈색 머리카락은 짧게 잘라 검은색으로 염색했다.

두 사람은 근황을 이야기하며 음식을 먹었다.

"마쓰리, 더 안 먹어?"

"아, 응. 배불러."

"넌 양이 적구나. 어딜 가든 많이 안 먹네. 혹시 편식하는 거야? 아니면 내가 고른 가게들이 맛이 없어?"

"아냐. 못 먹는 음식은 거의 없어. 다이어트해야지."

"뭐? 지금도 말랐잖아!"

"방심하면 금방 쪄!"

"어디가?"

"엉큼한 소리 할 거야?"

마쓰리가 이마를 톡, 때리자 가즈토가 얼굴을 찡그렸다.

소식도 편식도 하지 않는다. 단지 술집에서 나오는 음식을 먹을 수 없을 뿐이다. 가즈토가 눈치채지 못하도록 연기하면서 의사에게 들은 주의 사항을 성실히 지키고 있다.

자연스럽지 못한 건 언젠가 한계에 이르기 마련이다. 옆에서 보면 잘 어울리는 커플로 보일지도 모른다. 하지만 아직 키스 단계에 멈춰 있다. 부드럽게 거절하기도 한두 번이지, 한계가 있다. 그러다 보면 가즈토도 의아해하지 않을까.

그때 가서 이상한 오해를 받고 싶지는 않다. 무엇보다 가즈토에게 상처를 주고 싶지 않다. 그런데도 진실은 목구멍에 걸린 채 나오지 않았다. 마쓰리는 떳떳하지 못한 자신에게 짓눌려 질식하기 일보 직전이었다.

가게를 나와 손깍지를 끼며 가즈토가 마쓰리의 귀에 입을 가까이 갖다 댔다.

"마쓰리, 오늘은?"

"뭐?"

"부모님이 엄하신 거 아니까. 너무 늦지 않게 데려다줄게."

마쓰리가 당황하자 가즈토는 결심한 듯 마주 잡은 손에 힘을 주었다.

"호텔 예약했어."

"아… 그건…."

"저 호텔. 예약했어."

"아, 이런… 엄청난 일을 저질렀네."

"내가 억지로 밀어붙이는 건가 싶은데, 넌 계속 얼버무리잖아. 싫으면 이유를 말해주면 좋겠어. 벌써 반년 가까이 방치하고 있잖아… 아, 저질스럽게 말해서 미안…, 그렇지만."

"…미안해…."

"왜 사과를 해! 하아, 내가 잘못했어. 관두자."

마쓰리가 고개를 떨구자 가즈토는 가만히 손을 놓았다.

"미안. …그만 가자. 아니다, 조금만… 더 같이 있자."

가즈토가 호텔 반대 방향으로 걸음을 옮기려 하자 마쓰리가 가즈토의 손을 잡아당겼다. 여전히 망설였지만, 잡은 손을 놓고 싶지 않았다.

"가자…."

"뭐? 아냐, 됐어! 미안, 내가…."

"여기까지 왔는데. 방도 보고 싶고, 가자. 응?"

마쓰리는 없는 용기를 짜내어 말하며 가즈토의 손을 세게 잡아끌었다.

가즈토가 예약한 방은 로열 블루를 바탕으로 한, 시크하고 차분한 분위기의 더블 룸이었다. 바닷가 쪽 창문으로 베이 브리지와 빛나는 야경이 눈에 들어왔다. 발코니로 나오자 6월의 바람이 머리카락을 부드럽게 만져주었다.

"예쁘다."

마쓰리가 뒤로 돌아보자 가즈토가 창가에 몸을 기댄 채 난처한 얼굴로 고개를 끄덕였다. 억지로 데려온 건 마쓰리 쪽인데 가즈토가 나쁜 짓을 한 얼굴을 하고 있었다.

대학 때는 동갑내기 남자와 사귀었는데 둘 다 돈이 없어서 호텔이라고 해봐야 싸구려 러브호텔이 고작이었고, 그것도 아니면 남자의 자취방에서 사랑을 나누었다. 그랬는데 베이 브리지가 보이는 방이라니, 마쓰리는 살며시 어깨를 움츠렸다. 눈앞에 펼쳐진 한 폭의 그림 같은 야경을 보고도 온전히 기뻐할 수 없다는 사실이 씁쓸했다.

"마쓰리, 안 되겠다. 집에 가자. 부모님이 걱정하시잖아."

"응…."

가즈토의 목소리에서 달아나듯 마쓰리는 방으로 들어와 소파에 걸터앉았다. 폭신폭신하고 감촉이 좋은 소파였다.

"난 슬슬 찾아뵙고 인사드리고 싶은데, 마쓰리는 어때? 몰래 만나는 것 같아서 싫기도 하고, 어린애도 아닌데 교제하는 정도는 괜찮잖아? 정식으로 인사드리고 나면 부모님도 안심하실 것 같은데."

"그렇지…."

"내가 맘에 안 드실까?"

그 말에 눈동자를 부풀렸다. 위에서 가즈토가 가볍게 키스하자 마쓰리는 목이 찡했다. 재빨리 목구멍에 걸린 눈물을 숨과 함께 삼켰다.

"진지하게 만나고 싶어. 넌 그런 거 싫어?"

"아니… 그게 아니라…."

"그럼?"

"미안해… 미아…."

마쓰리는 미끄러지듯 내려앉아 가즈토에게 매달렸다.

"마쓰리?"

"…거짓말이야. 집이 엄하고 아빠가 간섭이 심하다고 했던 거, 그게 아니라… 걱정은 하겠지만, 그런 게 아니고…."

"…그래…."

"미안해…."

"거짓말은 별로 안 좋아하는데. 그래도 사정이 있는 거지? 말해줄래?"

가즈토의 목소리에는 나무라는 기색이 묻어나지 않았다. 잡고 있던 가즈토의 셔츠를 더 세게 움켜잡았다. 하지만 아직 진실을 말하기에는 용기도 각오도 충분하지 않았다.

"도쿄로 오고 나서 크게 아팠어…. 그래서 수술 흉터가 남았는데. 그걸 보여주기 싫었어…."

준비했던 거짓말을 입 밖으로 내자 거짓말이 또 하나 늘었다. 마쓰리는 그런 자신에게 지독하게 절망하며 셔츠 단추를 풀기 시작했다.

이 거짓말을 뭉개버리더라도 또 다른 거짓말로 진실을 감춰야 할지도 모른다. 그렇게 마지막의 마지막까지 진실을 숨기고 숨기면, 두 사람의 마음은 어디에 다다르게 될까.

"미안해, 아무것도 몰라서."

"말 안 한 내 잘못이야."

"이제 다 나았어?"

"…응."

"그럼, 다행이다…. 작년에 바다에 가자고 했을 때도?"

"수영복을 입고 싶지 않았어. 미안."

"아냐, 이제 사과 그만해."

가즈토는 마쓰리를 꽉 끌어안더니 그대로 안아 올렸다. 침대 위에서 뜨거운 시선을 퍼부으며 부드럽게 키스했다. 희미한 불빛만 남겨둔 채 두 사람은 서로를 껴안았다.

마쓰리는 예상보다 훨씬 더 다부진 가즈토의 품에 안겨 온몸으로 자신이 살아 있음을 느끼고 있었다. 시한부 선고를 받고 나서 이토록 강하게 살아 있다는 느낌을 받아본 적이 없었다.

살아 있는 이 순간이 더할 나위 없이 사랑스럽고 소중했다.

마쓰리의 가슴속에 살아 있다는 기쁨과 죽음의 공포를 확실하게 심어주는 순간이었다. 죽고 싶지 않다. 오직 그것만은 바라지 않겠다고 애쓰며 살아왔는데.

　한밤중에 눈을 뜬 마쓰리는 가즈토의 팔을 풀고 조용히 침대 밖으로 나왔다. 가방에서 파우치를 꺼낸 다음 그대로 욕실로 들어갔다. 약을 먹고 나니 파우치 속에 두었던 휴대폰이 빛을 내뿜는 게 보였다.

　부재중 전화 다섯 통. 문자가 세 건. 부재중 전화 네 통은 집에서, 나머지 한 통과 문자는 전부 사나에에게서 온 것이었다.

　'어디야? 어머니한테서 전화 왔었어. 괜찮아? 요즘 좀 수상해 보여서 대충 둘러대긴 했는데. 네가 그렇게 쉽게 쓰러지지 않을 거라는 건 알지만, 몇 시든 괜찮으니까 전화해.'

　사나에의 문자를 확인한 마쓰리는 시계를 보지도 않고 통화 버튼을 눌렀다. 욕조 가장자리에 걸터앉아 전화가 연결되기를 기다렸다. 신호음이 한 번 끝나기도 전에 사나에의 목소리가 날아들었다.

　"여보세요, 마쓰리! 너 지금 어디야? 괜찮아?!"

　"응… 미안."

　"정말 괜찮은 거 맞지? 병원에 있는 건 아니지?"

　"아냐, 지금 오다이바야. 멀쩡한 호텔에."

　"그래… 다행이네… 어머니께는 쓰키노 집에서 잔다고, 나도 지금 간다고 말해뒀어…. 그렇지만 네가 어디서 쓰러지기라도 하면 나 때문이니까…."

마쓰리는 수화기 너머에서 곧 울음을 터뜨릴 듯한 사나에의 목소리에 귀를 기울이며 달래듯이 말했다.

"정말로 미안해. 난 괜찮은데⋯ 너를 이용해서 미안해. 엄마는 내가 친구 만나러 간다고 하면 무조건 너라고 생각해서⋯ 그래서 그걸 이용했어."

"아냐, 괜찮아. 진짜 괜찮아. 나도 남자 친구랑 사귀기 시작했을 때 너한테 알리바이 부탁하고 그랬잖아. 정말 괜찮아, 네가 건강하면 다 괜찮아!"

"건강해⋯. 지금, 사랑하는 사람이랑 같이 있어."

"진짜? ⋯너 뭐야, 나한테 한마디도 안 해주고! 사귀는 사람이 생겼으면 말을 해야지!"

"그래."

"⋯마쓰리?"

"⋯."

"너, 울어⋯?"

"울긴⋯."

"무슨 일인데? 뭐가 잘 안돼?"

"⋯아냐. 그게, 게⋯ 아니라⋯."

"왜 그래? 어디 아픈 거 아냐? 남자 친구한테는 제대로 얘기했지? 너무 무리하면 안 돼. 똑같은 말 여러 번 해서 미안하지만, 네가 아픈 건 싫어. 이벤트 같이 못 가면 내가 외롭잖아. 마쓰리, 괜찮지?"

"난 괜찮아… 진짜 괜찮아…. 걱정하지 마, 입원이라면 치가 떨리니까."

"정말이지?"

새하얀 도자기 욕조 끝에 한쪽 무릎을 세우고 앉아 그 위에 턱을 올렸다. 목소리가 울려 가즈토가 깨지는 않을까 걱정됐다.

"이벤트 같이 가야지… 만화도 열심히 그리고. 너를 위해 새로운 의상도 만드는 중이야."

"기대된다."

"…사나에…."

"응?"

"…고마워."

"어? 뭐야, 너 갑자기 왜 그래!"

"나랑 친구 해줘서, 고마워."

"…."

"계속 내 친구로 있어 줘. 죽을 때까지 친구로 있어 줘."

"바보. 우린 평생 친구잖아! 할머니가 되면 할머니 코스프레 하면 되고! 우린 평생 함께할 거야."

"사나에, 내가 좋아하는 거 알지?"

"나도 네가 좋아. 내 파트너는 너뿐이니까! 돌아오면 남자 친구 얘기 꼭 해줘. 만화 원고 들고 놀러 갈게."

"케이크 먹고 싶은데…."

"알았어, 알았어. 네가 좋아하는 거 사서 갈게."

"이기적이어서 미안해."

"이런 건 이기적인 축에도 안 들어! 그러니까 언제든지 편하게 부탁해! 그만 전화 끊자. 남자 친구 기다리잖아. 잘 자."

"…잘 자."

"…마쓰리."

"응?"

"친구 사이라고 억지로 전부 말할 필요는 없어. 그렇지만, 정말로 힘들다 싶으면 와. 남자 친구도, 부모님도, 너 스스로조차 해결 못 하겠으면 나한테 와. 알았지?"

"……."

"혼자서 감당하는 게 다 좋은 건 아냐. 넌 넘치게 노력하고 있잖아. 그러니까 가슴 펴고 자신감을 가져. 축제의 마쓰리라고 하지만, 넌 재스민의 마쓰리니까, 억지로 분위기 메이커를 자처하지 않아도 돼. 남들을 기쁘게 해주려고 노력할 거 없어. 제멋대로 굴어도 돼. 그래서 너한테 등을 돌리는 남자라면 뻥 차버려. 알았지? 혼자 끌어안고 끙끙대지 마, 마쓰리."

"…고마워. 넌 정말 좋은 친구야, 사나에."

전화를 끊고 마쓰리는 무릎에 얼굴을 묻고 소리 없이 흐느껴 울었다. 오늘 밤은 모든 것이 사랑스럽다. 잃고 싶지 않은 것들이 곁에 있었다는 사실을 깨닫자 가슴이 터질 듯했다.

오래오래 살고 싶다. 마쓰리는 빈 욕조 안에서 무릎을 껴안은 채 하염없이 울고 또 울었다.

사랑하는 게 숨통이 막힐 듯 괴롭다.

무겁고 깊어서 푹 빠져버린다.

그때는 혼자 가라앉아야지.

가즈토에게 손을 뻗지 않도록 마음을 굳게 먹어야지.

이제 슬슬….

죽을 준비를 시작해야지.

18.

약속대로 사나에는 마쓰리가 좋아하는 케이크를 잔뜩 사 들고 찾아왔다.

"흐음. 초등학교 동창이라. 좋다, 반창회에서 다시 만나 불타오른 사랑."

몽블랑을 입에 넣으며 사나에가 놀리는 투로 말했다.

"그렇지만 장거리 연애를 하고 있었을 줄이야. 몰랐어… 전혀 눈치채지 못했어."

"말 안 해서 미안. 매번 원고 때문에 정신도 없었고."

"맞다, 오리지널 만화 출품했지? 언제 발표야?"

"연말이었나? 그런데 또 다른 것도 그려보려고."

"이야. 열심이네. 너라면 만화가가 될 수 있을 거야. 코미디도 재밌고, 진지한 만화도 재밌으니까, 순정 만화든 소년 만화든 틀림없이 호평을 받을 거야."

"네가 그렇게 말하니까, 힘이 막 난다."

"그래? 그렇지만 프로의 세계는 진짜 냉혹하더라. 내가 최근에 소설 삽화 그리는 일 시작했잖아. 이것저것 요구하는 게 많아서 얼마나 짜증이 나는지. 어휴, 밥벌이하기 힘들다."

"그러게. 그걸 이제야 깨달은 우리도 참 걱정이다."

두 사람은 어이없다는 듯 서로의 얼굴을 보며 웃음을 터뜨렸다. 홍차를 다시 끓이던 마쓰리는 문득 자신에게로 향한 시선이 느껴져 얼굴을 들었다. 사나에가 빤히 쳐다보고 있었다.

"왜에?"

"마쓰리, 뭔가 달라졌어."

"응? 어디가? 혹시 살쪘어?!"

"아니. 뭐랄까, 여자 검객이 갑옷을 벗은 느낌?"

사나에는 의기양양하게 말했지만, 마쓰리는 도무지 감이 오지 않았다. 이맛살을 찌푸리며 사나에의 말뜻을 생각하고 있는데, 사나에가 다시 말을 이었다.

"사랑에 빠진 얼굴이라고."

분명한 어조로 말하자 민망해서 아무 대답도 할 수 없었다.

"마쓰리. 가즈토 씨와 결혼할 생각이야?"

"…글쎄? 가즈토는 종가의 당주가 될 사람이라서 평범한 나와는 안 어울리지 않을까?"

"차의 세계는 만화에서만 봐서 잘 모르지만, 많이 엄격해? 차라리 너도 배우러 가지 그래? 수강생도 받지?"

"응, 잘은 모르겠지만…."

마쓰리는 애매모호하게 얼버무렸다. 스파이 짓을 하고 왔다고는 차마 말할 수 없었다.

"얼마 전부터 생각한 건데, 너 결혼할 때, 내가 드레스 만들어주면 안 돼? 그리고 내 결혼식 때는 네가 드레스 만들어줬으면 좋겠어. 왜, 접때 만들었던 티샤 웨딩드레스, 그거 진짜 완벽했잖아."

지난번 이벤트에서 입은 그 의상이 엄청난 호평을 받으면서 이전부터 사나에를 특집으로 내세우고 있던 코스프레 잡지의 표지까지 장식하게 되어 조만간 다 같이 모여 축하 자리를 마련하기로 했다.

"그래? 하긴, 잡지 표지에 실렸을 때는 나도 깜짝 놀랐어. 너 진짜 연예인 같았어."

"내가 아니라 옷이 주인공이었어. 네가 만든 드레스! 그러니까 네가 대단한 거야! 마쓰리, 만들어줄 거지? 응? 내 드레스!"

"뭐… 그런데 웬 결혼… 너 혹시, 프러포즈 받았어?"

사나에는 방 안에 흐르는 최신 음악에 귀를 기울이며 몽블랑의 밤을 콕 찍어 입에 넣었다.

"응. 결혼하려고. 나도 하고 싶었는데, 남자 친구가 먼저 말을 꺼내더라고. 덕질도 뭐라고 안 하고, 내 그림도 인정해 주고, 이 사람밖에 없겠다 싶어…."

"그렇구나. 축하해!"

"그 사람이 그랬어. 지금이 즐거우면 그만이라는 말은 하지 말라고. 물론 즐겁게 사는 게 좋고, 즐거운 일을 하는 건 찬성이지만, 지금이 즐거우면 그만이라는 그 말은 싫대."

"그래서 삽화 일도 시작한 거야?"

"응. 쓰키노가 이대로 프로가 되는 길도 있다고 하던데, 속박… 같은 걸 겪어보지 않아서, 좀 무섭고, 그래서 우선 삽화부터 해보기로 했어. 그런데 절대로 쉬운 일이 아니더라고…. 그렇지만 미래가 조금씩 보이기 시작했어."

"그랬구나."

"좋아하는 만화 그리고 코스프레하면서 '와아!, 신난다!' 하는 생활이 정말 좋아. 하지만 계속 '와아! 와아!'만 외쳐서는 안 된다는 생각을 내내 했었어. 남자 친구가 정곡을 찌른 거지. 그래도 그게 방아쇠가 돼서 시작하길 잘한 거 같아. 걸음을 뗀 나 자신에게 조금 안심했달까."

"사나에 넌 조금씩 네 길을 개척해 나가기 시작했구나. 대단하다…."

"누가 길을 열어주는 건 아니라는 거. 나이 먹고 그거 하나는 확실히 깨달았어."

사나에는 쑥스럽게 웃으며 말을 마치고는 남은 몽블랑을 깨끗이 먹어 치웠다. 마쓰리도 티라미수를 입으로 가져갔다. 달콤하면서도 쌉쌀한 맛이 몸 안에 퍼져나가는 듯했다.

7월 7일 칠석날 저녁, 두 사람은 오다이바의 호텔에 있었다. 저녁에만 시간이 난다는 가즈토를 위해 이번에는 마쓰리가 예약을 잡았다.

"생일 축하해."

"고마워."

테이블 위에 가득 놓인 음식과 케이크는 마쓰리가 집에서 직접 만들어온 것들이다. 낮에 미리 사놨던 와인을 따서 건배하자 가즈토가 함박웃음을 머금었다.

"약속, 지켰다."

마쓰리가 가즈토의 잔에 와인을 채우며 중얼거렸다.

"약속? 무슨 약속?"

"작년 내 생일날, 전화했었잖아. 그때 내년 네 생일에는 내가 꼭 축하한다고 말해주겠다고 했었어."

"아아. 생각났다. 그때 긴장돼 죽는 줄 알았어."

싱싱한 빨간색 토마토와 새하얀 모차렐라 치즈로 만든 카프레제 샐러드를 집어 먹으며 가즈토가 쓴웃음을 지었다.

"언니…가 기쿄 씨 맞지? 기쿄 씨와 미유키가 슈퍼에서 이야기하는 모습을 우연히 봤거든. 그때는 너를 포기할 생각이었어. 문자를 해도 답도 없고, 전화도 안 받고 씹으니까, 아, 역시 도쿄에 남자 친구가 있구나 싶었지."

"미안."

마쓰리가 몸을 움츠리자 가즈토가 비프스튜에 손을 뻗으며 말을 이었다.

"슈퍼에서 마쓰리 언니가 나오길 기다렸다가… 아, 진짜 스토커 같네…. 아무튼 그 이후로 네가 어떻게 지내는지 물어보면서, 이번에 도쿄에 가는데 연락해 보고 싶다고 했더니, 번호를 알려줬어."

"우리 언니는 의심을 모르거든. 거기다, 넌 나쁜 남자로 보이지 않으니까. 전혀 해를 안 끼칠 것 같은 느낌이잖아."

"그거 칭찬이야?"

가즈토가 인정 못 한다는 얼굴로 손을 잡고 손깍지를 끼자 마쓰리는 고개를 끄덕였다.

"칭찬이지. 내 이상형이거든. 로스트비프도 먹어봐. 엄청, 정성을 들여서 만들었어."

"마쓰리, 너 요리 잘한다."

"언니가 잘해서 옆에서 배웠어. 언니는 머리가 좋아서 한번 만들면 다 기억하니까, 요리책이랑 레시피 노트도 전부 놔두고 갔거든. 난 그걸 보고 따라 만들었을 뿐이야."

"맛있어."

"정말? 그렇지만 역시 언니가 만든 게 훨씬 더 맛있었어. 언니한테 좀 제대로…."

"네가 만든 게 더 맛있어."

가즈토가 말을 잘랐다. 눈이 마주치자 무해한 미소를 지어 보였다. 마쓰리는 그 미소에 답하듯 눈웃음을 활짝 지었다.

기쿄보다 잘한다는 말을 들은 건 동네 슈퍼에서 개최한 '엄마 얼굴 그리기 대회' 이후로 처음이다. 어릴 때 '어버이날'을 기념하는 행사에 그림을 냈는데, 마쓰리가 그린 그림이 기쿄보다 위에 걸렸다. 마쓰리는 전시가 끝날 때까지 매일 같이 그림을 보러 갔다. 그때 슈퍼의 남자 아르바이트생이 "그림을 참 잘 그리는구나, 언니보다 훨씬 잘 그렸어."라고 칭찬해 주었다. 그 후로 그림을 좋아하게 되었다.

"마쓰리?"

"어? 아, 자를까?"

"응."

마쓰리는 몇 번이나 연습하며 만든 로스트비프를 가즈토가 입안 가득 넣는 모습을 기도하는 심정으로 바라보았다. 고기를 씹던 가즈토의 입이 쩍 벌어졌다. 마쓰리는 마음이 하늘까지 폴짝 뛰어올랐다.

침대에서 가즈토가 사이드 테이블 위에 놓인 알록달록한 색지에 손을 뻗었다.

"단사쿠* 적을까?"

"…견우와 직녀가 만나는 날이구나."

"마쓰리는 소원이 뭐야?"

"음… 꿈이 이루어지는 거? 가즈토는?"

"난, 가을 다회 전까지 차 우리는 실력이 느는 거."

두 사람은 같은 베개를 베고 이마를 맞대며 서로에게 미소를 보냈다.

침대에서 일어나 가운을 걸친 다음, 종이에 각자의 소원을 적어 발코니에 걸어둔 자그마한 조릿대에 매달았다.

"아, 나, 소원 더 있어."

"욕심쟁이."

가즈토는 등을 돌리고 급하게 방으로 돌아갔다.

마쓰리는 조릿대에 매달린, 가즈토가 멋지게 휘갈겨 쓴 소원을 물끄러미 바라보았다. 하늘로 시선을 옮겨봤지만, 베이 브리지의 조명 때문에 별은 하나도 보이지 않았다.

"다 됐다."

가즈토가 들고 돌아온 종이에는 '평생 둘이 함께할 수 있기를.'이라고 적혀 있었다.

"이게 첫 번째 소원이야."

조릿대에 묶는 가즈토의 손끝을 쳐다보며 마쓰리는 어색하게 입꼬리를 올렸다. 한없이 순수한 가즈토의 사랑이 마쓰리의 가슴을 뚫고 지나가 그대로 부서질 것만 같았다.

＊ 일본에는 칠석날에 종이에 소원을 적어 나무에 매달아 놓는 풍습이 있는데, 이때 소원을 적는 종이를 단사쿠라고 한다.

내 소원에 '우리'는 없다.

'부디 가즈토가 행복하게 해주세요.'

칠석날 아침, 상점가에 있던 조릿대에 그렇게 쓴 종이를 묶었다.

그게 내가 바라는 단 한 가지.

기도밖에 할 수 없는 내 소원이다.

19.

　본격적인 여름이 시작되더니 마쓰리의 생일이 찾아왔다. 가즈토는 마쓰리에게 커플링을 선물했다.

　디즈니시*에서 종일 놀다가 그 안에 있는 호텔에 숙박했다. 폭염에 시달리며 이리저리 쏘다니느라 마쓰리는 녹초가 되었다. 너무 피곤해서 그런지 잠이 안 와서 눈을 뜨고 침대 옆에 놓인 시계를 보니 벌써 새벽 2시가 넘었고, 어느새 8월 2일이 되어 있었다.

　마쓰리는 잠든 가즈토의 얼굴을 잠깐 쳐다보다가 오른손을

---

* 도쿄 디즈니랜드 옆에 있는 테마파크.

허공에 비춰보았다. 발치의 어슴푸레한 조명을 받으며 손가락에 끼워진 반지를 멀거니 바라보았다.

티파니에서 새로 나온 반지였다. 얼마 전 잡지에서 본 반지가 지금은 자기 손가락에 끼워져 있었다. 가즈토는 커플 아이템이 생겼다며 천진하게 웃었다. 그는 처음 만났을 때처럼 사랑스럽고 순수했다.

"…."

마쓰리는 손을 꽉 쥐었다.

이제 놓아줘야겠지. 더 함께 있다가는 가즈토를 상처 입힐 테고, 마쓰리는 그 사랑에 숨이 막혀 죽고 말 것이다.

같은 베개에 머리를 기댄 가즈토는 고른 숨소리를 내쉬며 잠들어 있다. 밤낮 공부와 자질구레한 일에 시달리며 바쁘게 지냈을 텐데, 의욕이 넘쳐 전 코스를 다 돌아다녔으니 가즈토도 지쳤겠지.

마쓰리는 가즈토의 목덜미에 얼굴을 묻고 눈을 감았다. 심장이 말도 안 되게 시끄럽게 뛰어서 좀처럼 잠을 이룰 수 없었다.

이튿날 호텔에서 나오자 가즈토가 좋은 생각이 났다는 듯이 말했다.

"우리, 아키하바라 안 갈래?"

"뭐?"

"마쓰리 네가 가는 가게에 나도 가보고 싶어. 자주 가는 가게, 없어?"

"아… 뜬금없이 뭐야…."

"뭐 어때. 응? 사나에라는 친구와 자주 가는 곳에 나도 데려
가 줘."

꼬리를 흔드는 강아지처럼 졸라대는 가즈토의 부탁을 마쓰리
는 선뜻 들어줄 수 없었다.

"안 가는 게 좋아…. 충격받을 거야…."

"괜찮아. 면역력이 있으니까."

"면역력이라니… 무슨 주사라도 맞았어?"

"대학 때 연구실에 컴퓨터라면 죽고 못 사는 덕후가 있어서,
종종 따라가 봤어."

"…국립대 다니는 컴퓨터 덕후랑 애니메이션 덕후는 세계가
다른데…."

"안 돼?"

"그런 얼굴로 묻지 마!"

가즈토가 강아지처럼 까만 눈동자로 들여다보자 마쓰리는 두
손을 들고 말았다.

결국, 두 사람은 아키하바라까지 오게 되었고 가즈토는 어제
처럼 흥분한 상태로 마쓰리를 두고 성큼성큼 앞으로 걸어갔다.
잠을 설쳤던 마쓰리는 작게 하품을 하며 따라갔다. 덕후에게 점
령당한 길거리를 가즈토는 마치 놀이기구를 보는 듯한 눈빛을
하며 걷고 있었다.

마쓰리가 자주 가는 가게를 꼭 가봐야 한다며 하도 고집을 부려서 마지못해 데려가기로 했다.

"가즈토, 너 이런 거 싫어하지 않아? 아니면, 무관심?"

"무관심이라니. 네가 좋아하는 건 나도 봐두고 싶어. 난 이것저것 다 해봤잖아. 그래서 너 같은 사람을 많이 봤어. 열광하면서 좋아 죽을 것 같은 모습. 그런 게 대단해 보였어. 나는 그러지 못했으니까. 그러니까 그게 서핑이든 육상이든 애니메이션이든 다르지 않다고 봐."

"마음이 넓네."

"너한테만 관대해, 난. 네게 푹 빠졌으니까."

"……."

"부끄러워하긴."

"내, 내가 언제."

마쓰리는 고개를 돌렸다. 얼굴이 빨개졌다. 아키하바라 한가운데에서 부끄러운 대사를 입에 올리니 듣고 있는 사람이 더 민망해졌다.

마쓰리가 데리고 간 곳은 의상은 물론이고 가발부터 자잘한 액세서리와 메이크업 용품까지 골고루 갖춰진 코스튬 플레이어들의 단골 가게였다.

독특한 활기를 뿜어내는 가게에 들어선 순간, 여간해서는 놀라지 않는 가즈토도 눈을 크게 떴다. 비비드 컬러의 가발이 늘어선 진열대 앞에서 입을 벌린 채 우두커니 서 있었다. 그 모습을 마쓰리가 불안한 얼굴로 보고 있다는 걸 알아차린 가즈토가 어색하게 웃었다.

"어머, 마쓰리?"

갑자기 카운터에서 이름을 부르는 소리가 들리자 거기 있던 손님과 가즈토도 같이 돌아보았다. 대번에 단골이라는 사실을 들켜버려서 마쓰리는 창피해 죽을 것 같았다.

"남자 친구?"

"아… 네…."

"남자 친구도 코스프레해?"

"아뇨! 남자 친구는 일반인이에요. 일반인인데… 한번 보고 싶다고 해서… 죄송해요."

"아냐, 아냐, 잘 즐기고 있네."

마쓰리가 눈을 뗀 사이 가즈토는 반대편 의상 코너를 둘러보고 있었다. 아는 애니메이션 의상이라도 발견했는지 손에 들고 위아래로 찬찬히 훑어보고 있었다. 머리부터 발끝까지 펑크스타일로 개성 넘치게 차려입은 점원이 "우와!", "대박…!" 감탄사를 연발하는 가즈토를 쳐다보며 깔깔 웃었다.

"참, 마쓰리. 이거 봤어."

점원이 카운터 아래에서 코스프레 잡지를 꺼내 보여주었다. 사나에와 쓰키노가 표지를 장식한 잡지였다.

"이 의상, 진짜 멋져. 점장님도 칭찬했었어. 네 꿈이 만화가가 아니었으면 무조건 우리 가게로 스카우트했을 거라던데? 다들 여름 의상도 엄청나게 기대하고 있어."

"에이… 말도 안 돼요."

"아무튼, 이 의상은 완성도가 정말 굉장해. 이런 의상을 소화해 낸 히메카도 대단하지만, 이렇게 포인트를 잘 살려낸 너도 참 대단해."

"응? 뭐야?"

가즈토가 불쑥 대화에 끼어들었다.

"아. 이거, 티샤와 릴리야잖아. 결혼식 때 맞지?"

"어라? 남자 친구도 잘 아네요?"

"예. 저도 보거든요."

"어릴 때부터 로봇 만화를 좋아했대요."

마쓰리가 설명을 덧붙이자 가즈토는 빙그레 웃으며 고개를 끄덕였다.

"이쪽이 사나에야."

"어? 와, 예쁘게 생겼네."

"그리고, 이 의상을 만든 사람이 마쓰리."

점원이 의상과 마쓰리를 번갈아 가리키자 가즈토는 다시금 잡지를 멀뚱멀뚱 쳐다보다가 놀라며 소리쳤다.

"대박!"

가즈토의 목소리가 너무 커서 마쓰리는 어깨를 살짝 움츠렸고 점원은 깔깔대며 웃었다.

손님이 불러서 점원이 자리를 비우고 나서도 가즈토는 잡지에 시선을 고정한 채 꿈쩍도 하지 않았다.

"와, 진짜. 이 의상 텔레비전에서 본 거랑 똑같다. 진짜 잘 만들었어. 마쓰리 이게 어떻게 가능해? 이거 딱 한 번 입고 나온 의상 아냐?"

"그건. 녹화해서 일시 정지해 놓고 스케치하고… 그다음에는 홈페이지에서 세세한 부분을 찾아보고…."

"우아. 역시 넌 손재주가 좋다니까. 이쪽 일도 잘할 텐데. 아직 기획부에서 일하지?"

"응… 뭐….

"그렇지만 네 꿈은 그림이니까. 그런데 진짜 놀랐어."

"저기, 두 사람. 괜찮으면 한번 입어볼래요?"

건너편에서 점원이 말을 걸어서 돌아보았다.

"크로보 좋아하면, 이거 어때요?"

"좋아요! 입어볼게요!"

"가즈토, 잠깐만!"

"뭐 어때. 게다가 저건 릴리야의 군복이라고!"

가즈토는 신이 나서 점원 옆으로 달려갔다. 마쓰리는 한숨을 크게 내쉬어야 했다.

가즈토가 탈의실에서 나오자 점원은 물론이고 건너편에 있던 여자 손님들까지 호들갑을 떨며 아주 난리였다.

"이야! 진짜 잘 어울린다! 남자 친구, 완전 멋져요!"

"그래요? 대단하네요, 이 옷. 진짜 같아요."

정작 마쓰리는 가즈토에게 코스프레를 시켜버렸다는 사실과 지나치게 잘 어울리는 가즈토의 멋진 모습에 이중으로 충격을 받아 몸이 굳어버리고 말았다.

"어때?"

"…아….."

"마쓰리도 입어봐. 이왕이면 여주인공 티샤 어때?"

"아, 그게 좋겠다. 티샤 최신 의상도 있어."

"아뇨! 난 됐어요! 티샤는 안 어울려요!"

마쓰리가 바늘방석에 앉은 듯이 안절부절못하자 가즈토가 고개를 갸웃해 보였다.

"안 입어봤어?"

"사나에처럼 예쁜 애가 입으니까 어울렸던 거지. 나는 안 어울려…."

"그럼 넌 안 예쁘단 말이야?"

"당연하지! 사나에처럼 마르지도, 예쁘지도 않아서… 나는."

"난 마쓰리가 더 예쁜데."

가즈토는 언제나처럼 그렇게 말하며 싱긋 웃었다.

"마쓰리, 한번 입어봐. 너도 정말 예쁘니까."

"그렇죠?"

가즈토가 "빨리빨리!" 하며 재촉하는 바람에 점원이 웃음을 터뜨리며 의상과 함께 마쓰리를 탈의실로 밀어 넣었다. 마쓰리는 마지못해 옷을 입고 등 뒤의 지퍼를 올린 다음 돌아서서 거울에 비친 자신을 쳐다보았다. 처음으로 입은 여주인공 의상이 어울리지 않을까 봐 걱정되면서도 왠지 가슴이 설렜다.

"마쓰리, 다 입었어?"

"아, 네."

"마쓰리, 나와봐."

재미있어하는 점원의 목소리에 쭈뼛쭈뼛 커튼을 열었다. 이번에는 가즈토가 총에 맞은 듯한 충격을 받고 몸이 경직되었다.

즐거웠던 1박 2일의 생일 파티가 끝나가고 있었다. 역 승강장에 내리자 마쓰리는 늘 그랬듯 고맙다며 미소를 건넸다.

'오늘도 집 앞까지 바래다주지 못하게 하는구나.'

가즈토는 발을 들이려 해도 들일 수가 없다. 아무리 가까이 다가가도 하나가 되지 못한다. 가즈토는 마쓰리와의 그 거리가 답답해서 견딜 수 없었다. 가즈토 기억 속 마쓰리는 누구와도 허물없이 이야기를 주고받고 명랑하고 활발한 여자아이였다. 그런데 지금의 마쓰리는 가즈토가 안으로 들어가려고 하면 팔을 뒤로 돌려 문을 닫고 후후, 선웃음을 치는 느낌이랄까. 그래서 심통이 나서 커플링을 사버렸다.

마쓰리가 그러는 이유를 생각해 보니 딱 하나 짚이는 데가 있었다. 7년 전에 사랑했던 사람에게 들었던 말이 잊히지 않았다. 마쓰리도 종가를 물려받아야 하는 자신의 상황을 두려워하는 게 아닐까.

"오늘은 마쓰리가 좋아하는 곳에 데려가 줘서 고마워. 재미있었어."

"그렇게 웃지 말라니까. 나는 맨몸을 보인 일보다 더 창피하단 말이야."

가즈토는 난감하게 웃는 마쓰리를 향해 미소를 보이다가 곧바로 표정을 바꾸며, 그렇지만 너무 심각해지지 않으려고 조심스레 말을 골랐다.

"다음에는 내가 좋아하는 곳에 같이 갈래?"

"응? 어디?"

상체를 앞으로 내민 마쓰리의 눈빛이 반짝반짝 빛났다.

"우리 집. 내가 만든 차를 같이 마시고 싶어."

"…아, 아아, 그렇지만, 난 다도에 관해 전혀…."

"그런 건 신경 쓸 필요 없어. 다른 사람들 앞에서 마시자는 말이 아니니까. 아직 배우는 단계지만, 네 눈으로 봐줬으면 좋겠어. 내가 하는 일을. 마쓰리가 나를 응원해 줬잖아. 줄곧 도망만 치던 나를 정신 차리게 해줬으니까. 그래서 너한테 보여줘야겠다는 생각이 들었어…. 안 될까?"

가즈토 특유의 주인에게 매달리는 강아지 같은 눈빛이 아니었다. 진지한 남자의 눈빛이었다. 마쓰리는 무심코 오른손에 낀 반지를 매만졌다. 앞으로 이 이상의 일이 일어나리라는 예감에 몸이 떨렸다. 더구나 가즈토의 어머니와 마주치기라도 하면 최악도 그런 최악이 없다.

"마쓰리…."

"…아 …알았어."

안도한 가즈토의 얼굴에 미소가 되돌아왔다. 그 미소가 마쓰리의 죄책감을 더욱 짙게 만들었다.

"조심해서, 잘 들어가. 내일도 일 열심히 하고."

"고마워. 가즈토도."

"응. 이따가 전화할게."

마쓰리는 고개를 끄덕이고 살포시 웃으며 발길을 돌렸다.

역 안에 마쓰리의 샌들 뒷굽 소리가 또각또각 울렸다. 가즈토는 그 뒷모습을 가만히 지켜보았다. 음악 소리와 함께 전철이 승강장으로 들어오고 있었다. 마쓰리는 개찰구로 향했다. 가즈토는 전철을 곁눈질하면서도 여전히 마쓰리에게서 시선을 떼지 못했다. 언제나처럼 개찰구 앞에서 마쓰리가 돌아보기를 기다리고 있었다.

전철이 도착하자 사람들이 타고 내렸다. 구름 떼처럼 몰려든 인파 속에서 마쓰리의 등이 희미해지는 모습을 가즈토는 고개를 갸웃거리며 보고 있었다.

마쓰리는 돌아보지 않았다. 개찰구로 빨려 들어가는 사람들 사이에서 마쓰리가 걸음을 멈췄다.

전철 문이 닫히고 나서도 계속 승강장에 서 있던 가즈토의 눈동자에 마쓰리가 무너져 내리는 순간이 고대로 담겼다.

"마쓰리!"

냅다 달려와 마쓰리를 안아 올렸지만, 마쓰리는 이미 의식을 잃은 후였다.

병원 대기실에 구두 소리가 울려 퍼졌다. 가즈토가 얼굴을 들자 마쓰리의 부모님이 가즈토 옆으로 달려왔다.

"마쓰리는?"

"아… 우선 응급 처치는 끝났습니다. 빈혈이라고 합니다."

"빈혈이라…."

새파랗게 질린 얼굴로 달려들 듯 물어보던 부모님이 과장되게 안도했다. 그 모습을 보며 가즈토는 '그야 그렇겠지, 딸이 의식을 잃고 병원으로 실려 갔다는데 어떻게 안 놀랄까.' 생각했다. 그러고 나서 자세를 바로잡고 고개를 꾸벅 숙였다.

"제가 마쓰리를 이리저리 데리고 다녔습니다, 죄송합니다."

"연락해 주신 분, 맞죠?"

"저는 마나베 가즈토라고 합니다. 반년쯤 전부터 마쓰리와 교제하고 있습니다. 군마에서 초등학교를 같이 다녔고, 마쓰리가 언니 댁에 놀러 왔을 때 다시 만났습니다. 지금은 저도 간다의 본가에서 지내고 있습니다."

"그래요… 우리 마쓰리한테 그런 사람이 있었다니."

어머니는 그런대로 미소를 지어 보였지만, 아버지는 아연실색할 뿐이었다.

"마쓰리는?"

"아, 저쪽 치료실에 있어요. 지금은 링거를 맞고 잠이 들었습니다. 의사가 깨우면 안 된다며 여기 있으라고 해서요. 그리고 오차노미즈에 있는 대학 병원으로 이송하는 게 좋겠다고 했어요… 마쓰리 지갑에 그 병원 진찰권이 들어 있어서 보여줬더니, 연락을 취한 모양입니다."

"알겠네. 고마워. 자네는 그만 돌아가게."

"아뇨. 저도 옆에 있고 싶습니다."

"세 사람이나 붙어 있으면 병원에 민폐네."

"여보, 그런 말은…."

어머니가 나무라도 아버지는 태도를 바꾸지 않았다. 가즈토는 고집을 부려서라도 부모님께 인사하러 갔어야 했다며 후회했다.

"마쓰리 좀 보고 올게요."

그 말을 남긴 채 어머니가 치료실로 들어가자 남겨진 두 사람은 딱딱한 표정으로 서로를 마주 보았다.

"마나베 가즈토라고 했나?"

"예. 인사가 늦어서 정말로…."

"인사는 됐네. 마쓰리가 그런 마음이 들었다니 기쁘군. 마음을 편하게 해주는 사람이 마쓰리 옆에 있었으면 했으니까."

아버지가 앉으라고 해서 가즈토는 다시 앉았다. 딸이 선택한 남자의 얼굴을 눈여겨보며 가즈토가 야무지고 좋은 눈빛을 하고 있다고 생각했다.

그런데도 순순히 기뻐할 수 없었던 건 아버지들의 흔한 질투심이라기보다 깊은 슬픔을 닮은 감정 때문이었다.

"자네는 우리 마쓰리를 받아들일 수 있겠나?"

"네…?"

"저 애는 이제 스물일곱이야. 시간이 얼마 없는데, 마쓰리를 선택할 수 있겠나?"

"저… 죄송합니다. 무슨 말씀인지 잘 이해가…."

아버지의 눈이 가즈토를 향했다. 영문을 몰라 어리둥절해하는 가즈토와 눈이 마주치자 비통한 외침이 튀어나올 것 같아 입을 막았다.

마쓰리는 다니던 병원으로 옮기자마자 바로 입원했다. 이삼일 요양하면 된다고 하더니 부모님은 주치의와 할 이야기가 있다며 병실을 나갔다. 가즈토는 1인실의 창백한 조명 아래 잠이든 마쓰리를 내려다보며 그 뺨을 살며시 어루만졌다.

마쓰리의 아버지는 뭔가 하고 싶은 말이 있는 얼굴이더니 갑자기 말문을 닫았다. 무턱대고 거부하는 아버지에게 간곡히 부탁해서 여기까지 따라왔지만, 단순한 빈혈치고는 부모님도 의사도 표정이 지나치게 심각한 데다 더구나 입원이라니.

전에 걸렸던 병이 아직 완치되지 않은 걸까. 마쓰리의 가슴에 남아 있던 흉터의 감촉을 떠올리자 가즈토의 가슴에 불안이 스쳤다.

"…가즈토…?"

마쓰리가 눈을 떴다. 가즈토는 몸을 내밀어 얼굴을 들여다보았다.

"마쓰리…! 기분은 어때? 어디 아픈 데는 없어?"

"괜찮아… 여기는….'

마쓰리는 눈동자만 움직이다가 곧이어 "병원?" 하고 물었다. 가즈토가 끄덕끄덕하자 마쓰리는 슬픔이 가득한 눈으로 가즈토를 올려다보았다.

"미안해….'

"뭐가?"

"걱정시켜서….'

"아니야."

"그렇지만… 오랜만에 재밌게 놀았는데….'

"재미있었어. 다음에 또 가자."

마쓰리가 힘없이 고개를 끄덕였다. 애써 웃음 짓는 마쓰리의 뺨을 가즈토가 부드럽게 감쌌다.

"하고 싶은 얘기 있으면 해. 졸리면 자도 되고."

"…지금 몇 시야?"

"11시 반 정도."

"그만 집에 가…. 난 괜찮아. 별일 아니니까 걱정하지 말고. 수련 열심히 해."

"여기 있을게."

"괜찮대도. 어제 잠을 설쳤어. 그저께도 기쁘고 설레서 잠을 못 잤거든… 별일 아니야. 자고 나면 멀쩡해질 거야."

"그럼 자."

가즈토가 마쓰리의 오른손을 꼭 잡았다. 두 사람이 낀 반지 두 개가 맞닿았다.

"그러니까…."

"집에는 연락했으니까. 내 걱정은 안 해도 돼."

"그렇지만… 시간도 늦었고…."

"나는 괜찮으니까. 나한테 더 기대. 하기 힘든 말도 해줬으면 좋겠고. 나한테는 마쓰리 네가 최우선이니까, 마음 편하게 해."

순식간에 마쓰리의 눈동자에 눈물이 차오르더니 결국 넘쳐버리고 말았다. 뺨에 떨어진 눈물 구슬을 가즈토가 손끝으로 닦아 주었다.

"마쓰리 널 사랑해. 첫사랑일 때보다 지금 내 앞에 있는 네가 더 좋아."

가즈토가 입술을 가까이 갖다 대자 마쓰리는 그의 목에 팔을 둘렀다. 마쓰리는 매달리듯 가즈토를 꼭 끌어안았다.

"미안해…."

"그런 말 하지 말라니까. 사과할 일이 아니잖아."

"그래도…."

"내가 어떻게 했으면 좋겠어? 너도 나한테 바라는 게 있으면 얼마든지 말해. 안 그러면, 불공평하잖아. 나만 받는 건."

"그렇지 않아…. 가즈토는 지금도 충분해…. 지금 이대로 있어 줘."

"그게 네가 바라는 거야?"

몸을 떼고 눈을 마주치자 마쓰리는 머뭇머뭇 가즈토의 얼굴을 두 손으로 감쌌다. 마쓰리의 손의 떨림이 가즈토에게도 고대로 전해졌다.

"이대로가 좋아. 지금처럼 영원히. 가즈토 네가 하는 일에 확신을 가지면서, 차 공부 열심히 하고… 따뜻하고 다정한 모습으로 있어 줘."

"알았어."

"약속했다? 이제 도망가면 안 돼."

"응, 알았어."

"이제, 안 무너질 거지?"

"응. 이젠 괜찮아. 내게는 마쓰리가 있으니까."

마쓰리는 눈물을 뚝뚝 흘리고 코를 훌쩍이고는 작게 웃어 보였다. 그러고는 가즈토의 어깨에 얼굴을 묻고 한 번 더 말을 덧붙였다.

"…무너지지 마."

가즈토는 그 목소리가 더없이 슬퍼서 불안해하며 마쓰리를 꼭 끌어안았다. 병실의 희미한 불빛 속에 누운 마쓰리가 당장에라도 사라져 버릴 것만 같았다.

한계였다.

계속 거짓말을 하기도 지쳤다. 그만 자고 싶었다.

하지만 그건 포기가 아니었다.

끝까지 완주하고 나서 오는 피로감이었다.

그렇기에 죽을 것 같이 피곤해도 만족스러웠다.

이제 사랑하는 사람들에게 마지막으로 고맙다는 말을 전하고,

그만 잠들고 싶다.

20.

　이삼일이라던 입원 기간은 예상대로 길어졌다. 마쓰리는 이벤트에 참가할 수 없게 되어 사나에에게 사과하고 자신이 만들어놓은 의상을 직접 가지고 가라고 전했다. 사나에는 그날 찍은 사진을 죄다 출력해서 쓰키노와 친구들을 데리고 병문안을 와주었다.

　가즈토는 틈만 나면, 짧게는 한 시간이라도 얼굴을 보러 왔다. 그때마다 마쓰리가 좋아하는 간식도 들고 왔다.

　입원은 3주 만에 끝났다. 마쓰리는 오랜만에 입원한 병실에서 앞으로 자신에게 닥칠 일을 곰곰이 생각했다. 가즈토가 올 때마다 심장이 방망이질하듯 두근거리는 한편, 병실에 있는 가즈토의 모습과 오래전에 봤던 레이코의 남편이 오버랩되어 마쓰리는 마음을 굳혔다.

이윽고 늦더위가 물러가고 가을바람이 선들거릴 무렵, 마쓰리는 가즈토의 본가로 걸음을 옮겼다. 언젠가 본 적 있는 문 앞에 가즈토가 서 있었다. 연녹색 기모노에 진갈색 하카마*, 기모노보다 진한 색 하오리**를 입고 있었다.

"어서 와."

"딴사람 같아."

"장비발이라는 게 괜히 나온 말이 아니거든."

가즈토의 안내를 받으며 문을 통과했다. 1년 전과 다르게 집안은 고요했다. 그렇지만 빈틈없이 손질된 아름다운 정원은 그대로였다.

"안 놀라네?"

"응?"

"처음 오는 사람은 다 놀라던데."

"…난 처음이 아니거든."

가즈토의 눈이 왕방울처럼 커졌다. 마쓰리는 서양식 건물 너머를 가리키며 장난스럽게 말했다.

---

* 기모노 위에 입는 주름 잡힌 하의.
** 기모노 위에 걸치는 짧은 겉옷.

"저기, 저쪽 다실에서 1일 체험 수업을 들은 적 있어."

"뭐? 난 처음 듣는 소리인데?"

"지금까지 말 안 했으니까. 스토커 같을까 봐. 스토커보다 더 심한가? 스파이 흉내 좀 내봤어."

"…그게 언젠데?"

"작년 가을. …미안."

"아냐… 좀 놀라긴 했지만…."

"처음에는 깜짝 놀랐어. 집이 너무 커서, 문만 봐도 기가 눌려서 집에 돌아가고 싶어지더라. 그렇지만 가즈토 네가 싫어하던 곳을 한번 봐두고 싶었어. 나 너무 못됐지? 정말 미안."

"괜찮아. …완전 무관심해 보였는데, 나한테 관심이 약간은 있었던 거네?"

"솔직히, 보고 나니까 겁났어."

"오늘은 아무도 없으니까 안심해. 가족들은 지방에 가서 저녁 늦게 돌아올 거고, 도우미 아줌마한테도 오늘은 오지 말라고 해놨거든."

"도우미도 있구나…."

"겁나?"

"난 보통 사람이잖아."

가즈토가 싱거운 미소를 내비치며 마쓰리의 머리를 가만히 쓰다듬었다.

정적이 내려앉은 다실로 가서 가즈토는 가마 앞에 앉았다. 앉기만 했는데도 방 안에 무게감이 느껴졌다.

"긴장 풀고 편하게 있어. 무리해서 정좌 안 해도 돼. 법도 같은 건 신경 안 써도 되니까."

"응. 알았어."

대답은 그렇게 했지만 마쓰리는 등을 꼿꼿이 세우고 똑바로 앉았다.

"과자 먹어봐. 밤으로 만든 건데 맛있어."

가즈토가 건넨 종이를 받아 들고 그릇 안에 있던 손으로 빚은 밤 과자를 집었다.

"잘 먹을게."

인사를 하자 가마 앞에 앉은 가즈토가 부드럽게 웃었다.

가즈토가 차를 우리기 시작했다. 보자기로 다기를 닦는 모습도 능숙했다. 가즈토의 두 손이 의지대로 움직이고 있었다. 마쓰리는 차를 우릴 때 나는 기분 좋은 소리를 들으며 가즈토 어머니가 하던 동작을 봤을 때와 똑같은 감동을 느꼈다.

마쓰리는 가즈토가 보여주는 일련의 동작을 하나도 놓치지 않고 지켜보았다. 위엄 있는 정적 속에서 가즈토는 더할 나위 없이 아름다웠다.

도코노마를 장식한 꽃과 족자, 다기의 가치와 의미는 모르지만, 그 안에 가즈토의 마음이 깃들어 있음은 알 수 있었다. 자기를 위해 하나하나 준비했겠다고 생각하니 마쓰리는 가슴이 먹먹해졌다. 이 작은 방 안에 가즈토의 사랑이 가득 차 있었다.

가즈토가 건네준 찻잔을 오른손으로 잡고 왼손으로 받쳤다. 마쓰리의 어색한 동작을 바라보는 가즈토의 입매에 웃음기가 걸렸다.

"잘 마실게."

가즈토는 앉아 있는 마쓰리를 유심히 살펴보았다. 그러면서 다음에는 꼭 기모노를 입혀야겠다고 생각했다. 마쓰리라면 기모노를 맵시 있게 소화할 것 같았다. 오늘은 정장 차림이어도 우아한 스커트를 입고 하얀 양말까지 챙겨온 마쓰리의 마음 씀씀이가 가즈토를 기쁘게 했다.

가즈토는 눈앞에서 익숙하지 않은 법도를 따라 하느라 끙끙대는 마쓰리를 실눈으로 바라보면서, 역시 이 여자밖에 없다고 생각했다.

마쓰리는 찻잔을 두 번 돌린 다음 몇 모금 나눠 마셨다. 입을 댄 부분을 손끝으로 가볍게 닦고, 종이에 손가락을 닦았다. 침착하게 찻잔 정면이 자기 쪽을 향하도록 내려놓고, 두 손은 바닥을 짚은 채로 흰 바탕에 붉은 곡선이 그려진 찻잔을 가만히 바라보았다.

"예쁜 찻잔이네."

"겨울 되면 또 보드 타러 가자."

"응?"

"그 곡선이 보드 활주 자국 같지 않아?"

"…그게 이유야?"

"그게 이유야."

가즈토가 워낙 단호하게 말해서 마쓰리는 웃음을 터뜨리고 말았다.

"그런 이유도 괜찮지 않아?"

"그러게, 이해하기도 쉽고. 차 잘 마셨어. 진짜 맛있었어."

마쓰리가 고개를 숙이자 가즈토도 정중하게 인사했다.

두 사람은 다실을 나와 정원으로 갔다. 정성을 다해 가꾼 정원에는 어젯밤에 내린 비 내음이 희미하게 남아 있었다.

"마쓰리, 제법 그럴듯했어."

"그래? 그때 딱 한 번 배웠는데. 가즈토 어머니가 잘 가르치셨나 보다."

"아예 배우러 오지 않을래?"

"뭐?"

마쓰리가 걸음을 멈추자 가즈토가 뒤로 돌아보았다. 정원에는 이끼가 잔뜩 깔려 있었는데, 그 위에 놓인 징검돌을 밟으며 걷다 보니 앉을 만한 곳이 나왔다.

가즈토는 아직 꽃이 피지 않은 동백나무의 푸른 잎사귀로 둘러싸인 처마 아래의 의자에 앉자고 마쓰리에게 권했다. 선선한 가을바람이 잎사귀를 잡고 흔드는 소리가 들렸다.

"내가 업무 시간에 맞출게. 아직 누구를 가르칠 만한 입장은 아니지만, 개인적으로 하는 거니까 아무도 뭐라 하지 않을 거야…. 천천히 하면 돼. 차를 배워보지 않을래?"

"가즈토가 가르쳐주는 거야?"

"응. 퇴근하고 나서나… 안 될까?"

"그러면 자주 만날 수 있겠다."

"그렇겠지?"

가즈토가 고개를 힘차게 끄덕였다. 하지만 마쓰리는 곧바로 대답하지 않았다. 아무 말 없이, 무슨 생각을 하고 있는지 알 수 없는 얼굴로 정원만 물끄러미 바라보았다.

가즈토는 자신의 시선을 붙잡은 마쓰리의 손끝으로 눈길을 돌렸는데, 조금 전까지 있었던 반지가 보이지 않았다. 가즈토는 불현듯 불안에 휩싸였다.

"미안, 차 공부 같은 건 아무래도 상관없어…."

"뭐? 아무래도 상관없다니?"

마쓰리의 미소가 가즈토의 불안을 더욱더 부채질했다. 가즈토는 초조해하며 몸을 바짝 내밀었다.

"마쓰리, 우리 결혼하자."

"….."

"나와 함께 있으면 익숙하지 않은 일이 산더미 같겠지만, 내가 하나하나 다 알려줄게. 너한테 부담이 되지 않도록 신경 쓸거고, 마쓰리 네가 혼란스러워하지 않도록 내가 지켜줄게."

"일은? 그만둬?"

"아… 그건…."

마쓰리는 말문이 막힌 가즈토를 향해 미소를 지었다.

"가즈토, 그렇게 혼자서 다 짊어지려고 하지 않아도 돼. 예전 여자 친구 때문에 그렇게 말하는 거지? 너무 애쓰지 마. 너만 곁에 있으면 뭐든 할 수 있는 사람이 분명히 있을 거야. 다도의 세계가 쉽지는 않겠지만, 그런 사람이 꼭 나타날 거야."

"마쓰리…?"

가즈토는 마쓰리의 입에서 흘러나오는 말을 도무지 이해할 수 없었다.

"미안해. 나는 그런 사람이 아닌 것 같아."

"그건… 회사 일 때문에?"

"아니야. 나, 너한테 사과할 일이 아주 많아. 오늘은 그걸 전부 털어놓으려고 온 거고."

마쓰리의 시선이 가즈토에게로 옮겨왔다. 그 눈빛에 가즈토는 몸이 굳어버리고 말았다. 불길한 예감은 틀리지 않는다. 마쓰리의 입에서 좋은 말이 하나도 나오지 않으리라는 걸 몸이 먼저 느끼고 있었다.

"거짓말을 싫어한다고 했던 너를 계속 속였어."

"속였다고…?"

"응. 사실 난 무직이야. 패션 업계에서 일하는 직원도 아니고, 직업을 가져본 적이 한 번도 없어. …병 때문에 일을 못 해. 그 흉터도 사실은 7년 전에 받은 수술 자국이야. 대학 가고 나서 병이 나는 바람에, 그래서."

"…그랬구나 …어디가 안 좋은 건데…? 병명 물어봐도 돼?"

"말해도 모를 거야. 제일 심한 건 폐였는데… 여기저기 다 안 좋아져서 이젠 어디가 제일 안 좋은지도 모르겠어."

마쓰리는 어깨를 살며시 움츠리며 최선을 다해 웃었다.

인터넷과 병원 자료실에서 필사적으로 자료를 찾았다. 자기 몸을 이해하고자 미친 듯이 매달렸던 때도 있었다. 그렇게 해서 알아낸 건 유전성 질환이며 근본적인 치료법이 없다는 사실뿐이었다.

조사를 하면 할수록, 병마와 맞서 싸우려 하면 할수록, 죽음은 가까워지고 희망은 멀어졌다.

끝에 가서는 예전에 고모들이 이야기했듯이 기침이 멈추지 않고 호흡이 불가능해지면서 고통스럽게 죽게 된다.

"그 병, 고칠 수 없어?"

한순간 고개를 푹 숙였던 가즈토가 다시 고개를 들었다. 마쓰리는 솔직하게 대답했다.

"완치는 안 된대. 그래서 나는 너랑 짐을 나눠 질 수가 없어. 내게는 그럴 힘이 없어."

"완치가 안 된다니…? 완치가 안 되면…."

"죽는대."

"…."

가즈토의 표정이 돌변했다. 부모님 손을 놓치고 미아가 된 아이가, 처음으로 자신이 미아라는 사실을 확실하게 인식하기라도 한 듯, 가즈토의 눈이 휘둥그레졌다.

"죽는다고?"

"그래. 죽어. 난 죽어."

"아니, 어째서."

"병이 안 나으니까."

벌떡 일어선 가즈토를 올려다보며 마쓰리는 아무 감정이 없는 사람처럼 대꾸했다. 가즈토가 소스라치게 놀랐다.

"안 낫는다니… 약은! 지금이라도 입원해서 제대로 치료받고! 그렇게 하면…."

"해봤어. 그렇게 했는데도 안 나았어. 현재 이 세상에는 내 병을 고칠 수 있는 약이 없어. 그래서 죽는 거야."

"왜…."

"정해진 운명이니까."

"운명?"

"그래. 네가 이 집에 태어나서 차를 만들어야 하는 것처럼. 난 이렇게 태어나서 이렇게 죽는 운명인 거지."

"아니야!! 차를 만드는 건 내가 선택했어! 네가 죽음을 선택한 건 아니잖아?! 왜 하필 네가 그런… 대체 왜? 지난번에 쓰러져서 그래? 나 때문에?"

가즈토는 주저앉아 울음이 터질 듯한 눈으로 마쓰리를 응시했다. 상상을 훨씬 초월하는 이야기가 머릿속에서 흩어지며 정리가 되지 않았다.

마쓰리는 그런 가즈토의 손을 자기 손으로 감쌌다.

"네 탓이 아냐. 넌 아무 잘못 없어."

"그렇지만, 그날 이리저리 끌고 다니면서… 네 몸에 관해서는 전혀 생각을 안 했어…."

"생각 못 하게 내가 계속 거짓말만 했으니까. 미안해. 너에게 정말 미안해."

"마쓰리… 안 돼, 죽지 마…. 못 고치는 병은 절대로 없어. 내가 알아볼게. 아버지한테 부탁해서, 제일 유능한 의사를 만나서 물어보고 올게."

"…내 담당 의사도 훌륭한 분이셔. 그런데도 못 고친대. 그래서 죽는 거고. 그러니까 가즈토 너랑 결혼 못 해. 우리는 더 이상 함께할 수 없어."

"왜? 왜 그렇게 전부 놔버리는 건데? 내가 도울 방법이 있을 거야. 너를 위해 내가 할 수 있는 일이 있다니까."

필사적으로 붙잡으려 하는 가즈토를 달래듯 마쓰리는 웃어 보였다. 성모 마리아처럼 깨끗한 그 미소가 가즈토의 마음을 더 깊게 할퀴고 지나갔다.

"이미 충분해. 넘치도록 많이 받았어. 마지막 추억들… 그동안 포기했던 많은 걸 가즈토 네가 이루어줬어. …네 여자 친구가 되게 해줘서 정말 고마웠어."

"그렇게 말하지 마… 난 이미 결정했어. 너랑 결혼하기로 결심했으니까, 물러설 수 없어."

"미안해, 난 무리야. 나는 네게 도움이 안 돼. 반지도 돌려줄게. 선물해 줘서 고마웠어. 정말 기뻤어."

마쓰리는 의자 위에 실버 링을 조심스레 내려놓고, 조금씩 가즈토의 손을 떼어내며 자리에서 일어났다.

'절대로 울면 안 돼.'

마쓰리는 아프도록 입술을 깨물었다. 온몸이 부서질 듯이 고통스러웠다. 가즈토에게서 등을 돌리자 몸이 작게 떨렸다.

"마쓰리… 어떻게 네가 죽는다는 걸 알아…?"

"…시한부 선고받았거든. 남은 삶이 10년밖에 안 남았다고 말이야. 벌써 7년이 지났으니까, 이제 3년 남았어."

"3년이 지나면 죽는다고?"

"그래."

"…어째서 너야."

대답할 말을 찾지 못했다. 하지만 가즈토가 해준 그 말이 마쓰리를 조금이나마 구원해 주었다.

"안녕."

그 말을 끝으로 마쓰리는 뒤돌아보지 않고 작별을 고했다. 그러고 나서 얼이 빠져버린 듯한 가즈토를 남겨둔 채 그대로 정원을 나섰다. 커다란 대문을 빠르게 빠져나와 저택을 등지고 걸음을 옮겼다.

죽음만이 유일한 안식이라 생각했던 나를,

네가 살게 해줬어.

그래서 나는 죽음이 무서워졌어.

죽는 게 무서워.

그렇기에 내가 지금

살아 숨 쉬고 있음을 더더욱 실감하게 됐고.

가즈토, 고마워.

21.

단풍이 참 예쁜데 보러 오지 않을래?

마쓰리가 기쿄의 초대에 응한 건 그로부터 일주일이 지나고 나서였다. 불과 일주일 사이에 한결 쌀쌀해지더니 잎들이 순식간에 가을로 물들었다.

마쓰리는 언니 집에 가도 집에 있을 때랑 똑같이 기분이 영 나아지지 않았다. 웃어야 할 순간에도 웃음이 나지 않았고, 걱정을 끼치면 안 된다고 생각할수록 자꾸만 더 어색해졌다. 얼마 전까지 문제없이 할 수 있었던 일들을 잘 해내지 못했다.

정신을 차려야 한다는 생각에 마쓰리는 언니 집을 나와 느릿느릿 걸으며 가을 하늘을 바라보았다.

잃어버리고 나서야 비로소 가즈토가 자신의 일상과 마음과 세상의 중심에 있었음을 뼈저리게 느꼈다.

멍하니 은행나무 가로수 길을 걸었다. 평일 오후, 시간은 천천히 흐르고 주위는 고요했다. 오직 마쓰리가 밟는 낙엽 소리만이 바스락바스락 기분 좋은 소리를 내고 있었다.

기다란 가로수 길을 천천히 걷는데, 뒤에서 리듬이 어긋난 소리가 들렸다. 누군가가 낙엽을 밟고 있다는 걸, 마쓰리는 귀로 알아챌 수 있었다.

"마쓰리."

갑자기 자신의 이름을 부르는 소리에 마쓰리는 숨을 삼켰다. 조심조심 돌아보자 가즈토가 거기 있었다.

"…가즈토…."

"또 스토커 같은 짓을 해버렸네."

가즈토는 어린아이 같은 미소로 고개를 갸웃해 보였다. 고작 일주일밖에 떨어져 있지 않았건만 눈물이 날 만큼 지난날이 그리웠다.

"어떻게…?"

"보고 싶어서."

"여기까지…?"

"부모님께 여쭤봤어. 미안."

"…."

"생각해 봤어. 끊임없이 생각하고 또 생각했어. 도쿄로 돌아가겠다고 결심할 때처럼, 계속 생각했어."

"뭘…."

"너를."

가즈토가 분명히 말했다. 마쓰리는 눈동자 안쪽이 시리고 가슴이 미어터졌다. 정지되었던 모든 것들이 지금 다시 천천히 움직이는 듯했다.

"부모님께 네 병에 관해서도 들었어. 병원에도 갔었고. 생각하고 또 생각하다가 여기까지 온 거야."

"이제 다 알았지? 더는 거짓말 안 해."

"응. 알아. 아무래도 기적은 일어나지 않을 것 같더라."

"7년이나 기다려봤어…."

가즈토가 눈꼬리만 들어 웃는 마쓰리를 향해 천천히 걸어왔다. 눈썹 하나 까딱하지 않고 두 사람은 서로의 시선을 그대로 받아냈다.

"결혼하자. 3년이면 충분해. 마쓰리, 너의 마지막 시간을 내게 주지 않을래? 3년 동안 아껴줄게. 너만 생각하면서 살게. 그러니까 나랑 결혼하자."

그렁그렁했던 눈물이 걷잡을 수 없이 흘러내렸다. 가즈토가 손을 뻗는 모습이 눈에 들어오자 마쓰리는 재빨리 눈물을 닦고 고개를 돌렸다.

"싫어. 안 할 거야."

"왜? 혼자보다는 둘이."

"죽을 땐 혼자야. 그러니까 싫어. 내가 눈을 감는 마지막 순간을 네게 보이고 싶지는 않아."

"내가 그렇게 못 미더워?"

가즈토가 얼굴을 찡그리자 마쓰리는 눈물을 닦고 의미심장한 눈빛으로 가즈토를 바라보았다.

"3년이 지나도 네 인생은 끝나지 않아. 몇 년이고, 몇십 년이고, 계속 이어지겠지. 그러니까 넌 누군가를 사랑하고 아이를 낳고 여러 가지 꿈을 꾸면서 살아갔으면 좋겠어."

"나는 그걸 너랑 같이하고 싶어. 마쓰리 말고는 생각할 수도 없어."

"난 아이를 낳을 수 없어. 앞으로 증세는 점점 더 나빠질 테고. 결국 아무것도 할 수 없게 되겠지. 너랑 같이 꿈을 꿀 수도 없고, 함께하는 미래를 그려볼 수도 없어. 그래도 괜찮아? 난 안 괜찮아. 그런 모습을 너한테 계속 보여주다가 죽는 건 싫어. 죽음이라고 해서 뭐 대단히 인상적이거나 특별한 게 아냐. 죽음은 그냥 사라지는 거야. 이렇게 만질 수도 없고. 네가 힘들어할 때 안아주지도 못해. 영원히 사라지는 거. 죽음은 그런 거라고. 알아들었어?"

마쓰리는 가즈토의 한쪽 뺨을 쓰다듬으며 화가 난 듯, 슬픈 듯, 가즈토를 가만히 바라보았다.

"무엇보다 난 너랑 있으면 죽음이 두려워져. 죽고 싶지 않다는 생각만 하면서 3년을 살게 될 텐데. 그런 건 딱 질색이야. 너 때문에 살고 싶다는 마음을 버리지 못하면 어떡해. 그러니까 이제 그만 헤어져, 우리."

"넌… 죽는 게 안 무서워?"

"…안 무서워. 그렇게 살아왔으니까."

"죽어도 괜찮다는 거야?"

"…너를 만나기 전까지는 그랬어. 그 순간이 즐거우면 그만이었어…. 그런데 지금은 아니야. 이제는 기쁨도, 고통도, 괴로움도 전부 받아들이면서 살고 싶어. 가즈토에게 집착하는 지긋지긋한 여자가 되고 마느니, 그편이 나아. 나 나름대로 전부 받아들이고, 실컷 발버둥 치고, 많이 고민하고… 그렇지만 노력할 거야. 내 삶을 온전히 살아내려고 노력할게. 도망치지 않고 내 삶을 살아낼 거야."

"…그 삶에 나는 없어?"

"…없어 …버팀목은 필요 없어…."

"그렇게 엄격하게 살아야만 하는 거야?"

"엄격한 게 아니야. 평범해지는 거지. 생명이 어쩌고 죽음이 어쩌고, 그런 게 아니라, 평범하게 살고 싶은 거야. 건강한 사람처럼은 아니더라도, 지금보다 훨씬 다양한 일을 경험해 보고 싶어. 참거나 비겁해지지 말고, 할 수 있는 만큼 해보자. 포기하지 말고, 내가 할 수 있는 일을 찾아보자. 남들과 비교하지 않고 진정한 나를 찾아가는 게 어른이 되는 거잖아? 그렇게… 평범하게 살고 싶어."

"애니메이션도?"

가즈토가 작게 웃어서 마쓰리는 어깨를 으쓱해 보였다.

"그래. 내 힘으로 찾아낸 즐거움이니까 신나게 즐겨야지! 즐거운 일을 즐겁게 누리는 것도 평범한 삶이 아닐까…."

"그 평범함 속에 내 자리는 없는 거야?"

가즈토가 바짝 다가오자 마쓰리는 뒤로 물러났다. 가즈토의 말이 마쓰리의 가슴을 관통했다. 틈만 보이면 붙잡으려 드는 가즈토의 손을 뿌리치듯이 대답했다.

"없어…."

"…마쓰리, 난 아이니, 꿈이니, 그런 걸 원하는 게 아냐. 너만 있으면 돼."

"…안 돼."

"외롭지 않아? 넌 나와 헤어지고도 외롭지 않았어? 난 외로워서 미칠 뻔했어. 가업이고 뭐고 모조리 내팽개치고 싶었어. 네가 없으면 전부 아무 의미 없어."

될 대로 되라는 듯한 가즈토의 말에 마쓰리가 고개를 쳐들었다. 두 손으로 가즈토의 뺨을 탁탁 두드리고는 그대로 감쌌다.

그 순간 마쓰리는 정신이 번쩍 들었다.

가즈토를 '살리는' 것.

그게 가즈토와 만나게 된 이유였나 보다.

가즈토만 자신을 살린 게 아니라, 자신도 가즈토를 살리기 위해 존재하는 거였다.

"넌 네 시간을 살아! 네 인생을 살아야지! 스스로 갈 길을 정하고 포기하지 않겠다고, 도망치지 않겠다고 나랑 약속했잖아. 나를 위한답시고 모조리 내팽개치면 내가 막 좋아할 줄 알았어? 그런 너를 사랑할 줄 알아? 넌 못 말리는 바보야!"

"마쓰리⋯."

"너만은 살아 있어줘. 이 순간도, 앞으로도 계속 네 인생을 살아가 줘. 포기하면 용서 못 해. 나를 위해 끓여줬던 차를 포기해 버리면, 절대로 용서 안 해!! 알았지, 가즈토? 그렇게 고민하고 방황하면서, 몇 년이나 도망쳤어도 결국에 넌 차를 선택했잖아. 전에 네가 그랬지? 좋아하는 일이 있는 건 굉장한 거라고. 진짜 행운이라고. 넌 스스로 그 길을 선택하고 들어갔잖아. 네가 줄곧 동경하던 길이잖아. 그걸 포기하면 후회할 거야. 그러니까 나를 위해서라는 말은 하지 마, 바보야."

"⋯자꾸 바보라고 하지 마⋯."

"맨날 바보 같은 소리만 하니까 바보지! 넌 천재가 아니라 그냥 바보야!"

감싼 두 손으로 또다시 뺨을 탁 때렸다. 그렇게 주고받은 두 사람의 눈빛은 같은 색을 띠고 있었다. 기쁨과 슬픔, 두 사람이 서로를 사랑하는 마음까지 고스란히 전해졌다. 두 사람이 만난 이후 처음으로 하나가 된 기분이 들었다.

"넌 나를 만나 좋았어⋯? 귀중한 시간을 바보 같은 나와 보내서 좋았어?"

"좋았어… 너를 만난 사실만으로도 난 행복했어. 함께 있어 줘서 고마워."

"…그렇구나. …네게 의미가 있었다면 다행이야."

"다음에는 셔츠 단추가 달랑거리면, 네가 직접 달아."

"으응…."

"언젠가 달아줄 사람도 만나고."

가즈토의 손끝이 마쓰리의 귀를 부드럽게 어루만졌다. 뺨을 쓰다듬고 입술을 매만지더니 살며시 얼굴을 가까이 가져갔고, 그렇게 두 사람은 마지막 키스를 나눴다.

"나를 깨끗이 지우고. 새로운 사람을 만나… 알았지?"

"…으응, 네 소원이라면 그렇게 할게. 약속해."

"미안해. 먼저 죽어서 미안해. 건강하지 못한 몸이어서 미안해… 그렇지만, 내 마지막 사랑이 너여서 좋았어…."

"넌, 내 첫사랑이었잖아."

"고마워…."

"다시 태어나면 말이야, 말해도 돼?"

"…또… 중학생 같은 소리 하려고…."

가즈토는 코를 훌쩍이며 웃었다. 마쓰리가 가즈토를 세게 안으며 다음 말을 이었다.

"다음에는 꼭 건강하고 강인한 생명을 가진 사람으로 태어날게. 그리고 그때도 너의 달랑거리는 단추를 달아줄게."

"기다릴게."

두 사람은 꼭 끌어안은 채 눈을 감았다.

서로의 심장 소리가 가슴에 울렸다. 살아 있음이 행복했다. 그리고 언젠가 함께할 날을 꿈꾸었다. 두 사람은 살아 있으면서도 죽음을 나눴다.

마쓰리에게 이제 미련은 남아 있지 않았다.

"고마워."

"미안해."

"사랑해."

그 말을 전부 전할 수 있었다. 죽는 일도, 사는 일도 더는 두렵지 않았다.

몸을 서서히 떨어뜨리며 한 번 더 눈빛을 주고받았다.

마쓰리의 얼굴에 은은한 미소가 번졌다. 가즈토의 뺨도 부드럽게 풀어졌다.

두 사람은 은행나무 가로수 길에 마주 보고 서 있다가, 서로 반대 방향을 향해 천천히 등을 돌렸다. 낙엽이 바스락거리는 소리가 포개지고, 점점 어긋나다가, 이윽고 멀어졌다.

가즈토를 마지막으로 만난 날이었다.

마쓰리를 마지막으로 만난 날이었다.

죽을 준비는 끝났다.

남은 건 내 마음이 모두 담긴 이 노트를 버리는 일뿐.

남은 시간 3년도 치열하게 살아보자.

가즈토가 내게 가르쳐주었으니까.

삶이 이토록 사랑스럽다는 사실을.

죽을 준비는 끝났다.

그러니 지금부터는 온 힘을 다해 살아보는 거다.

가즈토와 헤어지고 마쓰리의 시선으로 본 남은 인생

눈이 내렸다.

네모난 창 너머에서 하얀 꽃잎이 팔랑팔랑 떨어졌다. 아침 뉴스에 나온 날씨 정보가 맞았다.

아래층 출입구 쪽에서 아이들이 떠드는 소리가 들려왔다. 창문 아래로 시선을 옮기자 가족 병문안을 온 아이들이 따분함을 발산하듯 현관 기둥 사이를 뛰어다니는 모습이 보였다. 전력을 다해 몸을 움직이는 아이들은 올해 본 첫눈보다 더 아름답게 빛났다.

"다카바야시 마쓰리 씨, 눈이 내리고 있어요. 안 추워요? 난방 온도 좀 올릴까요?"

귀에 익은 목소리의 주인이 들어와서 묻기에 베개에 기댄 머리를 작게 흔들며 거절했다.

"침대는 어떻게 할까요, 돌려놓을까요?"

"…그냥 둬요."

"안 힘들어요?"

괜찮다고 눈짓을 보내자 담당 간호사는 알겠다는 듯이 고개를 끄덕이더니 링거액을 확인하고 나갔다.

하루에 몇 번은 침대 머리를 올려 달라고 부탁한다. 천장을 마주하던 시선이 높아져 창밖 풍경이 보인다. 유리 한 장 너머 바깥세상을 바라보는 시간은 답답하게 갇혀 있던 하루 중 소중한 한때였다.

도시의 눈은 덧없다. 하늘하늘 내리다가 눈송이를 이루지 못하고 사라진다.

'내 생명도 이렇게 훌훌 사라지면 편하게 죽을 텐데.'

눈을 바라보며 그런 생각을 했다.

병동과도 떨어진 심장 집중 치료실에는 의료기기 말고는 아무것도 없다. 외부 정보와 연결되어 있는 건 휴대용 음악 플레이어에 내장된 라디오가 유일하다. 텔레비전도, 책도 없는 이곳에 오락거리는 필요하지 않다. 왜냐하면, 그런 걸 즐길 힘이 남아 있는 사람은 여기까지 오지 않으니까.

창밖에 연분홍 벚꽃 잎이 흩날리던 입원 초기에는 아직 걸을 수 있었다.

여름 직전에 퇴원했다가 집에서 발작을 일으켜 곧바로 다시 입원했다. 투여하는 약의 양이 한계에 달했다. 지금으로서는 신약이 없다. 항생제를 투여하여 멈추지 않는 기침을 어떻게 해서든 가라앉히려는 고통스러운 치료가 몇 달째 계속되었다.

하지만 약의 효과가 나타나는 속도보다 병이 악화하는 속도가 점점 더 빨라졌다. 서서히 세포가 파괴되고, 몸의 곳곳이 하나둘 기능을 상실하며, 등불이 하나씩 꺼져가듯… 그렇게 몸은 확실하게 나빠지고 있었다.

그전에는 약을 늘리고 안정을 취하고 의사의 말을 따르면 어떻게든 회복이 되었다. 하지만 지금은 어떤 방법을 써도 한번 잃어버린 기능은 다시 돌아오지 않았다.

죽음은 어느 날 갑자기 다가와 날카로운 도끼로 영혼과 육체를 분리시키는 거라고 생각했다. 한순간에 끝이 날 거라고.

그런데 생각이 짧았다.

죽음은 분명한 발걸음으로, 그러나 작은 보폭으로 천천히 다가왔다.

지금은 이 무미건조한 침대 위에서 일분일초를 살아내는 중이다.

링거 주삿바늘을 몇 개나 몸에 꽂고 코로 산소를 들이마시며 침대에서 내려가지도, 이 좁은 방에서 나가지도 못하지만, 아직 죽지 못했으니 살아 있다.

나는 이렇게 마지막 시간을 보내고 있었다.

점심때는 닭 가슴살과 채소 조림과 쌀밥이라는 밍밍한 식사가 나왔다. 엄격하게 식사를 제한하면서 좋아하는 음식을 먹을 수 없게 되자 식사 시간이 즐겁지 않았다.

"오늘은 평소보다 많이 먹었네."

식판을 치우고 온 기쿄 언니가 병실 내부에 마련된 싱크대에서 젓가락과 컵을 씻으며 밝게 말했다.

"의사가 잘 안 먹으면 영양제를 계속 맞아야 한다잖아. 그래서 맛없어도 참고 꾸역꾸역 먹었어."

짜증 섞인 목소리를 내뱉자 언니가 슬픈 표정을 지었다. 그런 표정을 보는 게 제일 싫었다. 슬퍼할 사람은 나 아닌가! 괜히 분노가 치밀어 오른다.

그렇지만 오늘은 기쿄 언니에게 부탁할 일이 있었다. 침대 옆 선반에서 가위를 꺼내 짜증을 억누르며 "머리 잘라줘."라고 업무 지시를 내리듯 말했다.

언니는 북받치는 감정을 지그시 누르며 내 얼굴을 살폈다.

"넌 긴 머리 좋아하잖아. 짧게 잘라본 적도 없으면서."

"방해되니까."

감정이 없는 목소리를 내자 기쿄 언니가 기운을 잃고 고개를 떨어뜨렸다. 그 모습을 보고 나도 모르게 쯧, 혀를 차게 될까 봐 급하게 입술을 깨물었다. 혀를 차는 건 실례라고 생각할 줄 아는 이성은 아직 남아 있었다. 하지만 긴 머리를 소중하게 여기는 마음 같은 건 한참 전에 잃어버렸다.

이제 화장은 하지 않는다. 눈썹도 안 그린다. 마지막으로 마스카라를 바른 게 언제였는지 기억도 나지 않았다. 민얼굴을 부끄러워하던 마음도 사라진 지 오래였다. 가끔 병원 안에서 화장한 노부인을 볼 때면 '이제 저 할머니보다도 여자답지 않구나.' 싶어 초라하고 비참한 기분을 맛봐야 했다.

반면 기쿄 언니는 여전히 아름다웠다. 희고 갸름한 얼굴은 나이를 먹어도 탄력과 윤기를 잃지 않았다. 눈매는 길고 입술은 도톰해서 화장을 살짝만 해도 화려하고 예뻤다. 언니를 변함없이 사랑했지만, 언니의 미모를 보면 때때로 울적해졌다.

"그냥 잘라줘. 간호사가 머리 감겨줄 때 힘드니까."

"힘들다 그래?"

"그렇게 대놓고 말은 안 하지. 그렇지만 한 시간이나 걸려. 내 머리를 감기고 말리느라. 내가 힘들어. 죽을 것 같다고. 언니는 모르겠지만."

집중 치료실에 들어오고부터 말투가 냉랭해졌다.

자유롭게 혼자 화장실도 못 가면서 대소변을 배설한다. 목욕을 할 수 없으니 간호사가 침대 위에서 몸을 닦아주고 머리도 감겨준다. 길었던 머리는 언니에게 부탁해서 싹둑 잘랐다. 간호사를 번거롭게 하고 싶지 않았고, 또 무엇보다 머리를 감고 말리느라 시간이 오래 걸리면 내가 힘들었다.

쇼트커트로 바뀐 머리 모양을 보고 언니가 웃어 보였다.

"잘 어울리네."

하지만 언니의 목소리는 떨렸고, 분명 울먹이고 있었다. 긴 머리카락은 여자의 생명이라고도 하는데, 그런 말은 머리카락을 손질할 기운이 있는 사람만 할 수 있는 거다. 지금 나는 여자의 생명 따위보다 얼마 안 남은 체력을 지키는 게 우선이었다.

그렇게 우선순위가 바뀌었다. 몸의 기능이 하나씩 사라질 때마다 아주 사소한 동작 하나에도 몸의 기능과 질서가 필요하다는 사실을 이해하게 되었다.

잃어버리고 나서야 비로소 깨달았지만, 그렇다고 잃어버린 걸 다시 되돌릴 수는 없었다.

죽음이란 퇴화의 끝에 있는 것일지도 모르겠다.

서서히 다가오는 죽음을 기다리는 시간은 지옥 같은 고문이었다. 내 몸의 퇴화를 똑똑히 마주해야 하는 하루하루. 사용하지 않는 근육은 계속해서 쑥쑥 줄어들고, 팔뚝이 손목처럼 가늘어지고, 어깨뼈는 돌출되었다. 앉으면 엉덩이에 살이 없으니 엉덩이뼈가 닿아서 견딜 수 없이 아팠다. 다리는 뼈에 가죽만 달라붙어 있다고 볼 정도였고, 얼굴도 마찬가지였다. 전에는 좀 말랐으면 좋겠다고 바랐는데, 몸의 많은 부분에 붙어 있던 살을 모조리 잃었다. 잃고 싶지 않았던 가슴의 탄력도 빼앗기고 갈비뼈는 툭 튀어나왔다.

수분이 배에 차서 다른 부분과는 다르게 복부만 이상하리만치 불룩 튀어나왔다. 어린아이처럼 언밸런스한 몸. 바라던 대로 몸은 말랐지만, 건강하지 못한 다이어트는 기분만 나쁘게 했다. 거울을 들여다보면 머리 모양은 소년 같고 작은 얼굴 위에는 움푹 팬 눈만 번뜩거리는, 지금까지의 나와는 조금도 닮지 않은 괴물처럼 생긴 내가 거기 있었다.

그 모습을 볼 때마다 생각한다. 소중한 사람을 만들지 않아서 다행이라고. 사랑하는 사람에게 이런 몰골을 보이지 않아서 다행이라고. 새삼 확신했다. 그때의 선택은 틀리지 않았다.

'가즈토도 지금 이 눈을 보고 있을까….'

가즈토가 스스로 찾은 길을 뚜벅뚜벅 걸어가기를. 내가 바라는 건 오직 그것뿐이다.

가즈토와 헤어지고 나서 죽어라 만화를 그렸다. 투고했다가 떨어지고, 또 떨어지고, 쓰키노 씨를 통해 소개받은 출판사 편집자에게 단칼에 거절당해도 주눅 들거나 포기하지 않고 죽을 둥 살 둥 만화에만 매달렸다. 그야말로 전력으로 질주했다. 내가 '뭔가를 남기고' 싶었나보다. 좀 과장되게 말하면, 이 세상에 살아 있었다는 증표를 하나라도 남겨두고 싶었던 것 같다.

그중 하나가 출판사 편집자의 눈에 들어 프로에게 지도를 받아 가며 고치고 고친 만화를 잡지에 땜빵처럼 게재한 일이다. 쓰키노 씨와 사나에가 자신들의 블로그며 SNS에 크게 홍보해 준 덕분에 예상보다 많은 사람이 그 만화를 보게 되었다. 물론 혹평도 있었지만, 대체로 호평을 받으며 3회 연재라는 기회를 얻었다. 먹고 자는 일도 잊고 미친 듯이 그렸다. 아빠에게 몸을 생각하라며 혼이 났지만, 이 만화만 그릴 수 있다면 죽어도 좋다는 각오로 작품을 완성했다. 원고를 보내고 담당자에게서 오케이 사인을 받은 직후 바로 쓰러지면서 재입원이라는 후폭풍을 몰고 왔지만, 그때 그린 작품들 덕분에 단행본을 낼 수 있었다.

서점 한구석에 놓인 내 책을 보고 너무 긴장해서 가까이 가지 못했던 일을 지금도 기억한다. 그러면서 언젠가 이 책이 가즈토의 눈에 띄면 좋겠다고 마음 한편으로 빌었다.

'난 결실을 맺었어. 그러니까 가즈토도 열심히 해.'

여전히 코스프레는 즐거웠다.

하지만 밤샘 작업이 거듭되자 몸 상태가 나빠지기 일쑤였고, 한번 나빠지면 다시 궤도에 오르기까지 시간이 오래 걸렸다.

나빠지면 시간을 들여 회복하고, 또 나빠지면 또 시간을 들여 회복하고…, 그러다 보니 어느덧 의상을 만들 기력이 사라지고 없었다. 좋아했던 애니메이션이 끝나자 그 길로 이벤트에서 손을 뗐다. 그다음에 다시 빠져든 작품도 있었지만, '좋아한다'는 열정보다 '체력을 유지해야 한다'는 방어적인 마음이 더 웃돌아 더는 의상을 만들지 않았다.

그 무렵에 사나에의 결혼이 정해졌다.

잠들어 있던 재봉틀을 옷장에서 꺼내고, 자주 드나들었던 천 가게로 달려갔다. 마치 몸에 전원 스위치가 켜진 듯했다.

사나에를 위해 드레스를 만들었다. 새하얀 웨딩드레스. 누군지도 모르는 사람이 입었던 드레스가 아니라 사나에, 단 한 사람만을 위한 특별한 드레스.

행복한 시간이었다. 사나에와 같이 보냈던 시간을 회상하며 한 땀, 앞으로 사나에에게 펼쳐질 시간을 기대하며 한 땀, 그렇게 정성을 다해 드레스를 만들었다. 진주 장식도 한 알씩 전부 바느질해서 붙이고, 레이스 주름이 부풀어 오르는 정도까지 꼼꼼하게 살피며 사나에를 가장 아름답게 보이게 할 드레스를 완성했다.

드레스가 완성된 날, 사나에가 말했다.

"마쓰리가 결혼할 때는 내가 드레스 만들어줄게."

비록 사나에가 말한 그날은 오지 않겠지만.

순백색 드레스를 입은 사나에는 아름다움을 뿜어내는 사람처럼 찬란하게 반짝였다. 그 모습을 보니 만족스러움에 입이 다물어지지 않았다. 완성했다는 성취감에 도취되었다.

코스프레 의상을 더는 만들지 않았지만, 사나에의 드레스를 만든 일을 마지막으로 나를 자극하던 '하고 싶은 일'을 다 이루어낸 기분이었다. 코스프레를 하며 즐거워했던 시간은 지금도 내 가슴속에서 반짝이는 순간들로 남아 있다. 하고 싶은 일을 하며 즐겁게 보낸 시간은 무엇과도 바꿀 수 없는 소중한 추억이다. 이제 와서 생각해 보면 참 고마운 일이다.

그 시간을 충분히 즐겼기에 나중에 입원하는 횟수가 잦아져도 스트레스를 받지 않았다. 만약 그때 '하고 싶은 일'이 남은 상태에서 억지로 입원하게 됐다면, 굉장히 고통스러웠을 거다.

10년이라는 시한부 선고를 받고 나서, 마침내 10년째 되는 해가 지나고 있었다.

나는 가능한 한 소중한 존재를 만들지 않으려 세심하게 주의를 기울이며 살았다.

그 노력이 지금의 안도로 이어졌다.

부모님과 언니와의 이별은 여전히 슬프다. 가족을 슬프게 하는 게 고통스럽다. 하지만 달리 헤어짐이 아쉬운 사람이나 물건은 없다. 사나에게는 착한 남편이 생겼다. 미야와 대학 동기들은 저마다 새로운 인생을 시작해서 다들 바쁘게 지내고 있다. 이따금 문자가 오고, 이따금 답장을 보낸다. 이 정도 거리감이 지금의 우리에게는 최적이었다.

열정은 막을 내렸고, 꿈꿨던 일도 그럭저럭 결과를 남겼다. 헤어지기 싫다며 나를 붙잡는 건 아무것도 없다.

레이코 씨의 권유로 마음의 소리를 기록했던 노트는 여름에 퇴원했을 때 버리고 왔다.

그때는 간신히 걸을 수 있던 시기였기에 언니에게 군마에 가고 싶다고 부탁해서 내가 다니던 초등학교까지 같이 갔다.

무더운 여름날이었다.

내내 마음먹고 있었다. 내 추억을 묻을 곳은 여기밖에 없다고 여기면서.

정문을 통과하자 느닷없이 가즈토와의 추억이 되살아나 괴로웠다.

인생의 마지막 사랑은 가슴 깊숙한 곳에 소중히 담아두었다. 내 인생에서 둘도 없이 값진 시간이었으니까.

가즈토를 사랑하고 사랑받고 서로 이야기를 나누고 웃고 껴안을 수 있어서 행복했다.

아무도 없는 운동장을 곧장 걸었다. 걸음을 뗄 때마다 추억이 하나씩 되살아났다. 걸음을 걸을 때마다 가즈토의 표정이 선명하게 떠올랐다. 한 걸음, 목소리가 들렸다. 한 걸음, 웃는 얼굴이 보였다. 한 걸음, 손을 잡을 때 느껴지던 손가락의 열기. 한 걸음, 포개진 입술의 감촉. 한 걸음, 불타오르던 눈동자. 한 걸음, 한없이 다정했던 마음. 한 걸음, 아이 같은 연약함. 한 걸음 한 걸음, 걸음마다 가즈토가 넘쳐흘러 허우적거렸다.

가즈토와의 추억으로 숨이 막히려던 순간, 내게 학교 직원이 말을 걸어왔다. 덕분에 정신을 차리고 무사히 학교 소각로에 내 마음을 담은 노트를 버릴 수 있었다.

기나긴 나날들은 불이 붙자 순식간에 타오르더니 하얀 연기가 되어 하늘로 사라졌다. 마음의 갈등도, 고통의 눈물도, 얼마 안 되는 기쁨의 나날도, 온 마음을 바쳤던 사랑도, 모두 타서 하늘로 사라졌다. 나도 언젠가 같은 하늘로 사라지겠지. 그때 나는 그리 오래지 않아 그날이 찾아오리라고 확신했다.

그 후 다시 몸 상태가 나빠져 입원했고, 전에 없던 발작으로 괴로워해야 했다.

침대에서 일어선 순간 돌연 눈앞이 새하얘지더니 의식은 있는데 아무것도 보이지 않았다. 간신히 호출 버튼을 누를 수 있었던 건 행운이었을까. 아무런 전조 증상도 없이 혈압이 급격하게 떨어졌다.

"안 되겠다, 집중 치료실로 옮겨."

하얀 세상 저편에서 의사의 불안한 목소리가 들려오더니 침대가 움직이기 시작했다. 나를 둘러싼 의사와 간호사의 목소리가 절박했다.

하얀 세상 속에서 '아, 이제 끝이려나.' 생각한 그때, 굉장한 힘에 의해 아래로 끌려 들어가는 듯한 감각을 느꼈다. 침대 프레임을 꽉 붙잡았다. 그런데도 차마 저항할 수 없는 힘이 계속 잡아당기는 듯해 옆에 있던 의사의 가운을 움켜쥐었다. 무서웠다. 당연하지만 예고 없이 찾아온 '죽음'으로 끌려 들어가는 그 감각을 경험하고 나서 나는 격하게 동요했다.

의사들이 제때 치료해 준 덕분에 간신히 살아남았지만, 그건 분명 '죽음'이었다.

지금도 끌려 들어갈 때 느꼈던 압도적인 위력이 되살아날 때면 소름이 돋았다. 이대로 잡혀갈 수는 없다며 움켜쥐었던 가운의 감촉도 생생히 기억한다. 무서웠다. '죽음'은 내 상상보다 몇

323

백 배는 더 무서운 존재였다.

그렇지만 분명 그 순간은 또다시 찾아올 테지.

어쩌면 다음에는 붙잡을 수 없을지도 모른다. 저항하지 못할지도 모른다.

그 공포를 받아들이지 못하면 지금의 내 인생도 끝나지 않는다. 인간답게 살고 있다고는 도저히 말할 수 없는 지금의 삶을 끝내려면 결국, 다시 한 번 그 순간이 와야만 한다.

'좀 더 평온하게, 자는 동안 고통 없이 죽음을 맞이할 수는 없는 걸까….'

그렇게 되길 바랐다. 카운트다운은 시작되었지만 하루하루는 선명하게 괴롭고, 자유롭게 움직이지 못하는 몸에는 욕구 불만이 마그마처럼 들러붙어서 엄마와 아빠, 그렇게 사이좋았던 언니를 상대로 분노를 터뜨리게 했다. 분위기를 띄우고 사람들을 기쁘게 하는 게 나라는 인간의 정체성이었는데, 다른 사람에게 마음을 쓰는 일도 기운이 있어야 가능한 줄은 꿈에도 생각 못했다.

사람을 챙기고 보살피고 용서하는 일, 그런 당연한 일도 몸이 힘들면 할 수가 없다. 요즘 들어 심료 내과* 의사에게 카운슬링을 받고 있다. 몸이 망가지면 마음도 망가진다는 걸 깨달았다.

"당연한 거니까, 밉살스럽게 말해도 괜찮아요."

---

* 내과와 정신 건강 의학과를 통합한 개념의 진료 과목.

의사는 그렇게 말했지만 언제나 미움 받지 않으려 세심하게 신경 쓰고, 잘 웃고 남을 웃게 하는 일로 존재 가치를 느껴왔던 내가 부모님에게 "나 좀 내버려둬!", "이제 오지 마." 히스테릭하게 소리를 지르고, 언니에게 "꼴 보기 싫어." 비난을 퍼붓는 일은 듣는 사람도 충격이겠지만, 그런 독한 말이 나를 뚫고 나왔다는 사실에 나 스스로 절망하고 말았다.

죽음을 향해 치닫는 시간은 모든 게 다 자유롭지 못하고, 도망칠 곳도 없고, 도망칠 다리도 없어 참으로 처량했다.

창문을 가로지르는 눈발이 조금 굵어진 듯했다.

눈송이들이 자기 존재를 강하게 드러냈다. 어쩌면 쌓일지도 모르겠다. 눈에 취약한 도심의 교통망을 한탄하는 뉴스로 시끄럽겠다. 오늘 밤은 라디오 말고 음악을 들어야겠다.

이래서는 오늘 밤은 아빠와 엄마도, 내가 집중 치료실로 옮기고 나서 줄곧 본가에 머무는 언니도 못 오겠지. 혼자 보내는 조용한 밤이다.

오히려 쓸쓸하지 않고 편안하다.

아무도 없으면 말을 안 해도 된다. 말을 하는 행위조차 엄청난 체력이 필요하며, 심장과 폐를 풀가동하지 않으면 할 수 없다는 사실을 이렇게 되고 나서야 알았다. 그토록 수다쟁이였던 '축제'의 마쓰리가 입을 다물고 있으면 대부분은 내가 기분이 안 좋다고 착각한다. 그런 오해를 바로잡으려고 무리해서 떠들

든가, 말을 하는 행위가 얼마나 피곤한지 모르는 사람에게 구구
절절 설명하는 번거로움을 선택해야 하니… 결국 혼자가 편하
다는 결론을 내려버렸다.

외톨이가 외롭다는 건 어쩌면 다른 사람의 강요에 의한 상상
일 뿐인지도 모른다.

나는 혼자라는 길을 선택했다.

그러길 잘했다고 말할 수 있다. 이 자리에 가즈토가 있었더
라면 어떤 면에서는 구원을 받았을지도 모르지만, 나의 어떤 부
분은 흔적도 없이 무너져버렸을 거다. 내 성격상 무너지는 쪽이
틀림없이 더 많았을 테고.

혼자 보내는 밤이 차분하게 지나간다.

떨어지는 눈을 바라보며 1분과 1초를 살아내며 무덤덤하게
끝을 향해 나아갔다.

"마쓰리 언니, 몸은 좀 어때요?"

불쑥 병실에 나타난 사람은 병동에 입원 중인 린코라는 여자
아이다. 벌써 스무 살이라고 하니 아이라고 하기는 좀 그렇지
만, 내 눈에는 아직 풋풋하고 어린 티가 가시지 않은 여자아이
다. 짧은 머리와 선명하고 굵은 눈썹이 똑똑한 인상을 주는 이
아이와는 몇 년 전에 병동에서 만났다. 레이코 씨처럼 같은 병
실 동기랄까.

"이거, 마쓰리 언니 주려고 만들었어요. 어때요, 언니 마음에

들어요?"

린코는 후드 티 주머니에서 요즘 푹 빠졌다던 손뜨개 인형을 꺼냈다. 강아지인지 곰인지 알아보기 어려웠지만, 맨 처음에 보여줬던 호랑이와 고양이를 닮은 사자보다는 제법 잘 만들었다.

"언니는 강아지 파라고 해서 강아지를 만들었어요. 마메시바*예요."

린코가 손바닥만 한 인형을 간이 테이블 위에 내려놓았다. 까만 눈동자가 사랑스러웠다.

"귀엽다…."

"받아줄래요?"

"고마워. 잘 간직할게."

내 대답에 린코가 기쁘게 웃었다. 그러고는 오래 머물지 않고 그대로 발길을 되돌렸다.

"또 문자할게요."

"매번 답장이 늦어서 미안해."

"괜찮아요, 괜찮아. 문자 보내는 일에도 체력이 필요하잖아요. 난 괜찮아요, 마쓰리 언니."

린코는 내 몸 상태를 잘 알고 있다. 린코도 자기 병을 자세히 조사했으니까. 말하자면, 린코에게 나는 표본이나 다름없다. 그때의 레이코 씨가 지금의 나, 그때의 내가 지금의 린코. 우리는

---

* 일본 토종개인 시바견의 소형 혈통을 애완용으로 교배시킨 종.

같은 병을 앓고 있다.

"그럼, 또 올게요."

"린코, 다음 주에 카테터 검사, 잘해."

"네. 하기는 싫지만 잘해볼게요!"

"하시바 선생님은 솜씨가 좋아서 마취도 별로 안 아파. 그러니까 걱정하지 마."

"언니가 그렇게 말하니까 용기가 나네요."

린코는 선명한 쌍꺼풀이 둥글게 휘어지도록 웃으며 방을 나갔다.

간이 테이블에 오도카니 올라가 있는 강아지 인형의 천진난만한 얼굴이 귀여웠다.

나도 뭔가 만들고 싶다. 그런 생각을 하면서도 벌써 한참 전부터 바늘과 실에 손을 대지 않고 있다. 좋아하는 일을 못 하게 된 건 서글프지만, 그래도 의외로 침착하게 받아들이고 있다. 어느새 바늘과 실마저 무겁다 느꼈고, 오랫동안 손을 움직일 힘과 집중할 만한 끈기도 사라져 버렸으니까. 그래서 못 하게 됐다고 비통하지는 않았다.

소중한 걸 하나 더 가슴에 묻었다. 내 가슴속의 비교적 편안한 자리에는 묘비가 몇 개나 세워져 있다. 예전에 좋아했던 것들. 지금 잃어버린 것들. 버린 게 아니라 가슴속에 조용히 채워 갔다. 앞으로는 자리에서 일어서고, 혼자서 화장실에 가고, 음악을 듣고, 새로 나온 과자를 궁금해하는, 그런 소소한 일상의 묘비들도 세워지겠지.

가능하다면 전부 잃어버리기 전에 진짜 묘비를 세울 수 있으면 좋겠다.

죄다 상실한 채 그저 침대 위에 누워만 있는 시간은, 바라건대 제발 오지 않기를.

가족들은 그래도 좋으니 살아만 있어 달라고 기도하겠지.

"피부에서 따스한 기운이 느껴지니까 아직 이 아이는 살아있어요."

엄마는 그렇게 말하며 내 손을 어루만질지도 모른다. 그 체온이 엄마의 마음을 따뜻하게 위로할지는 모르지만. 그렇게 되어버린 '나'는 '내' 눈에는 이미 죽은 존재다.

용변도 가리지 못하고 최소한의 의지마저 상실한 상태를, 나는 살아 있다고 인정할 수 없다.

'신이 있다면, 제발 적당한 때에 죽여주세요.'

가족을 위해 살아주고 싶다고 생각하던 시절도 있었지만, 지금은 그 의지를 이어갈 힘이 없다. 누군가의 미소보다 고통이더 우위에 있으니까. 살아주고 싶었던 마음도 일찌감치 가슴속묘비 아래에 묻었다.

언니가 왔다.

언니는 지금 도쿄의 본가에서 지낸다. 사토시 형부가 조금이라도 더 내 옆에 있어주라고 했단다. 동시에 그 말은 딸을 잃어가고 있는 부모님 옆에 있어주라는 뜻이기도 했다. 따뜻한 사람이다. 이런 사람이 우리 가족이 되어서 기쁘다.

"마쓰리, 오늘은 어때? 며칠 전에는 눈이 와서 깜짝 놀랐어. 눈다운 눈은 오랜만에 봤어."

기쿄 언니가 침대 옆에 놓인 파이프 의자에 걸터앉으며 부드러운 목소리로 천천히 말했다.

언니의 리듬은 느릿한 내 심장 고동과 박자를 맞추어 마음이 편안해진다.

"마침 침대를 올리고 있어서 나도 봤어. 예쁘더라."

"그랬구나. 잘됐네."

언니가 은은한 미소를 지으며 내 머리를 부드럽게 쓰다듬는다. 아이에게 하는 듯한 손놀림이다. 그렇지만 싫지는 않다.

그 순간 왠지 모르게 기분이 묘했다.

그것은 분위기처럼 애매한 느낌이 아니었으며 그렇다고 구체적인 증거 같은 것도 없었지만 분명한 확신이 들었다. 언니에게 무슨 일이 있다. 언니 손의 온기가 평소와 달랐다. 그것은 과학적인 근거가 아니라 초자연적인 힘, 같은 피를 나눈 자매만이 알 수 있는 그런 '절대적인' 무언가였다.

"무슨 일… 있어?"

내가 묻자 언니가 눈을 동그랗게 뜨고 나를 쳐다보다가 놀란 목소리로 되물었다.

"왜 그렇게 물어?"

"어쩐지, 평소랑 달라서."

언니의 눈가가 부드럽게 풀렸다. 혹시 우는 건가 싶었더니, 굉장히 당황해하면서도 웃고 있었다.

"예리하네, 마쓰리."

언니가 수줍게 대꾸했다.

그리고 그다음에 언니의 입에서 흘러나온 말은 얼마 전에 봤던 눈처럼 찬란하게 반짝이면서 하늘에서 내려와 포근하게 내 피부 위로 떨어지더니 천천히 아주 천천히 스며들었다.

"나, 임신했어."

언니에게 아기가 생겼다.

"너한테 조카가 생긴다니까."

처음으로 맞이하는 존재였다.

다시금 언니의 얼굴을 올려다보았다. 부끄러워하면서도 기쁨이 가득한 눈부신 미소. 그 미소는 기쿄 언니 자신이자, 사토시 형부의 아내이자, 앞으로 태어날 아기 엄마의 미소였다.

"대단하다."

그 말밖에 나오지 않았다.

언젠가는 이런 날이 오리라 예상했지만 그 충격은 내 상상보다 훨씬 강렬했고, 나를 뼛속부터 뒤흔드는 사건이라고 해도 결코 과장이 아니었다. 수도권에서 내린 눈 때문에 교통망이 마비됐다는 뉴스보다도 널리 알려야 할 뉴스라고, 진심으로 그렇게 생각했다. 전국 방방곡곡, 아니, 전 세계에 알리고 싶었다.

여러분! 언니가 임신했습니다!

내가 이모가 된대요!

"지금 2개월이니까, 가을에는 태어날 거야."

"더울 때 배가 불러서 힘들겠다."

"그러게. 그렇지만 더운 여름에 애 키우는 건 정말 힘들다고 하니까, 가을에 태어나는 게 고마운 일일 수도 있어."

"그렇구나. 첫 아이네."

"너한테도 첫 조카잖아. 여기서 출산할 거니까 많이 도와줘야 해."

갑자기 가슴이 덜컥했다.

언니가 내 머리카락 사이에 손가락을 끼워 넣고 천천히 쓸어내렸다. 어린아이가 아끼는 인형의 머리를 쓰다듬듯이. 아니지, 오늘부터는 엄마가 사랑스러운 아이의 머리카락을 쓰다듬는 동작이다. 바라보는 눈빛이 다르니까. 언니에게서는 마치 성모 마리아 같은 자애와 눈부신 빛이 넘쳐흐르고 있었다.

내가 육아를 도와줄 수 없다는 사실은 나도 언니도 잘 알고 있다. 애초에 그때 퇴원할 수 있을지, 더 나아가 살아 있을지 없을지조차 장담할 수 없다. 설사 그렇더라도 지금 이 순간만은 행복한 자매가 나누는 대화에 빠져들고 싶었다. 과분할 만큼 행복한 가을이 찾아올 거라고, 상상하고 싶었다.

"아기 이름을 생각해야겠네?"

"사토시가 벌써 생각하고 있어."

"역시 형부는, 일 처리가 빨라."

"그게 말이지, 정말 웃겨. 작명 책을 사 왔나 싶어 봤는데…"

그때가 생각났는지 언니가 어깨까지 들썩이며 쿡쿡 웃었다. 내가 집중 치료실에 들어오고 나서 이렇게 웃는 언니를 처음 보았다. 언니에게 생긴 귀중한 생명에 거짓 없는 진심을 담아 감사했다.

"사토시가 야생초 책을 사 온 거 있지. 엄마는 도라지꽃이고 이모는 재스민이니까, 역시 이거라면서."

"…내가 이름에 끼어들어도 돼?"

"당연하지. 우리는 가족인데."

이 방에 배어 있던 슬픔과 불행이 언니의 그 한마디에 싹 씻겨 나갔다.

병에 걸리고 나서 많은 걸 잃었다.

두 손에서 빠르게 떨어지는 것들을 받아낼 수 없어서 겁이 났고, 그렇다면 차라리 내가 먼저 놔버리겠다며 내려놓은 것도 많다.

미래를 꿈꾸는 힘을 버렸다. 직업에 대한 동경도 버렸다. 남들처럼 살려는 마음을 버렸다. 아이를 가질 희망을 버렸다. 결혼을 버렸다. 사랑을 버렸다. 친구를 버렸다. 사랑하는 사람을 버렸다.

남은 건 가족뿐이다. 가족만은 버릴 수 없었다. 버리고 싶었지만 가족마저 버리면 살아갈 방법이 없어진다는 건조한 이유로 곁에 남겨두었다. 내게 남은 단 하나. 가족들이 나를 인정하고 받아준다는 사실은 그대로 살아갈 가치로 이어졌다.

"이름… 나도 생각해 볼게."

"응. 같이 생각해 보자. 기쿄와 마쓰리를 이을 3대째를."

그 말에 나는 아직 태어나지도 않은 언니의 아이에게 유대감을 느꼈다.

아직 본 적도 없는 아이. 2개월 된 태아의 크기는 어느 정도일까. 의자에서 일어난 언니의 배를 물끄러미 바라봤지만, 거기에 생명이 있다고는 아무도 알아차리지 못할 정도로 납작했다.

그렇지만, 분명히 존재한다.

그날 밤 나는 생각했다.

우리 집 식탁 풍경을.

언니의 결혼으로 빈자리가 생겼다. 또 내가 입원하면서 빈자리가 하나 더 늘었다. 내가 다시 돌아가지 못하면 그 자리는 영영 빈자리로 남는다.

넷이서 시끌벅적했던 우리 집 식탁. 셋이 되고 나서도 시끌시끌한 분위기를 이어가고 싶어서 나는 말을 많이 했다. 둘만 남은 식탁에서 엄마와 아빠는 어떻게 앉아 있을까. 나란히 앉아 있을까. 아니면 엄마가 언니 자리에 앉아 아빠와 마주 보고 있을까. 엄마와 아빠만 앉은 식탁에 웃음소리는 있을까.

그게 늘 두려웠다. 그 식탁에 두 사람만 남겨두는 게 제일 큰 불효라 생각했다.

그렇지만, 앞으로는.

언니가 오면 세 사람이 되고, 사토시 형부가 같이 오면 4인용 좌석이 꽉 찬다. 그리고 언니의 아기가 태어나면… 의자가 모자란다….

소등이 끝나 어두컴컴한 방 안에서 심전도 모니터와 링거 램프가 점멸하며 만들어내는 아련한 빛을 받으며 나는 혼자 소리를 죽이고 웃었다.

자리가 부족해지리라고는 상상도 못 했기에 그 기적 같은 사실에 기쁨이 넘쳐흘렀다.

아빠가 할아버지가 된다. 엄마는 할머니가 되고.

딸을 앞세운 아빠는 불행해진다. 엄마는 비탄에 빠진다. 하지만 '할아버지와 할머니'라는 단어에는 추운 겨울날 끌어안은 보온 물주머니처럼 인간의 감성을 자극하는 행복이 가득 담겨 있다. 아빠와 엄마가 가을이면 '할아버지와 할머니'가 된다는 사실 역시 더없는 기적이다.

사람이 죽는 건 뺄셈이지만, 사람이 태어나는 건 덧셈이 아니라 곱셈이다.

비록 엇갈리는 운명일지라도 나와 그 아이는 언니를 매개로 이어져 있다. 누가 뭐래도 그 아이는 내 조카이며 나는 그 아이의 이모가 된다. 나는 아이를 낳을 수는 없지만, 이모는 될 수 있다. 그 아이가 아이를 낳으면 다시 그 아이와도 이어진다. 그렇게 가지와 잎이 자라듯 가족이 늘어난다. 빈자리는 새 생명이 채워준다. 그렇게 앞으로도 나는 누군가와 이어질 테고, 일찍이 누군가의 생명이 있었기에 나와 이 세상도 연결되었겠지.

눈을 감자 눈꺼풀 너머에서 녹색 빛이 깜빡깜빡 춤을 추었다. 그 빛이 아직 만난 적 없는 아이의 힘찬 고동을 떠올리게 했다.

창밖에 보이는 가느다란 가지에 새잎이 하나둘 돋아나기 시작했다.

바깥 기온은 알지 못하지만, 봄이 조금씩 가까워지는 듯했다. 매일 침대를 올려줄 때마다 늘어나는 새잎을 관찰하는 일이 즐거웠다. 정신없이 바쁘게 일하는 의사와 간호사들은 눈 깜짝할 사이에 잎이 무성해지더니 올해도 어느새 산딸나무의 계절이 찾아왔다며, 사계절의 변화를 심드렁하게 바라볼 테지만, 내 눈에는 그 변화들이 뚜렷하게 보였다. 피부로 실감할 수는 없지만, 눈으로 계절의 변화를 알아볼 수 있었다.

언제던가, 병실 청소를 하느라 활짝 열어둔 창문으로 계절을 품은 바람이 불어왔는데, 그 순간이 경이롭게 다가왔다.

나는 늘 생각하고 있었다. 언젠가 아무것도 할 수 없게 되는 날이 오리라는 걸. 그래서 당연한 일에도 감사하며 지내려고 노력했다. 당연하게 여기면서 살았다면 오만해지기 쉬웠을 텐데.

내가 남들보다 사소한 일에도 민감하게 반응할 수 있었던 건 언젠가 이런 날이 오리라 각오했기 때문이다.

10년이라는 시한부 선고를 받지 않았더라면 습득할 수 없는 삶의 방식이었다.

절대로 행운이라 말할 수는 없어도 이렇게 살아가는 일도 나쁘지만은 않다고 밝혀두고 싶다.

린코가 병실에 찾아왔다. 제법 안색이 좋아 보이기에 곧 퇴원할 수도 있겠다 싶었는데, 아니나 다를까 다음 주에 퇴원이라고 했다.

"잘됐다. 이번에는 평소보다 입원 기간이 길었으니까, 나가면 스트레스 실컷 풀어."

"일단 맛있는 거부터 먹고 싶어요."

린코는 내가 마음에 걸리는지 쑥스럽게 말했다.

퇴원하는 사람은 입원 중인 환자를 두고 간다는 생각이 들어 마음껏 기뻐하지 못한다. 이상한 동료의식 같겠지만 병실 동기란 그런 것이다.

"마쓰리 언니, 이거."

린코가 며칠 전에 준 마메시바와 색만 다른 인형을 내밀었다.

그리고 간이 테이블에 놓인 인형을 손으로 집더니 갈색과 검은색 인형 두 개를 꼭 붙였다.

"한 마리면 외로울까 봐 친구 만들어 왔어요. 친구가 아니면 연인도 좋고요."

똘망똘망한 얼굴로 어린아이 같은 말을 진지하고도 스스럼없이 내뱉는 린코가 귀여워서 웃음이 났다.

스무 살 무렵, 스무 살은 번듯한 어른이라고 생각했다.

10대 때보다 선악을 판별하는 능력이 있으니 바보도 아니고, 그렇다고 방어적이지도 않다. 딱히 뭐가 있는 것도 아닌데, 괜히 자신은 무적이며 항상 가뿐하고 자유롭고 누구의 지배도 받지 않는다는 긍지가 있었다.

하지만 그건 무지에서 오는 착각이었다. 경험과 학습이 충분하지 않은 데서 비롯된 환상의 힘이었다.

스무 살은 이렇게 어리구나. 혼자 있으면 외롭고 친구나 애인이 없으면 불안해서 견딜 수 없는, 혼자서는 살아갈 힘도 없는 어린아이다.

"고마워, 린코. 소중하게 간직할게."

"외롭잖아요, 혼자는."

양손으로 인형 두 개를 받았다.

생각보다 외롭지 않다고 말하려는데, 두 마리의 마메시바와 눈이 마주치자 희한한 감각이 가슴속을 스쳐 지나갔다.

린코가 떠나고 다시 고요를 되찾은 방 안에서 두 개의 인형을 마주 보았다.

조명을 받은 갈색 마메시바의 단추로 만든 눈이 촉촉하게 젖은 듯 보였다. 틀림없이 무미건조한 플라스틱 단추일 텐데, 검은색 마메시바가 옆에 나란히 놓인 순간 유난히 밝게 빛나 보이는 건 왜일까.

"기쁘니…?"

혼잣말처럼 물었다. 물론 대답이 돌아올 리는 없다.

"외로웠니?"

말이 없는 인형을 앞에 두고 내 얼굴이 굴욕적으로 일그러지고 있음을 알아차렸다. 속상했다. 어리다고 얕봤던 상대에게 정곡을 찔린 듯 아팠다.

린코는 아직 아무것도 모른다.

10년이란 시간을 어떻게 보낼지는 생각도 못 한 채 강하고 편안한 자유를 누리며 살고 있다. 나와 같은 병인데 퇴원도 하고, 맛있는 음식도 먹고, 일은 못 해도 최소한의 생활은 즐길 수 있다. 내가 그랬듯, 아직 시간이 많이 남아 있다.

그렇게 생각한 순간, 내가 느끼는 그 감정이 질투임을 깨닫고 화들짝 놀랐다.

손바닥 안에 놓인 인형을 모양이 찌그러질 정도로 꽉 쥐고 나도 모르게 그 손을 높이 쳐들던 찰나에 "다카바야시 마쓰리 씨, 링거 교환할게요." 말하는 간호사의 목소리가 들려와 전원이 켜진 충동의 불을 다급하게 껐다.

천천히 손바닥을 풀어 두 개의 인형을 간이 테이블에 올려놓고 침대에 누웠다.

질투. 아직 그런 감정이 남아 있었다니.

게다가 그 대상이 린코라는 사실에 자괴감이 들었다. 그 아이 역시 앞으로 괴로운 일을 수도 없이 겪어야 할 텐데. 어떻게 살건 우리가 마지막에 다다르게 될 종착역은 똑같다. 레이코 씨가 그랬고, 내가 그러하듯이, 린코도 10년이 지나고 나면 내가 있는 이 자리에 있게 된다.

물론 그때가 되면 혼자는 외롭다는 하찮은 나약함은 사라지고 없겠지만.

'대체 어떻게 살아야 했던 거야…!'

달려들 기세로 마음속으로 으르렁거렸다. 하지만 대답은 들리지 않았다. 단 한 번도 대답해 주지 않았다. 어차피 나는 죽게돼 있으니까. 그것만이 확실한 미래였다. 그 사실을 받아들이고 죽음으로 가는 공포를 외면해 왔다. 죽음의 공포와 정면으로 마주하게 되면 덜덜 떨려서 한 발짝도 나아가지 못하게 된다.

'삶의 고통을 죽음이 구원해 준다.'

그 사실을 받아들이지 않으면 절대로 죽음을 향해 살아갈 수 없다.

틀리지 않았다.

내 생각은 틀리지 않았다.

그러고는 까무룩 잠이 들었는지 눈을 뜨자 주변이 쥐 죽은 듯 조용했다.

340

의사와 간호사의 말소리도 없고, 다른 환자의 목소리도 들리지 않고, 가족이 찾아온 기척도 없다. 오로지 이 방만 시간 속에 버려진 듯 깊은 침묵에 잠겨 있었다.

'나, 설마 죽은 걸까.'

손가락을 움직였더니 뻣뻣한 시트가 잡혔다.

귀를 기울여봤지만 어떤 목소리도, 움직이는 소리도 들리지 않았다.

'혼자다.'

마음속으로 그렇게 중얼거리자 충격에서 헤어 나오지 못해 고통스러웠던 마음의 상처가 오랜만에 따끔거리고 아팠다. 말로 표현할 수 없는 고통이 마음속에 퍼져나갔다. 이윽고 가슴을 에워싸며 속에서 터져 나온 눈물이 콧등을 타고 흘러 베개를 적셨다.

깊은 침묵 속에서 목소리가 아른아른 떠올랐다. 무슨 말을 하는지 알 수 없었던 목소리가 카메라 초점을 맞추듯 조준하여 맞추자 나를 부르는 남자 목소리라는 걸 알아차렸다. 그 소리가 되살아나지 않기를 간절히 바라면서도 귀를 헤집고 들어오기를 하염없이 기다렸다.

마침내 "마쓰리." 하고 부르는 가즈토의 목소리가 들렸다.

기억 깊은 곳에 가라앉은 가즈토의 목소리는 내가 울 때만 되살아난다. 처음에는 지우려고 애를 썼지만, 그 목소리를 들으면 눈물이 멈추기에 억지로 떨쳐내지 않기로 했다.

"마쓰리." 하고 부르는 목소리가 마음을 달래준다.

평소에는 잠잠히 듣고만 있었는데, 오늘은 가만히 있을 수가 없었다.

둑이 터진 듯 기억 속으로 뛰어들어, 가장 안쪽에 넣고 단단히 잠가두었던 그곳의 문에 열쇠를 꽂고 말았다. 문이 열리고 그 안에서 기억이 힘차게 뿜어져 나오더니 탁류가 되어 넘실거리며 흘렀다. 가즈토와 함께했던 추억이 마음의 제방과 몸의 방파제를 뛰어넘고 엄청난 기세로 철철 넘쳐흘렀다.

넘치고 넘치다 잠긴다. 잠기고 잠기다 빠진다. 마나베 가즈토로 가득 차버려 숨도 쉴 수 없다. 이렇게 죄다 꺼내버리면 나중에 어떻게 원래대로 되돌릴 수 있을까. 전부 제자리에 정리할 수 있을까. 하나도 빠짐없이 다시 기억 속에 간직할 수 있을까.

불안하면서 한편으로는 자포자기해 버렸다. 이제 어떻게 되든 알 바 아니다. 최후의 순간까지 가즈토와의 추억을 되새기면 된다. 침대 위와 간이 테이블, 방바닥과 벽까지, 병실 가득 가즈토로 채우고 영화를 보듯, 앨범을 넘기듯, 과자를 집어 먹듯, 반짝이는 추억 속에서 지내면 된다.

가즈토와의 추억에 잠긴 채 멍하니 생각했다.

나는 후회하는 걸까.

아니라고 하면 거짓말이다. 그렇지만 가즈토가 지금 여기 있었으면 좋겠냐고 묻는다면 없어서 다행이라고 생각한다. 비쩍 말라 빛과 형태를 잃어가는 지금의 나를 보여주는 건 죽어도 싫다. 더할 수 없이 행복하면 필요 이상으로 죽음이 두려워질 테고, 죽음으로 헤어지는 건 너무 괴로우니까 싫다. 그러면 역시 그 선택밖에 없다. 가즈토를 위하는 것처럼 보였지만, 결국은 약아빠진 나를 위해서였다. 내가 느낄 괴로움을 줄이기 위한 이별이었다.

후회는 안 하지만, 그렇다고 그건 정답도 아니었다. 인생이란 원래 그런 선택과 답을 쌓아가는 게 아닐까. 그렇게 타협하며 이를 악물고 버텨왔다.

하지만 역시.

마음을 솔직히 말해도 된다면, 역시.

역시, 외롭다.

너무너무 외롭다. 혼자는 역시 외롭다. 손을 잡아줬으면 하는 밤도 있고, 불안해서 안아주길 바랄 때도 있고, 행복에 둘러싸인 채 죽을 수 있다면 얼마나 좋을까 생각하는 순간도 있다.

솔직히 죽고 싶지 않다. 달아날 수 있다면 달아나고 싶다. 다시 한번 바깥에 나가 걸어보고 싶다. 하늘을 바라보며 내 두 다리로 자유롭고 경쾌하게 걷고, 뭐든 할 수 있는 내가 되어 계절의 숨결을 마음껏 들이마시고 싶다.

벚꽃 잎을 쫓아다니고, 초록빛 나뭇잎 사이로 비치는 햇살을 올려다보고, 낙엽이 만든 융단 위를 바스락바스락 소리 내며 걷고, 새하얀 눈을 두 손에 담고 싶다.

그 옆에 가즈토가 있다면, 그의 미소를 볼 수 있다면, 이보다 더 큰 행복은 없으리라.

"보고 싶어…, 보고 싶어, 가즈토…."

간이 테이블 위에 놓인 인형들만이 나를 쳐다보고 있었다.

끝끝내 본심은 누구에게도 털어놓지 못했다.

갈색과 검은색 손뜨개 인형을 선물로 준 린코를 다시 만날 수 있다면 고맙다고 인사해야겠다. 그 인형들은 언니가 가져갔다. 왜냐하면, '두 개'였으니까.

마지막 순간까지 나는 몰랐지만, 우리 집 식탁에는 의자가 '두 개' 더 필요했다.

그건 내가 알지 못했던 행복한 기적이었다.

22.

세상을 떠난 마쓰리는 영영 모를 그 후 이야기

장례식장 제단 위에 예쁜 여자 사진이 놓여 있다. "아직 젊은데…." 하며 직원도 슬픈 눈빛으로 그 사진을 보고 있었다. 차분하게 진행 중인 경야經夜* 자리에 하카마 차림의 청년이 나타났다.

향을 피우고 돌아선 사나에는 맨 뒤에 앉은 그 청년이 가즈토임을 알아보았다.

---

* 죽은 사람을 장사 지내기 전에 가까운 사람들이 관 옆에서 밤을 새워 지키는 일.

다들 옆방으로 자리를 옮겼다. 배가 부른 기쿄가 저녁을 권하며 안내를 했다. 기쿄는 군마에서 달려온 미유키가 벽에 기대어 우는 모습을 보고는 어깨를 살포시 어루만져주었다.

"마나베 가즈토 씨, 맞죠?"

끝까지 자리를 지키며 움직이지 않는 청년에게 사나에가 말을 건넸다. 가즈토는 언젠가 봤던 잡지가 퍼뜩 떠올랐다.

벌떡 일어서는 가즈토를 보며 사나에는 귀엽다고 생각했다. 이 남자가 절친이 사랑했던 사람이구나 싶어 감회가 깊었다.

"마쓰리 얼굴 보실래요?"

"그러려고 왔습니다."

"마쓰리 부모님께 말씀드리고 올게요."

사나에가 방을 나가고, 가즈토는 제단 위에 놓인 영정을 물끄러미 바라보았다. 사진 속에서 즐겁게 웃고 있는 마쓰리를 보자 가즈토는 가슴이 저리면서도 왠지 모르게 평온했다.

대학 때 친구들이 마쓰리 어머니 옆에서 울고 있었다.

"화해한 지도 얼마 안 됐는데…."

미야가 손수건으로 얼굴을 가렸다. 나머지 두 사람은 내내 울기만 하고 말을 잇지 못했다. 그 사람들 옆에서 고개를 떨군 마쓰리 아버지에게 사나에가 말을 걸었다. 가즈토가 왔다는 말을 들은 아버지가 그를 향해 고개를 깊숙이 숙였다. 가즈토도 예의를 갖춰 인사하자 사나에가 다시 옆으로 돌아왔다.

"마나베 씨, 들어가 보시래요."

"고맙습니다."

기모노를 차려입은 가즈토가 천천히 마쓰리에게 다가갔다. 관 속에 누운 마쓰리의 얼굴은 평온하게 잠든 듯 보였다. 새하얀 드레스를 입은 마쓰리를 재스민이 에워싸고 있었다.

"이거, 제가 만들었어요."

"그렇군요⋯."

"마쓰리와 약속했거든요. 마쓰리가 제 결혼식 때 드레스를 만들어줘서, 저도 만들었어요."

가즈토는 목이 메어 울먹이는 사나에에게 시선을 돌렸다.

"마쓰리는 당신과 헤어지고 나서 꿈을 이루려고 치열하게 살았어요. 프로가 되겠다며 열심히 노력했어요."

"책, 샀어요. 마쓰리네 언니가 알려주셔서."

"정말요? 마쓰리가 알면 좋아했을 텐데⋯. 거기 나오는 주인공은 당신이죠?"

"예. 마쓰리 눈에는 그렇게 비쳤나 싶어서, 기뻐해야 할지 슬퍼해야 할지 모르겠더군요."

"귀여운 캐릭터잖아요. 저는 마음에 들어요. 마쓰리 그림은 다 좋아하거든요. 마쓰리는 제 유일한 파트너였어요."

"그렇군요⋯."

"아, 미안해요. 그럼 둘이 얘기하세요."

사나에가 후후, 웃으며 옆을 지나갔다. 가즈토가 돌아보며 사나에를 불러 세웠다.

"저기, 사나에 씨?"

"네?"

"마쓰리는 만화만 그렸어요?"

사나에는 살짝 놀라다가 얼굴 가득 웃음꽃을 피웠다. 너무나 슬픈 날이지만, 더할 나위 없이 기뻤으니까.

"아뇨. 마지막까지 코스프레도 했어요. 우린 웃기만 했는걸요. 맨날 꺅꺅거렸어요, 애들처럼. 마쓰리는 많이 웃었어요. 공모전에서 떨어져서 한숨 쉴 때도 있었지만, 그래도 이상하게 늘 즐거워 보였어요. 우리는 마쓰리와 같이 있는 게 좋았어요. 마쓰리의 밝은 성격을 정말 좋아했어요."

"…축제의 마쓰리처럼, 말인가요?"

"맞아요. 축제. 그래서 다들 별로 눈물을 보이지 않는 거예요. 마쓰리의 마지막 시간을 함께했던 우리는, 왜인지 눈물이 안 나요. '즐거웠지, 재미있었지…' 하면서 흐뭇하거든요. 마치 불꽃놀이 축제를 즐긴 듯한 느낌이랄까요. 이상하죠?"

"…아뇨. 예쁜 불꽃이었겠네요…."

가즈토의 편안한 미소를 보자 사나에는 가슴이 먹먹해졌다. 일편단심이었던 마쓰리의 사랑이 일방통행이 아니었음을 확신했지만, 정작 기뻐할 당사자가 여기 없다는 사실에 가슴이 꽉 막혔고, 그 통증 때문에 마쓰리가 죽고 없음을 깨달았다.

사나에가 나가고 나자 그곳에는 둘만 남았다.

가즈토는 천천히 손을 뻗어 마쓰리의 뺨을 어루만졌다. 알고 있던 그 감촉은 아니었지만, 비로소 손이 닿았다는 사실이 그저 기뻤다.

"마쓰리… 마쓰리."

작게 목소리가 흘러나왔다. 당장이라도 마쓰리가 눈을 뜰 것만 같았다.

"…수고했어. 나도 열심히 살았어. 이번 가을부터는 다회에 나가게 됐어. 아버지가 차기 당주로 나를 인정해 주셨어. 앞으로 더 노력할게. 더욱더… 살아 있는 동안 계속…. 3년 내내 너를 붙잡을 말을 생각했었어. 시간은 점점 줄어드는데 나는 전혀 포기가 안 돼서… 포기하겠다고 약속했으면서…. 3년 동안 머리를 쥐어짰는데도, 끝까지 모르겠더라. 하지만 언젠가 나도 죽을 때가 되면 알지 않을까. 너에게 무슨 말을 해야 했는지… 그 대답을 찾을 수 있도록 살아갈게…."

가즈토는 마쓰리의 뺨을 쓰다듬고, 귀를 어루만지고, 머리를 쓸어내렸다. 새하얀 드레스 앞가슴에 가지런히 포개진, 더는 움직이지 않는 손을 잡자마자 눈물이 와르르 터져 나왔다. 양손으로 마쓰리의 손을 감쌌다. 뺨을 타고 흘러내리는 눈물은 온수처럼 뜨거운데 마쓰리의 손은 차갑고 딱딱했다.

"너와 만나서 좋았어… 그 사실만으로 난 행복했어… 고마워, 마쓰리…. 나 다회에 나가고 나면 맞선 봐…. 아마 그 사람과 결혼하겠지. 그러면 조금은 알아줄래? 참 잘했어, 대단해… 그때 그랬던 것처럼…."

사나에는 입구에서 펑펑 우는 가즈토의 울음소리를 가만히 듣고 있었다. 눈물이 쉴 새 없이 쏟아져서 쓰러질 듯했지만 필사적으로 견뎠다.

"…안녕, 마쓰리."

잡았던 손을 살며시 놓으며 가즈토는 마쓰리에게 마지막으로 입을 맞췄다.

마쓰리의 뺨에 가즈토의 눈물방울이 떨어졌다.

마쓰리가 안녕이라고, 인사해 주는 것만 같았다.

23.

    초등학교 교정에 한 남자의 모습이 보였다. 직원은 소각로 문을 닫고 조용한 운동장을 가로질러 남자에게로 달려갔다.

    "거 뭐 하는 거요?"

    난데없이 날아온 목소리에 남자가 놀라며 돌아보았다. 나이는 30대 후반쯤 됐나. 기품 있게 생긴 남자가 직원을 향해 꾸벅 고개를 숙였다.

    "죄송합니다. 이 학교 졸업생인데, 오랜만에 왔다가 반가운 마음에 저도 모르게 그만… 허락도 없이 안으로 들어와서 죄송합니다."

    "아, 그래요. 졸업생."

직원은 흰색 폴로셔츠를 입은 남자를 보며 8년 전 어느 여름 날에도 비슷한 방문자가 있었던 일을 기억해 냈다.

직원이 눈썹을 내리고 빙긋 웃으며 물었다.

"그쪽도 추억을 묻으러 왔어요?"

"네⋯?"

남자가 눈을 부릅떴다. 단번에 알아맞혀서 깜짝 놀랐다.

직원실로 따라 들어간 남자는 직원이 내준 차가운 보리차를 감사히 마셨다. 직원은 8년 전에 찾아왔던 사람에 관해 이야기를 줄줄 늘어놓았다.

"희한했어요. 유령인가 싶었지만. 발도 달려 있었고. 새하얀 원피스를 입은 예쁜 여자였어요. 그런데 뼈만 앙상하게 남아서 한눈에 봐도 어디 아프구나 싶었죠. 오늘처럼 푹푹 찌는 날이었어요. 소각로에 뭔가 버리고 있더라고요. 노트였나. 한 장씩 북북 찢어서. 그래서 물어봤죠. 아까처럼, 뭐 하는 거냐고. 그랬더니 추억을 묻으러 왔다더라고요. 그 여자도 여기 졸업생이라던데. 뭐라더라, 마지막으로 올 장소는 여기로 정해졌다던가. 진짜 유령 같죠? 그렇지만, 여자가 태운 노트의 재가 남아 있었어요. 정말로, 그건, 뭐였을까요?"

"그 사람이, 추억을요?"

묵묵히 듣던 남자가 말문을 열었다. 직원은 고개를 주억거리며 보리차를 한 모금 마셨다.

"네. 노트가 타고 남은 재가 맞겠죠? 그래서 졸업생이라는 말을 들으니까 당신도 추억을 묻으러 왔나 싶었죠. 당신을 보니까 갑자기 떠올랐네요. 8년이나 지난 일인데도 말이죠."

직원이 하하하, 소리 내 웃어서 남자도 따라 웃었다.

"저, 학교 건물 좀 둘러봐도 될까요?"

"아아, 그럼요. 옛날 낙서까지 분명 그대로일 겁니다. 그래도 혹시 모르니, 이름은 물어봐도 되겠죠?"

"아, 죄송합니다."

남자가 일어서며 대답했다.

"26년 전 졸업생, 마나베 가즈토라고 합니다."

"그래요. 26년 전이라… 그러면 천천히 둘러보고 가요."

가즈토는 고개를 숙여 인사하고 직원실을 나섰다. 그러더니 생각이 난 듯 한마디 덧붙였다.

"8년 전에 왔던 여자는 아마 다카바야시 마쓰리가 맞을 거예요. 그 사람도 26년 전 졸업생이거든요."

가즈토의 말에 직원이 돌아보자 가즈토는 싱긋 웃으며 직원실 밖으로 나갔다.

학교는 그때 그대로였다. 기억도 그때 그대로. 어렸던 마쓰리도, 아름답게 자란 마쓰리도 전부 여기에 있다.

가즈토는 3학년 2반 교실을 천천히 둘러보고 나서 미술실로 갔다.

망설임 없이 안쪽 선반을 향해 걸어갔다. 그곳에는 변함없이 합판이 잔뜩 쌓여 있었다. 가즈토가 합판들을 천천히 꺼내 치우자 그 시절보다 훨씬 더 복작거리는 공간이 드러났다.

"와… 진짜 전설이 돼버렸네…."

혼잣말하는 가즈토의 눈이 둥글게 휘어졌다. 무릎을 꿇고 앉아 그 이름을 가만히 어루만졌다.

선반에 새긴 두 사람의 이름. 그리고 그 이름을 둘러싸듯 수십 명의 남자와 여자의 이름이 새겨져 있었다. 낯선 이들의 사랑이 모여 있었다.

'마쓰리'라는 이름을 천천히 쓰다듬었다. 그때의 들뜬 목소리가 귓가에 되살아났다.

"마쓰리… 마쓰리…."

'네가 떠나고 벌써 8년이 지났어. 네 말처럼 만질 수도 없고, 안을 수도 없게 된 지 8년이나 지났어.'

가즈토는 거기에 남은 마쓰리에게 조용히 마음속으로 말을 건넸다. 아직 아무것도 모르던 순수한 소녀와 모든 것을 짊어지고 살아가려 했던 어른이 된 마쓰리. 둘 다 사랑스러웠다.

"마쓰리. 나, 맞선 보고 나서 결국 결혼 안 했어…."

주머니 속에서 티파니 커플링을 꺼내 선반에 올려놓았다. 이 반지를 선물했을 때와 다시 돌려받았을 때의 기억이 어제 일처럼 선명하게 떠올랐다.

가즈토는 지난 8년을 회상하며 깊은숨을 내쉬었다. 그리고 그 이름을 향해 미소를 보내며 천천히 입에서 말을 꺼냈다.

"그런데, 드디어, 마지막 약속을 지킬 수 있게 됐어…."

다음 주에 가즈토는 결혼한다. 마침내 진심으로 사랑하는 사람을 만났다.

그래서 이곳에 추억을 묻으러 왔다. 이곳밖에 없다고 생각했다. 그래서 혼자 왔는데, 8년 전에 마쓰리도 같은 생각을 했었다니. 너무 많이 울어서 더는 나오지 않을 줄 알았던 눈물이 오랜만에 다시 쏟아졌다.

학교 건물을 빠져나온 가즈토는 곧바로 소각로로 향했다. 8년 전에 마쓰리가 걸었던 길을 자신도 걷고 있다고 생각하자 괜히 마음이 든든해졌다.

소각로 앞에 서서 문을 열었다. 손바닥 위에 놓인 커플링에 한 번 더 눈길을 줬다가 꽉 쥐고는 아직 불길이 남은 소각로 안으로 던졌다.

가즈토는 걸음을 내디뎠다.

자신이 살아갈 길을 향해.

초등학교에는 전설이 하나 있다.

미술실 제일 안쪽 선반. 졸업 작품용 판화로 쓸 합판을 치우면, 전설은 진실이 된다. 오늘도 좋아하는 사람이 생긴 여자아이가 수업 종료를 알리는 종이 울리자마자 찾아왔다. 가득 쌓인 합판을 치우고 나니 전설이 진짜였구나 싶어 감탄을 자아냈다.

여자아이는 서투른 솜씨로 자기 이름과 좋아하는 아이의 이름을 새기기 시작했다. 다 새긴 이름을 내려다보는 아이의 입가에 뿌듯한 미소가 뱅글거렸다.

복작복작한 사랑의 중심에는 두 사람이 있었다.

두 사람은 언제까지고 그 자리에 꼭 붙어 있었다.

—두 사람은 언제까지고 그 자리에 꼭 붙어 있었다.—

끝

"고마워,

  죽음만이 유일한 안식이라 생각했던 나를 살게 해줘서.

  삶이 이토록 사랑스럽다는 사실을 가르쳐줘서.

  널 사랑하게 해줘서."

마나베 가즈토 ♡ 다카바야시 마쓰리

고사카 루카

小坂 流加

시즈오카현 미시마시 출생. 어릴 때부터 소설 쓰기를 좋아했으며 제3회 고단샤 틴즈 하트 대상에서 기대상을 받았다. 대학을 졸업하고 불치병이 발병했으나 집필 활동을 계속해《남은 인생 10년》을 완성했다. 그러나 문고본 출간을 앞두고 증세가 악화하여 2017년 2월 세상을 떠났다.

이 책은 불치병에 걸려 앞으로 살날이 10년밖에 남지 않았다는, 시한부 선고를 받은 여주인공이 사랑하는 사람들과 함께하는 시간 속에서 느끼는 살아 있다는 기쁨과 죽음에 대한 공포를 섬세하고도 꾸밈없이 표현하며 진한 감동을 선사한다. 거기에 저자의 투병, 사후 출간 사실까지 알려지며 SNS에서 역주행해 일본 독자들에게 열렬한 사랑을 받아 누계 80만 부를 돌파했다.

제6회 시즈오카 서점 대상 '영상화하고 싶은 문고 부문' 대상을 받으며 2021년 일본에서 영화로도 제작되었는데, 동명의 영화는 225만 명의 관객을 울린 2022년 상반기 최고 흥행작 중 한 편으로 올랐다. 또한 LINE 만화에 연재, 이후 만화책으로도 발간되는 등 원작자는 세상을 떠났으나, 작품은 다양한 형태로 지금도 계속 우리 곁에 살아가고 있다. 저자가 세상을 떠나고 나서 가족이 그녀의 컴퓨터에서 미발표 원고를 발견하여 신작《살아만 있다면》을 발표했다.

역자 소개

김지연

경북대학교 일어일문학과를 졸업했다. 졸업 후 일본 기업에서 수년간 통역과 번역 업무를 담당하다가 일본 문학이 지닌 재미와 감동을 더 많은 이들과 나누고 싶어서 일본어를 우리말로 옮기는 사람이 되었다. 옮긴 책으로는 《세상의 마지막 기차역》, 《작별의 건너편》, 《나와 너의 365일》, 《누군가 이 마을에서》, 《정시 퇴근하겠습니다》 등이 있다.

남은 인생 10년

초판 1쇄 발행	2024년 3월 26일
초판 14쇄 발행	2024년 10월 18일

지은이	고사카 루카
옮긴이	김지연

책임편집	양수인
디자인	studio forb
책임마케팅	김서연, 김예진, 김소희, 김찬빈, 박상은, 이서윤, 최혜연, 노진현, 최지현, 최정연, 조형한, 김가현, 황정아
마케팅	유인철
경영지원	박선희, 권영환, 이기경
제작	제이오

펴낸이	서현동
펴낸곳	㈜오팬하우스
출판등록	2024년 5월 16일 제2024-000141호
주소	서울시 강남구 테헤란로 419, 11층 (삼성동, 강남파이낸스플라자)
이메일	info@ofh.co.kr

ⓒ 고사카 루카
ISBN 979-11-93358-68-9 (03830)

모모는 ㈜오팬하우스의 출판 브랜드입니다.